FLAPPERS
AND
PHILOSOPHERS

말괄량이와 철학자들
FLAPPERS AND PHILOSOPHERS

1판 1쇄 발행 2025년 6월 25일

지은이 프랜시스 스콧 키 피츠제럴드 Francis Scott Key Fitzgerald
옮긴이 안태열

편집 이새희
마케팅·지원 이창민

펴낸곳 (주)하움출판사 펴낸이 문현광

이메일 haum1000@naver.com 홈페이지 haum.kr
블로그 blog.naver.com/haum1000 인스타 @haum1007

ISBN 979-11-7374-098-5(03840)

좋은 책을 만들겠습니다.
하움출판사는 독자 여러분의 의견에 항상 귀 기울이고 있습니다.
파본은 구입처에서 교환해 드립니다.

이 책은 저작권법에 따라 보호받는 저작물이므로 무단전재와 무단복제를 금지하며,
이 책 내용의 전부 또는 일부를 이용하려면 반드시 저작권자의 서면동의를 받아야 합니다.

FLAPPERS AND PHILOSOPHERS

말괄량이와 철학자들

F. 스콧 피츠제럴드

안태열 옮김

차 례

연안의 해적
The Offshore Pirate · 7

얼음 궁전
The Ice Palace · 63

머리와 어깨
Head and Shoulders · 107

컷글라스 그릇
The Cut-Glass Bowl · 155

버니스가 단발머리를 하다
Bernice Bobs Her Hair · 195

성체강복식
Benediction · 243

댈리림플이 잘못되다
Dalyrimple Goes Wrong · · · · · · · · · · · · · · · · · · · 277

네 번의 주먹질
The Four Fists · 311

연안의 해적

The Offshore Pirate

1장

   이 믿기 힘든 이야기는 푸른 꿈이 있었던 바다에서 시작한다. 파란 실크 스타킹처럼 화려한 바다 위와, 어린 아이 눈의 홍채처럼 푸른 하늘 아래에서 이야기가 시작한다. 태양이 하늘 서쪽 반쯤에서 바다에 작은 금빛 원형을 드리우고 있었다. 그 장면을 주시한다면, 원형들이 파도의 끝에서 끝으로 유영하다가 800미터쯤 떨어진 곳에서 모여 금빛 동전 모양의 넓은 고리와 만나 눈부신 노을빛이 된다는 사실을 알 수 있었을 것이다. 플로리다 해변과 금빛 고리의 중간쯤에, 운치 있는 새로운 흰색 증기 요트가 닻을 내리고 있었다. 그리고 요트 뒤쪽의 파랗고 흰 차양 아래에서 노랑머리 소녀가 긴 고리버들 의자에 기대어 앉아 아나톨 프랑스Anatole France의 『천사들의 반란』을 읽고 있었다.

   소녀는 19세쯤 되었고, 몸이 날씬하고 유연해 보였고, 제멋대로 말하나 매혹적이었고, 기민한 회색 눈동자는 빛나는 호기심으로 가득했다. 발은 스타킹을 신지 않은 맨발이었고, 광택이 나는 파란색 새틴 슬리퍼는 피복이라기보다는 장식처럼 발가락에서 대롱대롱 태평하게 흔들렸다. 발은 몸을 기대어 앉은 의자에 인접해 있는 의자의 팔걸이에 걸쳤다. 그리고 책을 읽으면서 간간이 손에 쥔 레몬 반쪽을 혀에 살짝 대면서 맛을 음미했다. 빨아 먹어서 마른 다른 레몬 반쪽은 발치의 갑판 위에 놓여서, 움직임이 거의 감지되지 않는 조류에 따라 매우 천천히 이리저리 흔들렸다.

   바닥에 놓인 레몬 반쪽은 과육이 거의 남아 있지 않았고 금빛 고리는 놀랄 만큼 넓게 드리워졌다. 요트를 감쌌던 나른한 고요함이 묵직한 발소리에 갑자기 깼졌다. 그리고 백발에 흰색 플란넬 정장을 입은 나이 든 남자가 요트 계단 위에 나타났다. 남자는 눈이 햇빛에 적응될 때까지 잠시 멈추었다가, 차양 아래에 있는 소녀를 보고 못마땅해하며 한참 투덜댔다.

그렇게 해서 어떤 반응을 이끌어 낼 목적이었다면, 남자는 실망했을 것이다. 소녀는 평온하게 두 페이지를 넘겼다가 다시 한 페이지 앞으로 넘겼고, 무의식적으로 레몬을 입에 닿을 거리까지 들어 올렸다. 그리고 매우 약했지만 틀림없이 하품을 했다.

"아디타!"

백발의 남자가 근엄하게 말했다.

아디타는 아무 의미 없는 작은 소리를 냈다.

"아디타!"

남자가 되풀이했다.

"아디타!"

아디타는 레몬을 천천히 들어 올리며, 레몬이 혀에 닿기 전에 세 마디를 했다.

"아, 조용히 해요."

"아디타!"

"뭐요?"

"내 말을 들어…… 아니면 내가 말할 동안 하인에게 너를 잡고 있으라고 할까?"

아디타는 매우 천천히 경멸하듯 레몬을 입가에서 내려놓았다.

"글로 써 줘요."

"잠시 동안 그 지긋지긋한 책을 덮고 레몬을 치우는 예의를 갖추면 안 되겠니?"

"오, 잠깐만 저 좀 혼자 있게 해 주면 안 돼요?"

"아디타, 방금 연안에서 전화 연락을 받았다……."

"전화요?"

아디타가 처음으로 약간의 관심을 보였다.

"그래, 그건……."

아디타가 이상히 여기며 끼어들었다.

"여기까지 전선을 설치했다는 말이에요?"

"그래, 그리고 방금 전에……."

"다른 배들이 거기에 부딪치지 않을까요?"

"아니, 전선은 바닥에 설치됐다. 5분……."

"음, 놀랍네요! 세상에! 과학은 황금 같네요, 그렇지 않아요?"

"내가 시작한 말을 하게 해 주겠니?"

"말씀하세요!"

"음, 그러니까, 내가 온 건……."

남자는 말을 멈추고 산만하게 몇 차례 마른침을 삼켰다.

"오, 그래. 어린 아가씨야, 모어랜드 대령이 또 전화해서 저녁 만찬에 너를 데려오라고 부탁했다. 대령의 아들 토비가 너를 보려고 뉴욕에서 먼 길을 왔고 다른 젊은이들도 초대했다고 한다. 마지막으로, 네가……."

"싫어요."

아디타가 짧게 대답했다.

"안 갈 거예요. 저는 팜비치에 가려는 생각으로 이런 유람선에 따라서 탔어요. 그리고 아시겠지만, 그 늙은 대령이나 어린 토비나 나이가 많고 적은 사람들을 만나는 것을 거절하겠어요. 또 이 비정상적인 주의 오랜 도시에 발을 들여 놓는 것을 거절하겠어요. 그러니 저를 팜비치에 데려다 주든지 아니면 조용하고 가세요.”

"잘 알겠다. 이게 마지막 기회다. 무절제한 것으로 악명 높고, 네 아버지가 네 이름을 언급하는 것을 허용하지 않을 남자에게 혼이 빠져 있으니…… 네가 성장해 왔을 집단보다 저속한 패거리들을 너는 거부해 왔잖아. 지금부터…….”

"저도 알아요.”

아디타가 비꼬며 말을 잘랐다.

"지금부터 삼촌은 삼촌 길을 가고 저는 제 길을 가는 거예요. 전에 그 이야기를 들어본 적이 있어요. 제가 더 바라는 것은 없어요.”

"지금부터.”

남자는 과장되게 말했다.

"너는 내 조카가 아니다. 나는…….”

"오, 오, 오, 오!"

아디타가 영혼을 잃은 고통을 느끼듯 소리쳤다.

"지겹게 하지 마세요! 가세요! 배 밖으로 뛰어내려 죽으세요! 이 책을 삼촌에게 던지기를 바라세요?”

"감히 그런…….”

탁! 『천사들의 반란』이 허공을 날아가, 아슬아슬하게 목표를 빗나가 계단에 툭 떨어졌다.

백발의 남자는 본능적으로 한 걸음 뒤로 물러섰고 조심스럽게 앞으로 두 걸음 내딛었다. 아디타는 160센티미터 정도 되는 몸을 벌떡 일으켜서 회색 눈동자를 이글거리며 반항적으로 남자를 응시했다.

"가세요!"

"네가 어떻게 감히!"

남자가 소리쳤다.

"에잇 참, 전 좀 그래요."

"감내하기 어렵게 자랐구나! 그 성질로……."

"삼촌이 저를 그렇게 만들었어요! 과실이 아니라면 어떤 아이도 나쁜 기질을 가지고 있지는 않아요! 제가 어떤 사람이든, 삼촌이 그렇게 만들었어요."

남자는 잘 안 들리게 뭐라고 중얼거리다가 몸을 돌려 앞으로 걸어가면서 출발하라고 큰 소리로 외쳤다. 그다음에 차양으로 되돌아왔는데, 아디타는 다시 의자에 앉아 레몬에 관심을 쏟고 있었다.

"나는 육지에 올라가야겠다."

남자가 천천히 말했다.

"오늘 밤 9시에 다시 나갈 거야. 내가 돌아오면 우리는 뉴욕으로 돌아갈 거야. 네가 앞으로 남은 인생을 정상적으로 살든 비정상적으로 살든 너를 숙모에게 맡겨야겠다."

남자는 말을 중단하고 아디타를 봤다. 그때 갑자기 아디타의 아름다움에 스민 순전한 아이 같은 무엇이, 팽창한 타이어처럼 화난 남자의 화에 구멍을 내어, 남자를 무력하고 어중간하고 완전히 얼빠지게 만든 것 같았다.

"아디타."

남자가 다정하게 말했다.

"나는 바보가 아니다. 삶을 누려 왔어. 나는 남자들을 알아. 애야, 난봉

꾼으로 판명된 사람은 스스로 싫증낼 때까지 행실을 고치지 않아. 그리고 행실을 고칠 때가 와도 자기 본 모습이 아니야. 그 모습들은 껍데기일 뿐이야."

남자는 동의를 구하듯 아디타를 봤지만, 동의를 표하는 모습이나 말이 없자 자신의 말을 이었다.

"그 남자가 너를 사랑할지 모른다. 그럴 수 있어. 그 남자는 많은 여자들을 사랑해 왔고 더 많은 여자들을 사랑할 거야. 아디타, 한 달도 안 됐는데, 그 남자가 미미 메릴이라는 빨간 머리 여자와 악명 높은 추문 거리에 연루됐어. 러시아 황제가 그의 어머니에게 준 다이아몬드 팔찌를 미미 메릴에게 주기로 약속했대. 너도 신문을 읽어서 알 거야."

"근심 많은 삼촌이 짜릿한 추문을 만들었군요."

아디타가 하품을 했다.

"영화로 만들면 되겠네요. 고결한 말괄량이 신여성에게 추파를 던지는 못된 사교계 남자. 결국 그의 충격적인 과거에 사로잡힌 고결한 말괄량이 신여성. 팜비치에서 그를 만나기로 계획하다. 그러나 근심 많은 삼촌에 의해 좌절되다."

"왜 그 남자와 결혼하고 싶은지 말해 줄 수 있겠니?"

"확실히 말씀드릴 수는 없어요."

아디타가 퉁명스럽게 말했다.

"아마도 선하든 악하든, 그 남자는 상상력이 있고 신념을 지키는 용기가 있는 유일한 남자이기 때문이에요. 어쩌면 여기저기 저를 따라다니는 데 시간을 소비하는 어리석은 남자들에게서 벗어나고 싶기 때문일지도 몰라요. 그런데 그 유명한 러시아 팔찌에 관해서라면, 안심하셔도 돼요.

그 남자가 팜비치에서 그 팔찌를 제게 줄 거예요. 삼촌이 조금만 지성적인 면모를 보여 주면요."

"그 빨간 머리 여자는 어쩌려고?"

"그 남자가 빨간 머리 여자를 안 본 지 6달 되었어요."

아티타가 화를 내며 말했다.

"제가 그 둘이 만나는 걸 보고 있을 정도로 자존심이 없다고 생각하세요? 제가 그 남자와, 제가 원하는 것은 무엇이든 할 수 있다는 사실을 모르세요?"

아디타는 '흥분한 프랑스'라는 조각상처럼 턱을 들어 올렸는데, 행동을 취하면서 레몬을 들다가 자세가 흐트러졌다.

"네 마음을 사로잡은 게 러시아 팔찌니?"

"아니에요. 단지 삼촌의 지성에 어필할 주제를 꺼내려고 한 거예요. 그리고 가시면 좋겠어요."

아디타가 다시 화를 내며 말했다.

"제 마음을 절대로 안 바꿀 거예요. 3일 동안 지겹게 해서 미칠 것 같아요. 저는 육지로 안 올라갈 거예요! 안 가요! 듣고 계세요? 안 가요!"

"알았다."

남자가 말했다.

"그리고 너는 팜비치에도 못 갈 거야. 모든 이기적이고, 버릇없고 통제할 수 없이 불쾌한 불능한 여자들 중에서도……."

탁! 남자는 레몬 반쪽에 목을 맞았다. 동시에 옆에서 외치는 소리가 들렸다.

"출발 준비 됐어요. 파남 씨."

할 말은 많은데 화가 치밀어 말문이 막힌 파남 씨가 비난의 눈길로 조카를 흘낏 보고, 재빠르게 사다리를 타고 내려갔다.

르장

　5시에 햇살이 소리 없이 바닷속으로 스며들었다. 금빛 고리는 더 넓어져 반짝이는 섬처럼 되었다. 차양 가장자리에 은은한 산들바람이 불었고, 발에 걸린 파란 슬리퍼 한쪽이 흔들렸다. 갑자기 노랫소리가 들려왔다. 푸른 물결에서 노 젓는 소리에 따라 밀집한 화성과 완벽한 리듬으로 노래하는 남자들의 합창이었다. 아디타는 고개를 들어 소리를 들었다.

　"당근과 완두콩,
　무릎 위에 콩,
　바닷속에 돼지,
　운 좋은 친구들!
　산들바람아 불어라,
　산들바람아 불어라,
　산들바람아 불어라,
　그 풀무로."

　아디타는 놀라서 이마를 찌푸렸다. 2절을 귀 기울여 들으면서 그대로 앉아 있었다.

　"양파와 콩,
　마셜과 딘,

골드버그와 그린,

그리고 코스텔로.

산들바람아 불어라,

산들바람아 불어라,

산들바람아 불어라,

그 풀무로."

아디타는 감탄하며 책을 탁자 위에 던졌고, 책은 아무렇게나 펼쳐졌다. 아디타는 서둘러 난간으로 갔다. 15미터 거리에서 남자 7명이 큰 노 젓는 배를 타고 다가오고 있었다. 6명은 노를 저었고 한 명은 선미에 서서 오케스트라 지휘자의 지휘봉 같은 것을 들고 노래의 박자를 맞추고 있었다.

"굴과 바위,

톱밥과 양말,

첼로로 시계를

그 누가 만들 수 있을까?"

지휘자가 갑자기 아디타를 봤고, 아디타는 호기심에 넋을 잃고 난간에 기대고 있었다. 지휘자가 지휘봉을 재빨리 휘두르자 노래가 멈췄다. 지휘자는 배에 탄 유일한 백인이었다. 노 젓는 6명은 흑인이었다.

"이봐요, 나르키소스!"

백인 남자가 정중하게 말했다.

"그 불협화음은 뭔가요?"

아디타가 쾌활하게 물었다.

"마을 땅콩 농장 대표 선수단인가요?"

이때 배가 요트 옆에 스치며 닿았고 뱃머리에 있던 거대한 몸집의 흑인들이 몸을 돌려 사다리를 잡았다. 그러자 지휘자는 선미에서 벗어나, 아디타가 그의 의도를 알아차리기도 전에 사다리로 뛰어 올라가 갑판 위에서 아디타와 마주 서서 숨을 가쁘게 쉬었다.

"여자와 아이들은 살려 주겠다!"

백인 남자가 거침없이 말했다.

"우는 아기들은 바로 물에 빠져 죽게 할 것이고 모든 남자에게 이중 쇠고랑을 채울 것이다!"

아디타는 흥분하여 손을 드레스 주머니에 넣고, 놀라 말문이 막힌 채 백인 남자를 응시했다. 백인 남자는 그을리고 예민해 보이는 얼굴에 입은 조소적이고 건강한 아이에게서 볼 수 있는 밝은 푸른 눈을 한 젊은 남성이었다. 칠흑같이 새까만 머리카락은 축축하고 곱슬곱슬했다. 거무스름하게 변한 고대 그리스 조각상의 머리카락 같았다. 체격은 건장했고 옷은 단정하게 입어서 미식축구에서의 민첩한 쿼터백처럼 말쑥했다.

"아, 놀랐잖아요!"

아디타가 멍하게 말했다.

둘은 서로 냉정하게 바라봤다.

"배를 넘겨줄 거야?"

"재치 있는 감정의 분출인가요?"

아디타가 물었다.

"당신 바보인가요? 아니면 사교 집단에라도 가입한 건가요?"

"배를 넘겨줄 거냐고 물었다."

"나라가 금주로 메말라 있을 텐데요."

아디타가 내뱉듯이 말했다.

"손톱에 바르는 에나멜이라도 마셨나요? 이 요트에서 내리는 게 좋을 거예요."

"뭐라고?"

젊은 남자는 못 믿겠다는 듯한 목소리로 말했다.

"요트에서 내려요! 들었죠!"

젊은 남자는 그 말을 고려하는 듯이 잠시 아디타를 봤다.

"아니."

젊은 남자가 조소하며 천천히 말했다.

"아니, 나는 이 요트에서 내리지 않을 거야. 원하면 당신이 내려."

젊은 남자는 난간으로 가서 퉁명스럽게 명령했고 즉시 배의 선원들이 사다리를 타고 올라와 남자 앞에 한 줄로 섰다. 한쪽 끝에 석탄처럼 검고 건장한 흑인이 섰고 다른 한 쪽에 145센티미터 정도의 작은 물라토 흑백 혼혈인이 서 있었다. 그들은 모두 먼지와 진흙이 묻은 누더기 같은 파란 옷을 입은 것처럼 보였다. 각자 작지만 무거워 보이는 흰 자루를 어깨에 멨고, 분명히 악기를 넣은 것 같은 크고 검은 상자를 들고 있었다.

"주목해!"

젊은 남자가 발뒤꿈치를 딱 붙이고 명령했다.

"복장 단정히 하고! 정면을 보고! 앞으로 나와라, 베이브!"

가장 작은 흑인이 앞으로 나와 경례했다.

"명령한다. 아래로 내려가서 기관사를 제외한 선원들을 잡아서 묶는다.

기관사는 나에게 데려와라. 오, 그리고 그 자루들은 난간 옆에 둬라."

"네!"

베이브가 다시 경례하고 몸을 돌려 5명에게 모이라고 몸짓했다. 그리고 짧게 속삭여 의논을 하고 소리 없이 줄지어 계단을 내려갔다.

"이제."

젊은 남자가 아디타에게 선선히 말했다. 아디타는 위축되어 조용히 이 장면을 보고 있었다.

"말괄량이 신여성으로서 명예를 걸고 맹세한다면…… 가치가 없겠지만…… 48시간 동안 그 몹쓸 작은 입을 다물겠다고 맹세한다면, 우리 배를 타고 노를 저어 해변까지 갈 수 있게 해 주겠다."

"그렇지 않으면요?"

"그렇지 않으면 이 배를 타고 바다로 가는 거야."

젊은 남자는 위기를 잘 넘겼다는 듯 작은 한숨을 내쉬고 아디타가 앉았던 긴 안락의자에 앉아 두 팔을 쭉 뻗었다. 화려한 줄무늬 차양과 잘 닦인 황동, 화려한 갑판 부속품을 보면서, 젊은 남자는 기분이 좋은 듯 입꼬리가 풀어졌다. 젊은 남자는 책으로, 그다음 다 먹은 레몬으로 시선을 옮겼다.

"흠."

젊은 남자가 말했다.

"스톤월 잭슨은 레몬주스가 머리를 맑게 해 준다고 주장했어. 당신 머리도 맑아졌나?"

아디타는 대답하지 않았다.

"5분 안에 당신은 떠나든지 남든지 결정해야 하기 때문이야."

젊은 남자는 책을 들어 호기심에 펼쳤다.

"『천사들의 반란』이라고. 꽤 괜찮은 제목인데. 프랑스어인가?"

젊은 남자가 아디타를 흥미롭게 바라봤다.

"당신 프랑스인이야?"

"아니에요."

"이름이 뭐야?"

"파남이요."

"무슨 파남이야?"

"아디타 파남이요."

"음, 아디타. 거기 서서 입속을 깨물어도 소용없어. 그런 신경성 습관은 젊을 때 바꿔야 해. 여기로 와서 앉아."

아디타는 깎아서 만든 옥 상자를 주머니에서 꺼내 담배 하나를 집어 들었다. 그리고 손이 약간 떨렸지만 의도적으로 차분하게 불을 붙였다. 그다음 아디타는 팔을 흔들며 유연하게 걸어가 다른 의자에 앉아서 담배 연기 한 모금을 차양을 향해 내뿜었다.

"저를 이 요트에서 쫓아낼 수 없을 거예요."

아디타가 침착하게 말했다.

"그리고 이 요트를 타고 멀리 가려고 했다면, 잘못 생각한 거예요. 삼촌이 6시까지 이 바다 곳곳에 무선 전신을 보낼 거예요."

"흠."

아디타가 재빨리 남자의 얼굴을 봤고, 남자의 입가에 미미한 암울함이 분명히 퍼지는 것을 포착했다.

"저는 상관없어요."

아디타가 어깨를 으쓱이며 말했다.

"이 요트는 제 것도 아니에요. 두 시간 정도 항해해도 상관없어요. 당신을 싱싱 형무소로 데려갈 세관 감시선에서 당신이 읽을 수 있게 그 책도 빌려 드릴게요."

젊은 남자는 가소롭다는 듯이 웃었다.

"그게 조언이라면 신경 쓸 필요 없어. 이건 내가 이 요트의 존재를 알기 전에 세운 계획이야. 이 요트가 없었어도, 연안에 정박한 다른 배를 선택했을 거야."

"당신 누구예요?"

아디타가 갑자기 물었다.

"당신 뭐예요?"

"육지로 올라가지 않기로 한 거야?"

"육지로 가는 건 조금도 고려해 보지 않았어요."

젊은 남자가 말했다.

"우리 7명은 보통, 커티스 칼라일과 6명의 흑인 친구들로 알려졌고 최근 윈터가든과 미드나이트 프롤릭에서 활동했어."

"가수예요?"

"오늘까지는 그랬지. 지금은 저기 보이는 흰 자루들 때문에 법망을 피해 다니고 있어. 우리를 잡는 데 걸린 현상금이 2만 달러에 미치지 못했다면, 내 추측이 틀린 것일 거고."

"자루에 뭐가 들어 있어요?"

아디타가 궁금한 듯 물었다.

"음."

젊은 남자가 말했다.

"지금은 진흙이라고 부를게. 플로리다의 진흙이라고."

3장

　커티스 칼라일이 매우 겁먹은 기관사와 대화를 나눈 지 10분이 채 안 되었을 때, 나르키소스 요트는 온화한 열대 황혼을 가로지르며 남쪽으로 가고 있었다. 칼라일의 두터운 신임을 받는 것으로 보이는 물라토 혼혈인 베이브가 상황을 총지휘하고 있었다. 기관사를 제외하고 요트에 탑승한 인원인 파남 씨의 하인과 요리사는 저항을 했으나 침상 아래에 꽉 묶여 잠잠해졌다. 체구가 가장 큰 트롬본 모세는 페인트 통을 들고 뱃머리의 '나르키소스'라는 이름을 지우고 '홀라 홀라'라는 이름으로 대체해서 쓰느라 바빴다. 다른 사람들은 선미에 모여 주사위로 하는 크랩스 도박에 몰두하고 있었다.

　칼라일은 7시 30분까지 식사를 준비해서 갑판에 차려 놓으라고 지시하고 아디타에게 돌아왔다. 그리고 의자에 몸을 깊이 기대어 앉아 눈을 반쯤 감고 깊은 추상에 빠졌다.

　아디타는 젊은 남자를 세심히 살펴봤고, 즉시 그를 낭만적인 사람으로 분류했다. 남자는 약간의 기반 위에 자신감이 충천한 느낌을 주었고…… 남자가 내리는 모든 결정 이면에 망설임이 존재한다는 사실을 아디타는 파악했다. 그 망설임은 거만하게 입술을 비죽거리는 남자의 모습과 대조적이었다.

　'남자가 나와 같은 부류는 아니야.'

　아디타는 생각했다.

　'어딘가 다른 면이 있어.'

극도의 이기주의자인 아디타는 자신에 대해 종종 생각했으나, 자신의 이기주의가 논쟁거리가 되도록 만들지는 않았다. 아디타는 매우 자연스럽게 이기적으로 행동했고 의심할 여지가 없는 매력으로 비난을 받지도 않았다. 아디타는 19세였지만 활기차고 조숙한 느낌을 주었다. 아디타의 젊음과 아름다움이 빛나는 상황에서, 모든 남자와 여자는 아디타 기질의 잔물결 위에 떠다니는 표류목일 뿐이었다. 아디타는 다른 이기주의자들도 만났다. 사실 아디타는 이기적이지 않은 사람들보다는 이기적인 사람들이 덜 지루했다. 그러나 아직까지 아디타는 누구에게도 굴복하지 않았고 아디타를 일으켜 세운 사람은 없었다.

아디타는 의자에 앉아 있는 다른 이기주의자를 인식했지만, 평소처럼 전투태세로 갑판을 정리하듯 마음의 문이 닫히는 느낌은 들지 않았다. 반대로 아디타는 이 남자가 어딘가 완전한 약점이 있고 무방비 상태라는 것을 본능적으로 느꼈다. 아디타는 관습에 저항할 때, 최근 큰 즐거움을 느꼈고, 그런 행동은 혼자 있고 싶은 강한 열망으로부터 나왔다. 그런데 이 남자는 반대로 자신의 저항에 사로잡혀 있었다.

아디타는 자신의 현재 상황보다 이 남자가 더 흥미로웠고, 10살짜리 아이가 낮 공연을 보는 기대감과 같은 느낌을 갖게 되었다. 아디타는 어떤 상황 하에서도 자신은 챙길 수 있다는 암묵적인 자신감이 생겼다.

밤이 깊었다. 옅은 초승달이 촉촉한 눈길로 바다 위에서 웃음 짓고 있었다. 해변이 흐릿하게 사라졌고 먼 수평선을 따라 먹구름이 나뭇잎처럼 이동할 때 달빛을 받은 엄청난 연무가 요트를 덮었고 빠르게 달리는 요트 뒤로 반짝이는 갑옷 같은 길이 펼쳐졌다. 간간이 누가 담뱃불을 붙여서 성냥의 불씨가 빛났지만, 낮게 진동하는 엔진 소리와 선미에 닿는 파도 소리를 제외하면 요트는 별에 묶여 하늘을 가르는 꿈의 배처럼 고요했다. 주위를 휘감는 밤바다의 냄새가 한없이 나른한 기분을 느끼게 했다.

마침내 칼라일이 정적을 깼다.

"운이 좋은 아가씨군."

남자가 한숨을 내쉬었다.

"나는 항상 부자가 되고 싶었어⋯⋯ 그리고 이 아름다운 것들을 모두 사고 싶었지."

아디타는 하품을 했다.

"저는 차라리 당신이 되고 싶은데요."

아디타가 솔직히 말했다.

"그럴 수도 있지⋯⋯ 하루 정도는. 그런데 당신은 말괄량이 신여성인 것을 감안하면 배짱이 좋아 보여."

"저를 그렇게 부르지 않으면 좋겠어요."

"실례했군."

"배짱과 관련해서."

아디타가 천천히 말을 이었다.

"배짱은 제 결점을 보완하는 유일한 특성이에요. 저는 세상에 두려운 게 없어요."

"흠, 나는 두려운데."

아디타가 말했다.

"두려움을 느끼려면 매우 위대하고 강하거나, 아니면 겁이 많아야 해요. 저는 둘 다 아니에요."

아디타는 잠시 말을 멈추었다가 열의에 찬 어조로 말했다.

"그런데 저는 당신에 대한 이야기를 나누고 싶어요. 도대체 무슨 일을 했고…… 어떻게 했죠?"

"왜?"

남자가 냉소적으로 말했다.

"나를 소재로 영화 대본을 쓰려고?"

"어서요."

아디타가 재촉했다.

"달빛 아래서 제게 거짓말을 해 봐요. 멋진 이야기를 해 봐요."

흑인 한 명이 나타나서 차양 아래에 연이어 매달린 작은 전등을 켜고 고리버들 탁자에 저녁 식사를 차리기 시작했다. 아래층의 풍부한 식품 저장실에서 가져온 엷게 썬 식힌 닭고기, 샐러드, 아티초크 채소와 딸기잼을 먹으면서 칼라일이 이야기를 하기 시작했다. 처음에는 머뭇거렸으나, 아디타가 흥미로워하는 것을 보고 절절히 말했다. 아디타는 음식에는 거의 손을 대지 않고 칼라일의 그을린 젊은 얼굴을 봤다. 잘 생겼는데 약간 무력해 보였다.

칼라일은 테네시주의 소도시에서 가난한 아이로 삶을 시작했다고 말했다. 정말 가난해서 칼라일의 가족이 그 거리에서 유일한 백인 가족이었다. 백인 아이들은 기억나지 않았고, 흑인 아이들이 그를 꼭 따라다닌 것은 기억했다. 그 흑인 아이들은 칼라일이 선명한 상상력과 문젯거리로 항상 이리저리 데리고 다녔던 열렬한 숭배자들이었다. 이런 유대가 다소 특이했던 칼라일의 음악적 재능을 이상한 방향으로 이끈 것 같았다.

백인 아이들을 위해서 열린 파티에서 피아노를 연주하던 벨 포프 칼훈이라는 흑인 여자가 있었다. 백인 아이들은, 커티스 칼라일을 비웃으며 지나쳤을 법한 아이들이었다. 그러나 누더기 옷을 입은 '가난한 백인' 소년은 시간제로 흑인 여자의 피아노 옆에 앉아 아이들이 부는 피리 같이 생긴 카추 악기로 알토 화음을 넣으려고 애쓰고 있었다. 칼라일은 13세가 되기 전에 내슈빌 주변 작은 카페에서 낡은 바이올린으로 1900년대 초반에 유행한 재즈 연주법인 래그타임을 연주하며 생계를 유지했다. 8년 후에 래그타임은 나라에 대유행을 하게 되었다. 그래서 칼라일은 6명의 흑인과 '오르페움 순회단'을 만들었다. 그중 5명은 칼라일과 함께 성장한 소년들이었다. 다른 한 명은 물라토 혼혈인 베이브 디바인이었다. 그는 뉴욕 주변 부두에서 일하던 흑인이었고 오래전에 버뮤다의 농장에서 일했었다. 20센티미터 칼로 주인의 등을 찍기 전까지는 그렇게 지냈다. 칼라일은 행운을 깨달을 즈음 브로드웨이에 있었다. 곳곳에서 공연 제안이 들어왔고 그가 꿈꾸던 것보다 더 많은 돈을 준다는 제의를 받았다.

칼라일의 태도 전체가 변하기 시작한 것이 그때쯤이었다. 특이하고 쓰라린 변화였다. 인생의 황금기를 흑인들과 무대 위에서 재깔거리며 보내고 있다는 것을 깨달은 때였다. 세 개의 트롬본, 세 개의 색소폰 그리고 칼라일의 플루트로 행한 공연 활동은 비슷한 부류 중에서 훌륭했다. 차별화를 가져다 준 것은 칼라일의 특별한 리듬 감각이었다. 그러나 칼라일은 이상하게도 민감해지기 시작하면서 리듬 감각을 드러내기 꺼려하기 시작했고 매일 그 감각에 대해 불안해했다.

그들은 돈을 벌었고 칼라일은 매 계약마다 더 많은 돈을 요구했다. 그러나 칼라일이 매니저들에게 가서 6중주단과 떨어져 고정적인 피아니스트가 되고 싶다고 말했을 때, 매니저들은 칼라일을 비웃고 그가 미쳤다고 말했다. 그것은 예술적 자살행위라는 것이다. 칼라일은 후에 '예술적 자살

행위'라는 문구에 웃곤 했다. 그들은 모두 그 표현을 사용했다.

그들은 6차례 정도 하룻밤에 3천 달러를 받고 개인 댄스파티에서 연주를 했다. 이것이 칼라일의 생활 방식을 불쾌하게 한 결정적 계기가 된 듯했다. 댄스파티는 칼라일이 낮에는 들어갈 수 없는 클럽과 저택에서 열렸다. 결국 칼라일은 합창단으로 승화된, 끊임없는 원숭이 역할을 하고 있을 뿐이었다. 칼라일은 극장 냄새, 화장용 분과 연지 냄새, 공연자 휴게실에서 잡담하는 사람들, 귀빈석에서 사람들이 깔보는 듯한 인식이 싫어졌다. 칼라일은 더 이상 그곳에 마음을 둘 수 없었다. 사치스러운 여가 생활에 느리게 다가가고 있다는 생각에 화가 났다. 물론 칼라일은 호화로운 여가 생활을 향해 꾸준히 나아가고 있었지만, 아이스크림을 너무 느리게 먹어서 전혀 맛을 느끼지 못하는 아이와 같았다.

칼라일은 많은 돈과 시간과 책을 읽고 놀 기회를 원했다. 그리고 그가 함께 할 수 없는 부류의 남자와 여자, 예컨대 칼라일을 떠올리면 그를 다소 비루하게 생각할 만한 사람들과 함께 하고 싶었다. 즉 귀족층의 영향 하에 묶이 시작하는 모든 것을 원했다. 그가 버는 돈을 제외하고 거의 모든 돈이 귀족층의 신분을 살 수 있을 것 같았다. 칼라일은 그때 25세였다. 가족이 없었고 교육도 받지 못했고 사업으로 성공할 전망도 없었다. 칼라일은 있는 대로 다 투기를 해서 3주 안에 그동안 모았던 모든 돈을 잃었다.

그때 전쟁이 일어났다. 칼라일은 플래츠버그로 갔는데 그의 경력이 거기까지 따라갔다. 준장이 그를 본부로 불러 군악대장으로 복무하는 게 나라에 더 이로울 것 같다고 말했다. 그래서 칼라일은 전쟁 기간 동안 본부 군악대와 함께 후방에서 유명 인사들에게 즐거움을 주면서 보냈다. 보병대가 축 처져서 참호로 돌아올 때 그들 중 한 명이 되었으면 좋겠다는 생각이 든 것을 제외하면, 군악대 생활은 그렇게 나쁘지는 않았다. 보병대원들 몸에 묻은 땀과 진흙은 칼라일이 영원히 이룰 수 없는 귀족층의 형언할 수 없는 상징 중 하나처럼 보였다.

"결단을 하게 된 건 개인 댄스파티였어. 내가 전쟁에서 돌아온 후에 예전과 같은 생활이 시작됐어. 플로리다 호텔 연합에서 공연 제의를 받았어. 그때는 단지 시간문제일 뿐이었어."

칼라일이 말을 멈췄고 아디타는 기대하며 그를 봤다. 그러나 칼라일은 고개를 저었다.

칼라일이 말했다.

"그 얘기는 하지 않겠어. 너무 흥겨운 기억이라서 그 이야기를 누군가와 공유하면 즐거움이 퇴색할 것 같아. 모든 사람들 앞에 서서 내가 리듬을 타며 꽥꽥거리는 광대 이상의 인물이라는 것을 알렸던, 숨이 막힐 듯했던 그 영웅적인 순간들을 꽉 붙잡고 싶어."

갑자기 앞쪽에서 낮은 노랫소리가 들렸다. 흑인들이 갑판에 모여서 함께 목소리를 높이며, 달까지 솟구치는 가슴 저미는 화음으로 뇌리를 떠나지 않는 선율을 만들었다. 아디타가 매혹되어 노래를 들었다.

"오 아래로,

오 아래로,

엄마는 나를 은하수 아래로 데려가고 싶어 하네.

오 아래로,

오 아래로,

아빠는 내일 가라고 하네.

그러나 엄마는 오늘 간다고 하네.
그래 엄마는 오늘 간다고 하네!"

칼라일은 한숨을 내쉬었다. 그리고 따뜻한 하늘에 아크등처럼 반짝이는 별들을 바라보며 잠시 침묵했다. 흑인들의 노랫소리는 점점 작아지며 슬픈 콧노래가 되었다. 밝은 빛과 고요함이 그 깊이를 더하면서 한밤중에 인어들이 달빛 아래에서 물에 젖은 은빛 곱슬머리를 빗으며, 푸르고 유백색을 띠는 구역에서 그들이 살던 엄청난 난파선에 대해서 서로 수다를 떨며 치장하는 소리까지 들릴 듯했다.

"있잖아."

칼라일이 부드럽게 말했다.

"이것이 내가 원하는 아름다움이야. 아름다움은 믿기 힘들 만큼 놀라워야 해. 아름다움은 꿈처럼, 아름다운 소녀의 눈처럼 불쑥 나타나야 해."

칼라일은 아디타를 향해 몸을 돌렸다. 그러나 아디타는 조용했다.

"알겠지, 그렇지, 아디타…… 내 말은, 아디타?"

아디타는 조용했다. 아디타는 얼마 전부터 깊이 잠들어 있었다.

4장

 햇빛이 쨍쨍한 다음 날 오후, 그들 앞에 있는 바다의 한 지점이 표연히 녹색과 회색을 띠는 작은 섬으로 바뀌었다. 북쪽 끝으로 거대한 화강암 절벽이 명백히 드러났는데 남쪽으로 경사진 그 절벽은 생생한 잡목 숲과 풀이 1.6킬로미터 정도 펼쳐져 있었고 느릿느릿하게 파도 속으로 밀려 나가는 모래사장으로 이어졌다. 아디타가 좋아하던 의자에 앉아 책을 읽다가 『천사들의 반란』의 마지막 페이지가 나오자, 갑자기 책을 덮고 고개를 들어서 섬을 봤다. 아디타는 기뻐서 작은 탄성을 지르고 칼라일을 불렀다. 칼라일은 난간 옆에 쓸쓸하게 서 있었다.

 "여기인가요? 여기가 당신이 가려는 곳이에요?"

 칼라일이 무관심하게 어깨를 으쓱했다.

 "그래."

 칼라일은 목소리를 높여 임시 대리 선장을 향해 외쳤다.

 "오, 베이브, 자네가 말한 섬이 여기인가?"

 물라토 혼혈 흑인의 작은 머리가 갑판실 모서리에서 나타났다.

 "네! 여기입니다."

 칼라일이 아디타에게 말했다.

 "재미있어 보이지, 그렇지 않아?"

 "재미있어 보여요."

 아디타가 동의했다.

 "그런데 은신처가 될 만큼 커 보이지는 않네요."

"아직도 당신 삼촌이 무선 전신을 곳곳에 보낼 거라고 믿는 거야?"

"아니요."

아디타가 솔직하게 말했다.

"저는 굳게 지지해요. 당신이 빠져 나가는 것을 보고 싶어요."

칼라일이 웃었다.

"행운의 여신이군. 어쨌든 지금은, 마스코트로 우리와 함께 지내야겠어."

"저보고 헤엄쳐서 돌아가란 말을 안 하시는 게 나을 거예요."

아디타가 당황하지 않고 말했다.

"저를 되돌려 보내려고 하면, 어젯밤 저에게 들려준 당신의 끝없는 인생사로 저속한 싸구려 소설을 쓸 거예요."

칼라일은 상기되어 약간 경직되었다.

"지루하게 했다면 유감이군."

"오, 아니에요. 당신이 음악을 연주해 준 여성들과 춤을 추지 못해서 화가 났었다는 이야기 부분이 끝날 때까지는 지루하지 않았어요."

칼라일이 화가 나서 일어났다.

"참 얄밉게 말하는군."

"죄송해요."

아디타가 웃음을 터뜨리며 말했다.

"야망에 찬 자신의 이야기로 저를 즐겁게 해 준 남자에 익숙하지 않아서요. 특히 죽을 만큼 정신적인 사랑을 하며 살아온 남자에게 익숙하지 않아요."

"왜? 남자들은 보통 어떻게 당신을 즐겁게 해 주는데?"

"오, 남자들은 저에 대한 이야기를 해 줘요."

아디타가 하품했다.

"남자들은 제가 젊음과 미의 성령이라고 말해요."

"남자들에게 뭐라고 답변하나?"

"오, 저도 동의한다고 말해요."

"당신을 만나는 남자는 모두 당신에게 사랑한다고 말해?"

아디타가 고개를 끄덕였다.

"남자가 그렇게 말하면 안 되나요? 모든 삶은 앞으로 진행해요. 그리고 '당신을 사랑해.'라는 문구에 후퇴하죠."

칼라일이 웃으며 자리에 앉았다.

"맞는 말이야. 나쁘지 않아. 당신이 만든 이야기야?"

"네, 아니면 제가 좀 찾아낸 이야기일 수도 있어요. 특별한 의미는 없어요. 그냥 기발한 이야기예요."

"그건 일종의 논평이야."

칼라일이 진지하게 말했다.

"당신이 속한 계층의 전형적인 특성이야."

"오."

아디타가 조급히 말을 막았다.

"다시는 귀족층에 대한 잔소리를 하지 마세요! 저는 이런 아침 시간에 진지하게 구는 사람들을 신뢰하지 않아요. 그건 가벼운 정신병이에요. 가벼운 아침 식사에 몰입하는 것과 같아요. 아침은 잠을 자고, 수영을 하고, 태평하게 지내는 시간이에요."

10분 후에 요트는 북쪽에서 섬으로 접근하려는 것처럼 크게 원을 그리며 돌았다.

"노림수라도 있나."

아디타가 생각에 잠겨 말했다.

"절벽 가까이에서 닻을 올리려는 것은 아니겠지."

배는 바위를 향해 곧바로 나아가고 있었다. 바위는 30미터 이상 되었다. 그 바위까지 46미터 거리가 될 때까지 아디타는 목적지를 볼 수 없었다. 그때 아디타는 기뻐서 손뼉을 쳤다. 특이하게 겹쳐진 바위에 가렸던 절벽의 틈이 나타났다. 그 틈으로 요트가 들어가서 높은 회색 벽 사이에 수정 같은 물이 흐르는 좁은 수로를 매우 천천히 가로질렀다. 그다음 초록색과 금색이 어우러진 작은 세상에 닻을 내렸다. 그곳은 유리처럼 평탄하고 작은 야자나무로 둘러싸인 금색 만이었다. 전체적인 모습은 어린 아이들이 모래더미에 쌓아 올려 만든 작은 거울 호수와 잔가지를 꽂아 만든 나무들 같은 모습을 닮았다.

"나쁘지 않네."

칼라일이 흥분해서 소리쳤다.

"저 작은 흑인은 대서양 이쪽 지형에 밝은가 봐."

칼라일의 과잉행동은 전염성이 있어서, 아디타도 매우 기뻐했다.

"확실한 은신처네요!"

"오, 그래! 당신이 책에서 읽었을 법한 섬이야."

보트가 금빛 호수로 내려갔고 사람들은 보트를 해변으로 끌어당겼다.

"자, 어서."

질척한 모래사장에 발을 내딛자 칼라일이 말했다.

"탐험하러 가자."

야자나무들 가장자리는 1.6킬로미터 정도 되는 평평한 모래 지역으로 둘러싸여 있었다. 둘은 모래 지역을 따라 남쪽으로 갔다. 더 멀리 있는 야자 식물의 가장자리를 스치고 지나가자 자연 그대로의 진주색 해변이 나타났다. 아디타는 갈색 골프화를 벗었다. 스타킹 신는 것은 영영 잊은 듯 맨발로 물속을 헤치며 걸었다. 두 사람이 느긋하게 요트로 돌아왔을 때, 지치지도 않는 베이브가 둘을 위해서 점심 식사를 준비해 두었다. 베이브는 바다 양쪽을 감시하기 위해 북쪽 높은 절벽에 감시 장소까지 만들어 놓았다. 절벽이 세상에 알려졌는지에 대해서는 의문이 들었다. 베이브는 지도상에서 이 섬이 표시된 것을 본 적이 없었다.

"이곳 이름이 뭐예요?"

아디타가 물었다.

"제 말은 이 섬 이름이 뭐예요?"

"이름은 없어요."

베이브가 싱긋 웃으며 말했다.

"그냥 섬이라고 생각해요, 그게 전부예요."

늦은 오후 그들은 절벽의 가장 높은 부분 바위에 등을 기대고 앉았다. 칼라일은 아디타에게 자신의 어렴풋한 계획의 윤곽을 말했다. 지금쯤 사람들이 자기를 뒤쫓고 있을 것이라고 칼라일은 확신했다. 칼라일이 해낸 쿠데타의 전체 수입금과 아디타에게 밝히지 않는 것까지 고려하면 금액은 백만 달러 정도 되는 것으로 추정했다. 칼라일은 이 섬에서 몇 주간 더 머물다가 남쪽을 향해 떠나기로 생각했다. 통상적인 배의 이동 경로 외각을 따라서 가다가 남미 최남단의 곳인 케이프 혼을 돌아 페루의 카야오로 갈 생각이었다. 석탄 연료와 공급품은 전적으로 베이브에게 맡기기로 했다. 베이브는 커피 무역선의 사환에서 시작해서, 오래전에 선장이 교수형에 처해진 브라질 해적선의 실질적인 1등 항해사에 이르기까지 모든 역량으로 이 바다를 항해해 왔던 것으로 보였다.

"베이브가 백인이었다면 오래전에 남아메리카의 왕이 되었을 거야."

칼라일이 힘을 주어 말했다.

"지능에 관한 한, 교육자이자 지도자인 부커 T. 워싱턴을 바보로 만들 정도야. 모든 인종과 민족의 간교한 꾀의 피가 베이브의 핏줄에 흐르고 있어. 그 종류가 6개가 아니면 내가 거짓말쟁이지. 베이브가 나를 따르는 이유는 내가 래그타임을 자기보다 더 잘 연주하는 세상에서 유일한 사람이기 때문이야. 베이브와 나는 뉴욕 해안가의 부두에 함께 앉아 있고는 했어. 베이브는 바순을 들고 나는 오보에를 들었지. 우리가 천 년 된 아프리카 화성에 단조를 섞어 연주하면 쥐들이 기둥을 타고 올라와서 둘러앉아서 축음기 앞의 개들처럼 낑낑거리고 찍찍거렸지."

아디타가 큰 소리로 말했다.

"쥐들이 그러는 것을 어떻게 알아요?"

칼라일이 싱긋 웃었다.

"맹세하는데 그건……."

"카야오에 도착하면 뭘 할 거예요?"

아디타가 말을 가로막았다.

"인도로 가는 배를 탈 거야. 인도의 왕이 되고 싶어. 진심이야. 아프가니스탄 어딘가로 가서 궁전을 매수하고 명성을 얻은 다음, 5년쯤 지나서 외국의 억양과 신비에 싸인 과거로 무장해서 영국에 갈 거야. 그런데 먼저 인도로 갈 거야. 세상의 모든 금이 점차 인도로 되돌아가고 있다는 소문을 알고 있나? 내게는 그 소문이 매력적이야. 그리고 책을 읽을 여가도 상당히 많이 가지고 싶어."

"그 후에는 어떻게 할 거예요?"

"그다음에는."

칼라일이 도전적으로 대답했다.

"귀족층이 될 거야. 웃고 싶으면 웃어. 그러나 적어도 내가 원하는 것을 내 자신이 알고 있다는 사실은 인정해야 할 거야. 내가 상상하는 내 자신이 원하는 것은 당신이 상상하는 당신 자신이 원하는 것 이상이야."

"천만에요."

아디타가 담배 상자를 집으려고 주머니에 손을 넣으며 반박했다.

"당신을 만났을 때, 저는 제가 원하는 것을 제 자신이 알고 있어서 친구들과 친척들이 한창 야단이었어요."

"당신이 원하는 게 뭐였는데?"

"남자요."

칼라일은 흠칫했다.

"약혼했다는 뜻이야?"

"어느 정도요. 당신이 요트에 타지 않았으면 저는 어제 저녁에 반드시 해변으로 갔을 거예요. 오래전 일처럼 느껴지네요. 그리고 팜비치에서 그 남자를 만났을 거예요. 그 남자는 러시아의 캐서린 대제가 한때 소유했었던 팔찌를 가지고 저를 기다리고 있었어요. 이제 귀족층에 대한 이야기는 하지 마세요."

아디타가 재빨리 말을 이었다.

"저는 그 남자가 상상력이 있고 소신대로 하는 용기가 있어서 그냥 좋앉어요."

"그런데 당신 가족이 마음에 들지 않아 했나?"

"그런 가족이 있어요. 바보 같은 삼촌과 더 바보 같은 숙모요. 그 남자는 미미라는 빨간 머리 여자와 추문이 있었던 것 같아요. 몹시 과장된 이야기라고 그 남자가 말했어요. 남자들은 저에게 거짓말을 하지 않아요. 어쨌든 그 남자가 한 행동은 상관하지 않아요. 헤아려야 할 건 미래예요. 미래는 제가 조치하면 돼요. 남자가 저와 사랑에 빠지면, 그 남자는 다른 재미에는 마음을 쓰지 않아요. 그 남자에게 그 여자와 지체 없이 떨어지라고 말했고, 그 남자는 그렇게 했어요."

"조금 질투가 나는군."

칼라일이 얼굴을 찌푸리며 말했다. 그리고 웃었다.

"카야오에 갈 때까지 당신을 데리고 있어야 하겠군. 그다음 미국으로 돌아갈 수 있도록 돈을 빌려주어야 하겠어. 그때까지 당신이 그 남자에 대해 조금 더 생각할 시간을 가질 수 있을 거야."

"저한테 그렇게 말하지 마세요."

아디타가 화를 냈다.

"저는 누구든 부모처럼 행동하는 것을 참을 수 없어요! 아시겠어요?"

칼라일은 싱긋 웃다가 다소 겸연쩍게 웃음을 멈췄다. 아디타의 차가운 분노가 칼라일을 움츠리고 오싹하게 한 것 같았다.

"미안하네."

칼라일이 머뭇거리며 말했다.

"오, 사과하지 마세요! 저는 그렇게 남자답고 유보적인 말투로 '미안하다.'라고 말하는 사람을 견딜 수 없어요. 그냥 조용히 하세요!"

침묵이 흘렀다. 칼라일은 침묵이 다소 어색했다. 하지만 아디타는 마음껏 담배를 피우며 빛나는 바다를 바라보느라 어색한 상황을 의식하지 못한 것 같았다. 잠시 후에 아디타는 바위를 기어 올라가서 벼랑 끝에 얼굴을 내밀고 누운 채 아래를 내려다봤다. 칼라일은 아디타를 보고, 아디타가 우아하지 않은 자세를 취하는 게 불가능할 것이라고 생각했다.

"오, 보세요."

아디타가 외쳤다.

"저 아래에 선반처럼 튀어나온 바위들이 꽤 많아요. 높이가 서로 다른 넓은 바위들이요."

"오늘 밤에 수영해요!"

아디타가 들떠서 말했다.

"달빛이 비칠 때요."

"다른 쪽 끝 해변으로 가보는 게 어때?"

"싫어요. 저는 물에 뛰어드는 게 좋아요. 삼촌 수영복을 입으세요. 마대 같기는 할 거예요. 삼촌은 군살이 축 늘어져서요. 저는 대서양 해안을 따라 비드퍼드 풀에서 세인트오거스틴까지 수영해서 원주민들을 놀라게 했을 때 입었던 원피스 수영복이 있어요."

"상어처럼 수영을 잘 하는가 보군."

"네, 수영을 잘해요. 매력이 있어 보이기도 하고요. 지난여름 라이에서 만난 한 조각가는 제 종아리가 5백 달러의 가치가 있다고 말했어요."

칼라일은 이에 대해 아무 대답도 할 수 없을 것 같았다. 그래서 조용히 조심스럽게 속으로 미소를 지었다.

5장

　어슴푸레하게 푸른색과 은색을 띠며 밤의 어둠이 드리워지자, 둘은 보트를 타고 빛을 받아 일렁거리는 수로를 빠져나가 돌출된 바위 쪽으로 가서 함께 절벽을 기어오르기 시작했다. 첫 번째 바위 층은 높이가 3미터 정도 되었고 넓어서 자연 다이빙대가 되었다. 둘은 밝은 달빛을 받으며 거기에 앉았다. 그리고 약하게 끊임없이 일렁거리는 물결을 바라봤다. 바다는 썰물 때라서 거의 잔잔했다.
　"행복한가?"
　칼라일이 갑자기 물었다.
　아디타가 고개를 끄덕였다.
　"바다 근처에 있으면 언제나 행복해요."
　아디타가 계속 말했다.
　"하루 종일 당신과 제가 다소 비슷하다는 생각을 했어요. 우리는 둘 다 반항아죠. 이유는 다르지만. 2년 전 제가 18세였을 때 당신은……."
　"25세였지."
　"음, 우리는 둘 다 관습적으로는 성공했었죠. 저는 처음 사교계에 등장한 완전히 인상적인 여성이었고 당신은 군대에 입대해서 번창한 음악가였죠……."
　"법적으로 신사였지."
　칼라일이 비꼬아 말했다.
　"음, 어쨌든 우리는 둘 다 주변에 맞추어 살았죠. 우리의 모가 난 곳이

닳아서 없어진 것이 아니라면 속으로 누르고 있었던 거예요. 우리 둘의 마음속에는 행복해지기 위해서 더 필요한 것을 요구하게 하는 무엇인가가 있었어요. 저는 제가 원하는 게 뭔지 몰랐어요. 저는 초조하고 조급하게 매달 남자들을 만났는데 동조는 줄어들고 불만은 늘어났죠. 저는 앉아서 입속을 깨물며 제가 미쳐가는 게 아닌지 생각하고는 했어요. 저는 끝없는 무상함을 느꼈어요. 저는 원하는 것은 당장 갖기를 원했어요. 당장, 당장! 저는 아름다웠죠. 지금도, 그렇지 않나요?"

"아름다워."

칼라일이 머뭇거리며 말했다.

아디타가 갑자기 일어났다.

"잠깐만이요. 이 쾌적해 보이는 바다에 들어가 보고 싶어요."

아디타는 선반처럼 튀어나온 바위 끝으로 걸어가서 바다로 뛰어 들어갔다. 공중에서 몸을 웅크렸다가 쭉 펴더니 완벽한 잭나이프 다이빙으로 물속으로 곧바로 들어갔다.

잠시 후 수면으로 몸을 내민 아디타가 칼라일에게 말했다.

"저는 하루 종일 그리고 밤새도록 책을 읽고는 했죠. 사회를 원망하기 시작했는데……."

"어서 올라와."

칼라일이 말을 막았다.

"대체 뭐하는 거야?"

"그냥 물 위에 누워서 떠다니고 있어요. 곧 올라갈게요. 말 좀 할게요. 제가 즐겼던 유일한 것은 사람들을 놀라게 하는 거였어요. 입기에 불가능해 보이면서도 상당히 매력적인 의상을 입고 가장무도회에 가거나, 뉴욕에서 가장 무궤도한 생활을 하는 남자들과 돌아다니거나, 상상할 수 있는 지독히 기분 나쁜 곤경에 빠지기도 했어요."

첨벙거리는 소리와 아디타의 말소리가 섞였다. 그다음 아디타가 선반처럼 튀어나온 바위로 올라오면서 숨을 헐떡이는 소리가 들렸다.

"들어가요!"

아디타가 말했다.

칼라일은 아디타가 시키는 대로 일어나 물에 뛰어들었다. 물 밖으로 나와 물을 뚝뚝 흘리며 바위로 올라갔는데 아디타는 그곳에 없었다. 잠시 후 아디타가 3미터 높이의 다른 바위에서 웃는 소리를 듣고 칼라일은 놀랐다. 칼라일은 그 바위로 이동하여 아디타와 잠시 동안 조용히 앉아 있었다. 팔로 무릎을 둘러 안고 숨을 몰아쉬었다.

"가족들은 저돌적이었어요."

아디타가 갑자기 말했다.

"가족들은 저를 결혼시켜서 내보내려고 했어요. 사는 게 가치 없다고 느꼈을 때, 무언가를 찾았죠."

아디타는 기쁨에 도취하여 하늘을 봤다.

"무언가를 찾았다고요!"

칼라일은 기다렸고 아디타가 말을 쏟아 냈다.

"용기…… 바로 그거였어요. 삶의 원칙으로서의 용기요. 항상 고수해야 할 용기요. 제 마음속에 이 엄청난 믿음이 움트기 시작했어요. 과거에 제 우상이었던 모든 것들이 용기의 징후를 무의식적으로 드러내고 있어서 제가 그것들에 매혹되었다는 사실을 알기 시작했어요. 저는 삶의 다른 것들과 용기를 구분하기 시작했죠. 모든 종류의 용기…… 맞서서 피를 흘리는 권투 선수가 계속해서 경기에 임하는…… 저는 남자들에게 권투 경기장에 데려가 달라고 하곤 했어요. 고양이 보금자리를 돌아다니면서 그 고양이들을 자신의 발밑 흙처럼 보는 천한 여자였죠. 언제나 좋은 게 있으면 좋아하고, 다른 사람의 의견은 완전히 무시하고…… 그냥 제가 좋아하는 방식대로 살고 제 방식대로 죽고…… 담배 가지고 오셨나요?"

칼라일이 아디타에게 담배 하나를 주고 조용히 불을 붙였다.

"그런데도."

아디타가 말을 이었다.

"남자들이 계속 모였어요. 늙은 남자, 젊은 남자 다 모였죠. 대부분 저보다 정신적, 신체적으로 열등했지만 모두 저를 가지고 싶어 했어요. 제가 주변에 쌓아 올린 대단히 자랑스러운 전통을 가지고 싶어 했죠. 아시겠죠?"

"어느 정도 알 것 같아. 당신은 패배하지도 않았을 테고 절대로 사과하지도 않았을 테니까."

"패배하거나 사과하지 않았죠!"

아디타는 일어나서 바위 끝으로 가서, 십자가에 못 박힌 사람처럼 하늘을 향해 팔을 벌리고 잠시 자세를 취했다. 그다음 어두운 포물선을 그리며 6미터 아래 은빛 잔물결을 사이로 흔적도 없이 빠져 들었다.

아디타가 물에 떠올라서 칼라일에게 말했다.

"그리고 제게 용기는 삶에 드리워진 흐릿한 회색 안개를 헤쳐 나간다는 것을 뜻해요. 사람이나 환경에 우선하는 것뿐만 아니라 삶의 황폐함까지 압도하는 거예요. 삶의 가치나 덧없는 것의 가치에 대한 주장이라고 할 수 있겠죠."

아디타는 바위를 오르고 있었다. 마지막 말을 하면서, 물에 젖은 노란

머리카락이 매끄럽게 뒤로 넘어간 아디타의 머리가 칼라일의 시선에 들어왔다.

"아주 그럴듯해 보여."

칼라일이 이의를 제기했다.

"당신은 그것을 용기라고 말할 수 있어. 하지만 그 용기도 결국 자부심 있는 출생 위에 세워진 거야. 당신은 도전적인 태도를 몸에 익혔던 거야. 내가 보낸 흐린 날에는 용기조차 흐리고 생명력 없는 것 중 하나야."

아디타는 바위 가장자리에 앉아 무릎을 팔로 안고 하얀 달을 멍하게 바라봤다. 칼라일은 더 뒤쪽에 있었는데, 바위 틈새로 들어간 기괴한 신처럼 자리를 차지하고 있었다.

"저는 소설 속 낙천주의자 폴리애나처럼 보이고 싶지는 않아요."

아디타가 말했다.

"당신은 아직 제 말을 이해하지 못했어요. 제가 말하는 용기는 믿음이에요. 저의 영원한 회복력에 대한 믿음이에요. 기쁨도 돌아올 것이고 희망과 자연스러움도 되살아날 거예요. 그때까지 저는 입을 다물고 턱을 높이 들고 눈을 크게 뜨고 있어야 할 것 같아요. 어리석은 웃음을 지을 필요는 없을 것 같고요. 저는 징징거리지 않고 지옥을 통과해 왔어요. 여자의 지옥은 남자의 지옥보다 더 치명적이에요."

"그러나 만약 기쁨과 희망과 그 모든 것이 되살아나기 전에 당신에게 영원히 커튼이 쳐진다면 어떻게 되는 건가?"

칼라일이 말했다.

아디타는 일어나서 암벽으로 다가가서 3미터에서 4.5미터쯤 되는 다른 바위를 힘을 들여서 타고 올라갔다.

The Offshore Pirate

"뭐, 그럼 제가 이긴 거예요!"

아디타가 대답했다.

칼라일은 조금씩 움직여서 아디타를 봤다.

"거기에서는 뛰어내리지 않는 게 낫겠어! 허리가 부러질 거야."

칼라일이 재빨리 말했다.

아디타가 웃었다.

"저는 아니에요!"

아디타는 천천히 팔을 펴고 백조처럼 서서 완벽한 젊음에 대한 자신감을 내뿜고 있었다. 그것이 칼라일의 마음에 따뜻한 빛을 밝혔다.

"우리는 두 팔을 펼쳐 어두운 허공을 가로지를 거예요. 발은 돌고래 꼬리처럼 뒤로 뻗을 거예요. 저 아래 은빛 물위에 닿지 못할 거라고 생각하겠지만 따뜻한 물결이 우리를 휙 감쌀 거예요. 그리고 물결이 우리의 입을 맞추고 어루만질 거예요."

그때 아디타는 공중으로 몸을 던졌다. 칼라일은 자기도 모르게 숨을 죽였다. 칼라일은 바위 선반의 높이가 거의 12미터라는 사실을 알지 못했다. 길게 느껴지는 시간이 지나서 칼라일은 아디타가 수면에 닿는 빠르고 작은 소리를 들었다.

아디타의 가볍고 촉촉한 웃음소리가 절벽을 타고 올라와 불안해하던 칼라일의 귓속에 들리자 칼라일은 기쁜 안도의 한숨을 내쉬었고, 자신이 아디타를 사랑하게 되었다는 사실을 깨달았다.

6장

시간은 속셈 없이 그들에게 3일의 오후를 제공해 주었다. 해가 내리쬐어 아디타의 선실 둥근 창을 밝힌 지 한 시간 후, 아디타는 기분 좋게 일어나 수영복을 입고 갑판으로 나갔다. 흑인들은 아디타를 보면 하던 일을 멈추고 모여서 킥킥 웃고 잡담을 하며 난간으로 갔고, 아디타는 민첩한 피라미처럼 깨끗한 수면 위 아래로 떠다녔다. 시원한 오후에도 아디타는 수영을 했다. 그리고 절벽 위에 나른하게 누워서 칼라일과 담배를 폈다. 그렇지 않으면 남쪽 해변의 모래사장에 옆으로 누워 대화도 거의 안 하고 열대 저녁의 무한한 나른함 속으로 다채로우면서도 무참할 정도로 하루가 저물어 가는 모습을 보고 있었다.

화창한 긴 시간을 보내면서 아디타는 일련의 사건이 부수적이고 무모하며 현실 사막에서 일어나는 낭만의 잔가지라는 생각을 점차 떨치게 되었다. 아디타는 칼라일이 남쪽으로 출발할 때가 될까 봐 두려웠다. 아디타는 자신 앞에 일어날 그들의 우발적인 모든 상황이 두려웠다. 갑자기 생각하기가 귀찮고 결정하기가 끔찍했다. 이교도 의식이 자리 잡은 아디타의 영혼 속에 기도할 자리가 있었다면, 아디타는 삶에게 잠시 방해하지 말라고 기도했을 것이다. 천진난만하게 흘러가는 칼라일의 생각과 그의 강렬하고 소년 같은 상상력, 그의 기질을 가로질러 모든 행동에 색을 입히는 것처럼 보이는 편집광적인 성질에 느긋하게 따라갈 준비를 하게 해 달라고 기도했을 것이다.

그러나 이것은 섬에 있는 두 사람의 이야기도 아니고 고립된 상황이 불러온 주된 사랑에 대한 이야기도 아니다. 단지 두 인물을 제시하는 것뿐이고, 멕시코 만류 야자나무의 목가적인 설정은 우연한 것이다. 대부분의 사람은 생존하고 번식하는 데 만족하고 이를 수행하기 위한 권리를 위해 싸운다. 그보다 우세한 생각을 하거나 운명을 통제하도록 운명 지어진 증명은 운이 좋거나 나쁜 일부 사람에게만 부여된다. 아디타의 흥미로운 점은 그녀의 아름다움과 젊음과 함께 흐려지게 될 그 용기이다.

"저도 데려가 주세요."

그늘진 야자나무 아래 풀밭에 함께 느긋이 앉아 있던 어느 늦은 밤에 아디타가 말했다. 흑인들이 해변으로 악기를 가지고 왔고 묘한 래그타임 음악 소리가 밤의 따뜻한 기운을 타고 부드럽게 들렸다.

"10년 안에 굉장히 부유하고 계급이 높은 인도 여인이 되어 다시 나타나고 싶어요."

아디타가 말했다.

칼라일이 재빨리 아디타를 봤다.

"당신은 할 수 있어."

아디타가 웃었다.

"청혼하신 거예요? 호외예요! 아디타 파남이 해적의 신부가 돼요. 사교계 여성이 래그타임 연주자였던 은행 강도에게 납치되었어요."

"은행은 아니었어."

"뭐였어요? 왜 말해 주지 않죠?"

"당신의 환상을 깨고 싶지 않아."

"오, 저는 당신에 대한 환상 같은 거 없어요."

"내 말은 당신 자신에 대한 환상이야."

아디타가 놀라서 눈을 치떴다.

"제 자신이라니요! 당신이 무슨 중죄를 저질렀든 저와 무슨 상관이죠?"

"그건 두고 볼 일이야."

아디타는 팔을 뻗어 칼라일의 손을 쓰다듬었다.

"친애하는 커티스 칼라일 씨."

아디타가 부드럽게 말했다.

"저를 사랑하게 되었나요?"

"중요한 것처럼 말하는군."

"중요해요…… 제가 당신을 사랑하게 된 것 같기 때문이에요."

칼라일이 얄궂게 아디타를 봤다.

"그러면 당신의 1월은 총 여섯 개로 늘어나겠군."

칼라일이 말했다.

"내가 당신의 허세에 응해서 인도에 함께 가자고 하면 어떻게 할 거야?"

"갈까요?"

칼라일이 어깨를 으쓱했다.

"카야오에서 결혼할 수도 있겠지."

"저에게 어떤 삶을 줄 수 있어요? 모진 말을 하려는 게 아니고 진지하게 말하는 거예요. 현상금 2만 달러를 원하는 사람들이 당신을 따라잡으면 저는 어떻게 되나요?"

"당신은 두려워하지 않는 줄 알았는데."

"두렵지는 않아요. 그런데 한 남자에게 제가 두려워하지 않는다는 것을 보여 주려고 제 인생을 던지지는 않을 거예요."

"당신이 가난했으면 좋았겠어. 따뜻한 목축 지역에서 울타리 너머로 꿈을 꾸는 어리고 가난한 소녀였으면 좋았겠어."

"그랬으면 좋았을까요?"

"나는 당신을 놀라게 하며 즐겼겠지…… 당신이 물질에 눈 뜨는 모습을 보면서 즐겼겠지. 당신이 물질만을 원한다면! 내 말 뜻 모르겠어?"

"알겠어요…… 보석 가게 창문을 빤히 쳐다보는 여자들을 뜻하는 거겠죠."

"그래…… 그리고 백금으로 만들었고 테두리에 다이아몬드가 장식된 큰 직사각형 시계를 원하지. 당신은 그 시계가 너무 비싸서 100달러짜리 백금 도금 시계 중 하나를 고를 뿐이야. 그러면 내가 말하지. '비싼가? 안 비싼데.' 그리고 우리는 가게에 들어가고 곧 당신의 손목에 백금 시계가 빛나고 있겠지."

"괜찮고 통속적으로 들리네요…… 그리고 재미있어요, 그렇지 않아요?"

아디타가 말했다.

"그렇지 않냐고? 우리가 곳곳을 돌아다니며 여기저기에 돈을 쓰고, 벨 보이와 웨이터들에게 숭배 받는 것이 안 보여? 오, 순전한 부자들은 땅을 물려받기 때문에 복이 있나니!"

"솔직히 우리가 그렇게 부유했으면 좋겠어요."

"사랑해, 아디타."

칼라일이 다정하게 말했다.

아디타의 얼굴에 어린애 같은 표정이 사라지고 이상하게 심각해졌다.

아디타가 말했다.

"지금까지 만났던 그 어떤 남자보다도 당신과 함께 있고 싶어요. 저는 당신의 외모와 검은 머리카락, 그리고 함께 해변을 갈 때 난간을 넘는 당신의 모습이 좋아요. 커티스 칼라일, 사실 저는 당신이 완전히 자연스러울 때 행하는 모든 것이 좋아요. 당신은 용기가 있고, 그것에 대해 제가 어떻게 느끼는지 아실 거예요. 때때로 당신이 주위에 있으면 저는 갑자기 당신에게 키스를 하고, 당신이 터무니없는 계급 의식이 있는 이상주의적인 소년일 뿐이라고 말하고 싶었어요. 제가 조금 더 나이를 먹었거나 조금 더 지루함을 느꼈다면 당신을 따라서 갔겠죠. 현 상황에서는, 돌아가서 다른 남자와 결혼할 거예요."

은빛 호수 건너편에서 흑인의 형상이 달빛을 받으며 몸부림치고 꿈틀대고 있었다. 마치 너무 오랫동안 활동을 안 한 곡예사들이 남아도는 순전한 힘으로 곡예를 하는 것 같았다. 그들은 한 줄로 행진하면서 동심원을 이루고, 이제 뒤로 고개를 젖히고, 남자의 얼굴과 몸에 염소의 다리와 뿔을 가진 고대 로마 신화의 파우누스 신처럼, 악기를 들고 몸을 숙였다. 트롬본과 색소폰에서는 혼합된 선율이 끊임없이 애처롭게 흘러나왔는데, 때로는 시끌벅적하고 환희에 찼고, 때로는 콩고의 심장부에서 죽음의 춤을 추는 것처럼 잊을 수 없이 애처로웠다.

"같이 춤춰요."

아디타가 외쳤다.

"저 완벽한 재즈 음악에 가만히 앉아 있을 수가 없어요."

칼라일은 아디타의 손을 잡고 달빛이 찬란하게 빛나는, 단단한 모래흙이 넓게 뻗은 곳으로 데려갔다. 둘은 흐릿한 빛 아래에 날아다니는 나방처럼 떠돌아다녔다. 환상적인 교향곡에 눈물을 흘리고 기뻐서 어쩔 줄 모르고 결정을 못 하고 망설이면서, 절망한 아디타의 마지막 현실 감각이 흐려졌다. 아디타는 자신의 상상력을 열대 꽃들의 환상적인 여름 향기와 별이

총총한 무한한 우주에 맡겼다. 눈을 뜨면 자신이 상상한 땅에서 유령과 춤추는 자신의 모습을 발견할 것이라고 느꼈다.

"이게 고급 개인 댄스파티군."

킬라일이 속삭였다.

"정말 미치겠어요…… 그런데 기분 좋게 미치겠어요!"

"우리는 마법에 걸린 거야. 수 세대에 걸친 셀 수 없이 많은 식인종의 그림자들이 저 높은 절벽 옆에서 우리를 바라보고 있어."

"식인종 여성들은 우리가 너무 가까이 붙어서 춤을 추고 있고, 제가 주책없이 코걸이도 하지 않고 왔다고 말하겠죠."

둘은 가볍게 웃었다. 그때 호수 건너편에서 트롬본 연주가 악곡의 마디 중간에 멈추고 색소폰 연주가 낑낑거리는 소리를 내다가 멈추자, 둘은 웃음을 멈췄다.

"무슨 일이지?"

칼라일이 말했다.

잠깐 동안 정적이 흐른 후 둘은 은빛 호수를 돌아 뛰어오는 남자의 형상을 봤다. 그 남자가 가까워지면서 둘은 그가 평소와 달리 흥분한 베이브라는 것을 알았다. 베이브는 둘 앞에 가서 숨을 헉헉거리며 소식을 알렸다.

"해안가에서 800미터 정도 떨어진 곳에 배가 나타났어요. 모세가 감시를 하고 있었는데, 배가 닻을 내린 것 같다고 합니다."

"배라고…… 어떤 배인데?"

칼라일이 걱정스럽게 물었다.

칼라일의 목소리는 낙담한 듯했다. 별안간 의기소침한 칼라일의 얼굴을 보고 아디타는 갑자기 마음이 쓰렸다.

"모르겠답니다."

"그들이 작은 배로 상륙을 시도하고 있나?"

"아닙니다."

"우리가 올라가 보자."

칼라일이 말했다.

그들은 조용히 언덕을 올라갔다. 아디타는 춤이 끝났을 때의 상태 그대로 칼라일과 손에 잡혀 있었다. 칼라일은 손을 잡고 있다는 것을 의식하지 못한 듯 때때로 초조하게 손을 움켜쥐는 것을 아디타는 느꼈다. 아디타는 손이 아프기는 했으나 손을 빼려고 하지 않았다. 한 시간쯤 오르자 그들은 정상에 다다랐다. 그래서 윤곽만 보이는 고원을 조심스럽게 기어서 절벽 가장자리까지 갔다. 칼라일이 짧게 내려다보더니 자기도 모르게 작은 비명을 질렀다. 그 배는 구경이 15센티미터인 포를 앞뒤에 장착한 감시선이었다.

"저들이 알고 있군!"

칼라일이 짧은 숨을 들이마시며 말했다.

"저들이 알고 있어! 어딘가에서 흔적을 발견했나 봐."

"저들이 수로에 대해 알겠어요? 아침에 섬을 한번 보려고 온 것뿐일지도 몰라요. 저기에서는 절벽의 틈새가 보이지 않을 거예요."

"쌍안경이 있으면 볼 수 있을 거야."

칼라일이 절망적으로 말했다. 그리고 손목시계를 봤다.

"2시가 거의 다 되었군. 저들은 새벽까지는 아무것도 안 할 거야. 확실해. 물론 저들이 다른 지원 감시선을 기다리고 있을 가능성도 있지. 또는 석탄 운반선을 기다리고 있을지도 모르지."

"우리는 여기에 있는 게 낫겠어요."

시간이 지나고, 둘은 나란히 누워 꿈꾸는 아이들 같이 손을 턱에 괴고 조용히 있었다. 뒤에는 흑인들이 인내를 갖고 체념한 듯 묵종하며 쪼그리고 앉아 있었다. 때때로 크게 코를 골며 어떤 위험도, 정복할 수 없는 아프리카 인들의 잠에 대한 갈망을 억누를 수 없다고 알리는 듯했다.

5시가 되기 직전에 베이브가 칼라일에게 다가갔다. 나르키소스호에 소총 6정이 있다고 베이브가 말했다. 혹시 저항하지 않기로 결정했는지 물었다.

계획만 세우면 꽤 할 만한 싸움이 될 것이라고 베이브는 말했다.

칼라일이 웃으며 고개를 저었다.

"저건 남미 군대가 아니야, 베이브. 세관 감시선이야. 활과 화살로 기관총에 대항하는 것과 같아. 저 자루들을 어딘가에 묻었다가 나중에 찾기를 원한다면 그렇게 해. 하지만 안 될 거야. 저들이 이 섬의 한쪽 끝에서 다른 쪽 끝까지 파낼 거야. 어느 모로 봐도 진 싸움이야, 베이브."

베이브는 조용히 고개를 숙이고 돌아섰다. 칼라일은 아디타에게 고개를 돌리고 쉰 목소리로 말했다.

"최고의 친구야. 내가 허용하면 나를 위해 자랑스러워하며 죽을 거야."

"포기한 거예요?"

"선택의 여지가 없어. 물론 살 방법이 있기는 해. 확실한 방법이 있어. 하지만 기다려야 해. 나는 내 재판을 무슨 일이 있어도 놓칠 수 없어. 악명에 대한 흥미로운 실험이 될 거야. '파남 양은 자신을 대하는 해적들의 태도가 항상 신사적이었다고 증언하다.'"

"그러지 마세요."

아디타가 말했다.

"정말 미안해요."

하늘의 색이 서서히 희미해지고 푸른빛이 탁한 회색으로 바뀌었을 때 배의 갑판이 눈에 보이게 소란스러워졌다. 삼베로 짠 흰 즈크 옷을 입은 장교들이 난간 근처에 모여 있었다. 그들은 손에 쌍안경을 들고 섬을 주의 깊게 살펴보고 있었다.

"다 끝났어."

칼라일이 암울하게 말했다.

"이런."

아디타가 낮은 소리로 말했다. 눈에 눈물이 맺히는 것이 느껴졌다.

"요트로 돌아가자고."

칼라일이 말했다.

"여기에서 주머니쥐처럼 잡히는 것보다 요트로 가는 게 낫겠어."

그들은 고원을 떠나 언덕을 내려갔다. 호수에 도착하여 말없는 흑인들이 노를 젓는 보트를 타고 요트로 갔다. 그 다음 창백한 얼굴에 지친 몸으로 긴 안락의자에 주저앉아서 기다렸다.

30분 후에 희미한 회색빛 속에서 감시선의 뱃머리가 수로에 나타나서 멈추었다. 분명히 만이 너무 얕아서 걱정하는 것 같았다. 요트의 평화로운 모습과, 남자와 여자가 긴 안락의자에 앉아 있는 모습, 그리고 흑인들이 호기심 어린 모습으로 난간에 느긋하게 서 있는 모습을 보고, 우리가 저항을 하지 않으리라고 판단한 것이 분명했다. 그래서 감시선에서는 두 척의 보트를 배 옆으로 내렸다. 보트 한 척에는 장교 1명과 수병 6명이 탔고, 다른 한 척에는 노 젓는 사람 4명과 요트 탈 때 입는 플란넬 옷을 입은 백발의 남자 두 명이 선미에 타고 있었다. 아디타와 칼라일은 서서 반쯤 무의식적으로 서로에게 다가가기 시작했다.

칼라일은 걸음을 멈추고 갑자기 손을 주머니에 넣고 둥글고 반짝이는 물건을 꺼내 아디타에게 내밀었다.

"그게 뭐예요?"

아디타가 궁금한 듯이 물었다.

"확실하지는 않지만, 안쪽에 러시아어로 글씨가 새겨진 것으로 봐서 당신이 받기로 약속했던 팔찌 같아."

"어디에서…… 도대체 어디에서……."

"저 자루 중 하나에서 나왔어. 커티스 칼라일과 6명의 흑인 친구들은 팜비치 호텔의 차 마시는 곳에서 공연을 하던 중에, 갑자기 악기 대신 자동 권총을 꺼내 사람들의 물건을 강탈했어. 나는 이 팔찌를 귀엽고 입술연지를 짙게 바른 빨간 머리 여자에게서 빼앗았어."

아디타는 얼굴을 찌푸렸다가 웃음을 지었다.

"그게 당신이 저지른 일이군요! 용기가 대단하네요!"

칼라일이 고개를 숙였다.

"잘 알려진 부르주아의 특징이지."

칼라일이 말했다.

새벽이 갑판을 가로질러 역동적으로 기울어지면서 그림자를 잿빛 구석으로 밀어냈다. 이슬이 맺혀 꿈결 같이 희미한 엷은 금빛 안개를 만들어 둘을 감쌌다. 둘은 일시적으로 머물렀다가 희미해지는 지난밤의 고운 유물처럼 보였다. 바다와 하늘은 잠시 숨을 죽였고 새벽이 분홍빛 손으로 생명의 어린 입을 막았다. 그다음 호수 저편 노 젓는 보트에서 불평하는 소리와 노 젓는 소리가 들려왔다.

갑자기 동쪽에 낮게 뜬 금빛 용광로를 배경으로 두 우아한 형체가 하나로 합쳐졌다. 칼라일이 아디타의 제멋대로인 젊은 입술에 키스를 하고 있었다.

"영광스럽군."

잠시 후에 칼라일이 중얼거렸다.

아디타가 칼라일을 올려다보며 웃음을 지었다.

"행복해?"

아디타의 한숨은 축복의 기도였다. 아디타가 자신이 알고 있던 만큼 젊고 아름답다는 확실한 보증의 표시였다. 또 다른 짧은 삶의 순간은 빛났고 시간은 상상 속에서 흘렀고 둘의 용기는 영원했다. 그때 보트가 요트 옆에 나란히 긁히며 부딪치는 소리가 들렸다.

백발의 두 남자와 장교 한 명과 선원 두 명이 손에 권총을 들고 사다리를 타고 올라왔다. 파남 씨는 팔짱을 끼고 서서 조카 아디타를 봤다.

"그러니까."

파남 씨가 고개를 천천히 끄덕였다.

아디타가 한숨을 내쉬며 칼라일의 목에 감았던 팔을 풀고, 더 아름답게 변모되어 먼 곳을 보는 듯한 눈빛으로 승선한 사람들을 봤다. 아디타의 삼촌은 아디타의 윗입술이 천천히 부어오르며 그가 잘 알던 모습으로 오만하게 뾰로통한 것을 봤다.

"그러니까."

파남 씨가 잔인하게 다시 말했다.

"그러니까 이게 네 생각…… 낭만에 대한 네 생각이구나. 먼 바다를 떠도는 해적과 도망가는 것이."

아디타가 무관심하게 삼촌을 흘낏 봤다.

"삼촌은 바보예요!"

아디타가 조용히 말했다.

"그게 최선의 대답이니?"

"아니요."

아디타가 심사숙고하듯 말했다.

"아니요. 또 할 말이 있어요. 지난 몇 년 동안 우리 대화가 끝날 때 제가 말했던 잘 알려진 어구요⋯⋯ '조용히 하세요!'"

그리고 아디타는 몸을 돌리면서 두 백발 남자와 장교와 두 선원을 경멸스럽게 흘낏 보고는 계단을 당당하게 내려갔다.

그러나 아디타가 조금만 더 기다렸다면 평소 삼촌과의 대화에서는 듣지 못했던 꽤 생소한 말을 들었을 것이다. 파남 씨는 유쾌한 웃음을 터뜨렸고 다른 백발 남자도 웃었다.

다른 백발 남자가 재빨리 칼라일을 봤다. 칼라일은 이 장면을 수수께끼같이 재미있게 보고 있었다.

"음, 토비."

백발 남자가 다정하게 말했다.

"구제불능에 무모하고 무지개를 쫓아다니는 낭만주의자야. 아디타가 네가 원하던 여자가 맞니?"

칼라일이 자신 있게 웃었다.

"뭐⋯⋯ 물론이죠."

칼라일이 말했다.

"아디타의 분방한 이력을 처음 들었을 때부터 확신했어요. 그게 어젯밤 베이브에게 로켓을 발사하라고 한 이유예요."

"네가 그렇게 해서 기쁘다."

모어랜드 대령이 진지하게 말했다.

"우리는 네가 저 낯선 6명의 흑인들과 문제를 일으킬까 걱정되어 가까이 따라가고 있었다. 너희 둘을 발견했을 때 너희가 타협적인 입장을 취하고 있기를 바랐다."

모어랜드 대령이 한숨을 내쉬었다.

"음, 괴짜를 잡으려면 괴짜를 보내야지!"

"네 아버지와 나는 최상의 상황을 기대하며 밤을 샜다…… 아니면 최악의 상황일 것이라고 예상했어. 아디타가 자네를 받아들일지 누가 알았겠니, 토비. 내가 아디타 때문에 미치겠다. 내가 탐정을 고용해서 미미라는 여자에게서 받아 온 러시아 팔찌를 아디타에게 주었니?"

칼라일이 고개를 끄덕였다.

"쉿!"

칼라일이 말했다.

"아디타가 갑판으로 올라와요."

아디타가 계단 꼭대기에 모습을 드러냈고 자기도 모르게 칼라일의 손목을 흘낏 봤다. 아디타가 얼떨떨한 표정을 지었다. 선미 뒤에서 흑인들이 노래를 부르기 시작했고, 새벽이 되어 신선해진 시원한 호수에 그들의 낮은 음성이 고요하게 울렸다.

"아디타."

칼라일이 떨리는 목소리로 말했다.

아디타가 칼라일을 향해 한 걸음 다가갔다.

"아디타."

칼라일이 숨을 죽이고 다시 말했다.

"당신에게 말할…… 진실이 있어요. 모두 대리 인물이었어요. 제 이름은 칼라일이 아니에요. 제 이름은 토비 모어랜드예요. 지어낸 이야기였어요, 아디타. 플로리다의 옅은 분위기에서 만들어 낸 이야기였어요."

아디타가 토비를 빤히 쳐다봤다. 당황하고, 놀라고, 믿기지 않고, 화난 표정이 아디타의 얼굴에 스쳤다. 세 남자가 숨을 죽이고 있었다. 모어랜드 대령이 아디타를 향해 한 걸음 다가갔다. 파남 씨는 입을 약간 벌리고 걱정스럽게 예상되는 충돌을 기다렸다.

그러나 충돌은 일어나지 않았다. 아디타의 얼굴이 갑자기 환해졌고 약간 웃으며 재빨리 토비 모어랜드에게 다가가서 토비를 올려다봤다. 아디타의 회색 눈동자에 분노의 흔적은 없었다.

"그게 전부 당신 머리에서 나온 거라고 맹세할 수 있어요?"

아디타가 조용히 말했다.

"맹세해요."

토비 모어랜드가 간절히 말했다.

아디타는 토비의 머리를 끌어당겨 다정하게 키스를 했다.

"대단한 상상력이에요!"

아디타는 부드럽게 그리고 부러운 듯 말했다.

"평생 저에게 달콤한 거짓말을 해 줘요."

흑인들의 음성이 뒤에서 소르르 흘러와서 아디타가 전에 들었던 노랫소리와 섞였다.

"시간은 도둑이네,

기쁨과 슬픔은

나뭇잎에 매달려

노랗게 변해 가고……."

"자루에는 뭐가 들어 있어요?"

아디타가 부드럽게 말했다.

"플로리다의 진흙이 들어 있어요."

토비가 대답했다.

"제가 당신에게 말한 두 가지 진실 중 하나예요."

"나머지 다른 하나는 무엇인지 알 수 있을 것 같아요."

아디타가 말했다. 그리고 그 예로 발끝을 들어 토비에게 부드럽게 키스했다.

얼음 궁전

The Ice Palace

1장

금빛 물감이 미술용 병을 타고 흘러내리듯 햇살이 집을 비췄지만 곳곳에 그림자가 잠시 생겼다가 사라져서 일광욕을 즐기기가 어려웠다. 무성한 나무들을 방패삼아 버터워스와 라킨의 집이 있었다. 해퍼의 집은 햇빛을 가득 머금은 채 하루 종일 먼지가 뽀얗게 내려앉은 길거리를 마주했다. 이곳이 9월 오후 조지아 최남단에 있는 탈러턴 도시의 모습이었다.

19세인 샐리 캐럴 해퍼는 52년 된 침실 창문틀에 턱을 괴고 밖을 바라봤다. 클라크 다로의 낡은 포드 자동차가 모퉁이를 돌고 있었다. 자동차는 계속 열을 흡수하고 발산하며 달궈져서 뜨거웠다. 클라크 다로는 마치 부서질 것 같은 자동차의 예비 부품이라도 된 듯 짜증나고 불편한 표정을 지으며 운전석에 꼿꼿이 앉아 있었다. 짧은 거리를 이동하자 차가 끼익 소리를 내며 힘겹게 움직였다. 클라크 다로는 화난 표정으로 운전대를 휙 돌려 해퍼 집 계단 앞 근처로 이동했다.

거칠게 끼익하며 멈추는 소리가 나더니 잠시 적막이 흘렀고, 이내 깜짝 놀랄 만큼 커다란 휘파람 소리가 들렸다.

샐리 캐럴은 졸린 표정으로 아래를 내려다봤다. 창문틀에 괸 턱을 들고 하품을 하며 정신을 차리고 자동차를 조용히 봤다. 클라크는 신호를 보내고 답을 기다리듯 주의를 기울이며 멋있게 앉아 있었다. 잠시 후 먼지가 떠다니는 공중을 뚫고 휘파람 소리가 또 들렸다.

"좋은 아침이에요."

샐리 캐럴이 인사하자 클라크는 힘겹게 등을 비틀어 창문을 흘낏 올려다봤다.

"아침은 아닌데, 샐리 캐럴. 그렇지 않나?"

"뭐해?"

"사과 먹고 있어요."

"수영하러 가지 않을래?"

"그러죠."

"서둘러 준비해."

"알았어요."

샐리 캐럴은 깊이 한숨을 내쉬었다. 어린 여동생을 위해 초록색 사과와 인형이 그려진 그림 종이를 붙여 놓은 여기저기 긁힌 바닥을 딛고 몹시 무기력한 몸을 일으켜 세웠다. 거울로 다가가 나른하지만 좋은 자신의 표정을 바라봤다. 입술에 연지를 바르고 코에 분을 두드리고, 담황색 단발머리에는 장미를 꽂은 모자를 썼다. 그때 물감 물통이 발에 걸려 넘어졌다.

"오, 이런!"

그러나 그냥 놔두고 방을 나왔다.

"잘 지냈어요, 클라크?"

샐리 캐럴이 자동차 옆 좌석에 재빨리 앉으며 물었다.

"아주 잘 지냈지. 수영하러 어디로 갈까?"

"윌리 수영장으로 가요. 매릴린에게 들러서 데리고 간다고 말했고 조 유잉에게도 그렇게 말했어요."

클라크는 피부가 가무잡잡하고 체구가 말랐으며 서 있을 때면 약간 구부정해 보였다. 웃음을 지어서 놀랍도록 환할 때를 제외하면 눈은 위협적이었고 표정은 다소 심통 사나웠다. 클라크는 자동차에 휘발유를 넣고 다닐 정도로 경제적으로 여유가 있었다. 조지아 공대를 졸업하고 2년간 한적한 고향에서 낮잠을 자며 빈둥빈둥 지내면서 가까운 미래에 자신의 자본을 투자할 최상의 방법을 궁리할 정도로 넉넉했다.

클라크 주변에는 여성들이 많았다. 작은 소녀들이 아름답게 성장했고, 눈부신 미모의 소유자인 샐리 캐럴이 단연 돋보였다. 여성들은 함께 수영했고 춤을 추었고 꽃으로 가득한 여름 저녁에 사랑을 나누었고 너 나 할 것 없이 클라크를 매우 좋아했다. 클라크는 상대 여성들에게 싫증이 나더라도 항상 무언가를 함께 할 젊은 여성들이 대여섯 명 있었다. 그녀들은 틈을 노려 클라크와 골프나 당구를 치고 싶어 하거나 성인용 물품 같은 것을 사고 싶어 했다. 가끔 또래들 중에는 사업을 하러 뉴욕이나 필라델피아나 피츠버그로 가겠다며 작별 인사를 했다. 그러나 대부분은 이 한적한 천국의 환상적인 하늘과 반딧불이 떠다니는 저녁과 소란한 거리의 시장에 머물렀다. 특히 우아하고 부드러운 목소리를 가진 소녀들은 돈보다는 이런 기억 속에서 이곳에 머물며 성장했다.

클라크와 샐리 캐럴은 길을 포장한 밸리 애비뉴에서 제퍼슨가 도로로, 대여섯의 부유한 대저택이 있던 아편굴로, 시내 중심가로 포드 자동차가 열기를 내뿜을 때까지 운전하며 돌아다녔다. 사람이 붐비는 쇼핑 시간이었기 때문에 사람들은 한가롭게 길을 건넜다. 느리게 이동하는 전차 앞에 낮은 소리로 끙끙거리는 황소가 나타났다. 상점 문은 모두 활짝 열려 있었다. 상점 창문에 비친 햇살은 정신이 완전히 혼미해질 정도로 반짝였다. 이런 이유들 때문에 운전하기가 쉽지 않았다.

"샐리 캐럴."

클라크가 갑자기 말을 꺼냈다.

"약혼했다는 게 사실이야?"

샐리 캐럴이 재빨리 클라크에게 시선을 돌렸다.

"어디에서 들었어요?"

"그러니까 약혼했다는 의미야?"

"좋은 질문이에요!"

"지난여름 애시빌 도시에서 만난 양키하고 약혼했다고 어떤 여자애한테 들었어."

샐리 캐럴이 한숨지었다.

"소문에서 나오는 애시빌이라는 오래된 마을은 가본 적도 없어요."

"양키하고 결혼하지 마, 샐리 캐럴. 우리는 네가 이 근처에 있으면 좋겠어."

샐리 캐럴은 잠시 조용했다.

"클라크."

샐리 캐럴이 갑자기 물었다.

"그럼 저는 누구하고 결혼해야 하죠?"

"내가 도와줄게."

"당신은 아내를 부양할 수 없을 거예요."

샐리 캐럴이 선선히 답했다.

"어쨌든 당신은 조건이 너무 좋아서 당신과 사랑에 빠지지는 못할 것 같아요."

"그 말은 당신이 양키하고 결혼하겠다는 뜻은 아니지?"

클라크가 집요하게 물었다.

"제가 그를 사랑한다고 생각하세요?"

클라크가 고개를 저었다.

"사랑할 수 없지. 그 양키는 모든 면에서 우리하고 많이 달라."

클라크는 낡은 집 앞에서 차를 세웠다. 매릴린 웨이드와 조 유잉이 나타났다.

"야, 샐리 캐럴."

"안녕!"

"모두 잘 지냈어?"

"샐리 캐럴."

출발할 때 매릴린이 물었다.

"너 약혼했어?"

"이런, 어디서부터 이 소문이 시작됐지? 내가 약혼하게 되면 마을 사람들의 시선 없이 약혼자를 볼 수는 없을까?"

클라크는 덜커덕거리는 자동차 앞 유리를 응시했다.

"샐리 캐럴."

클라크가 얄궂게 강력히 말했다.

"너 우리를 싫어해?"

"뭐라고요?"

"남부 지역에 사는 우리가 싫어?"

"왜요, 클라크. 저는 당신과 동료들 모두를 좋아해요."

"그럼 왜 북부의 양키와 약혼해?"

"클라크, 저도 모르겠어요. 어떻게 해야 할지 모르겠는데 저는 여러 곳을 다니면서 사람들을 만나고 싶어요. 정신이 성장할 수 있으면 좋겠어요. 그래서 일이 많이 생기는 곳에서 살고 싶어요."

"무슨 뜻이야?"

"오, 클라크, 저는 당신을 사랑해요. 그리고 여기 있는 조와 벤 애럿과 당신들 모두를 사랑해요. 그러나 당신들은, 당신들은……."

"우리는 모두 실패자가 될까?"

"그래요. 저는 금전적 실패자만을 뜻하는 건 아니지만 영향력 없고 슬픈 부류와…… 오, 어떻게 말해야 할까?"

"우리가 여기 탈러턴에 머물러 있어서?"

"네, 클라크. 당신은 여기 생활에 만족하며 달라질 생각도 없고 형편이 바뀌기를 원하지 않잖아요."

클라크는 고개를 끄덕였고 샐리 캐럴은 팔을 뻗어 그의 손을 잡았다.

"클라크."

샐리 캐럴이 부드럽게 말했다.

"저는 당신을 세상 무엇과도 바꾸지 않을 거예요. 당신은 매사에 다정해요. 당신을 실패하게 만드는 과거의 삶, 당신이 누리는 태평한 나날들, 당신의 무사태평과 관대함을 항상 사랑할 거예요."

"그런데 멀리 떠나겠다고?"

"네, 당신과 결혼할 수 없기 때문이에요. 그렇지만 당신은 항상 제 마음속을 차지하고 있을 거예요. 그동안 헛되이 지낸 것 같아요. 보시다시피 저에게는 양면성이 있어요. 당신이 사랑하는 예스러운 나른한 면뿐만 아니라 뭔가를 강하게 밀어붙이는 힘도 있어요. 그것은 어디에선가 유용하게 쓰일지 모르는 부분이고 제가 더 이상 미모를 유지하지 못 할 때까지 지속될 거예요."

샐리 캐럴은 갑자기 말을 중단하고 한숨을 쉬더니 말투를 바꾸었다.

The Ice Palace

"오, 자기!"

샐리 캐럴은 눈을 반쯤 감고 머리를 좌석 뒤로 기대었다. 기분 좋은 환풍기 바람이 눈과 잔물결을 이루는 솜털 같고 곱슬곱슬한 단발 머리카락으로 불어왔다. 그들은 전원에서 무성히 자란 연초록빛 잡목림 수풀과 길가에 시원한 잎을 드리우는 큰 나무 사이를 서둘러 지나갔다. 이곳저곳에 흩어져 있는 낡은 오두막집 문 옆에서 백발이 성성한 집주인이 옥수수 속대로 만든 파이프로 담배를 피우고 있었다. 옷을 제대로 갖춰 입지 않은 대여섯 명의 흑인 아이들이 야생 수풀 앞에서 누더기 인형을 들고 이리저리 걸어 다녔다. 멀리에는 작업자들이 햇빛의 그림자처럼 보이는 평온한 목화밭이 있었다. 작업자들은 힘들게 일하는 것 같지는 않았고 9월의 금빛 밭에서 오랜 전통을 느긋하게 따르는 듯이 보였다. 그리고 나른한 운치의 나무와 오두막과 탁한 강 너머에는, 적대적이지 않고 평온한, 자양분 많은 초기 지구의 따뜻한 대지와 같은 온기가 돌았다.

"샐리 캐럴, 여기야! 자고 있나. 자기, 잠에서 완전히 깨어났어?"

"강물이야, 샐리 캐럴! 시원한 강물이라고!"

샐리 캐럴이 졸린 눈을 떴다.

"네!"

샐리 캐럴이 웃으며 소곤거렸다.

2장

    11월에 키 크고 어깨가 넓고 활발한 해리 벨라미가 북부 도시에서 4일 간 지내러 내려왔다. 그는 한여름에 노스캐롤라이나 애시빌에서 샐리 캐럴과 만난 이후 매듭짓지 못한 결혼 문제를 해결하려고 내려왔다. 합의는 한적한 오후와 저녁에 이글거리는 난로 앞에서 이루어졌다. 해리 벨라미는 샐리 캐럴이 원하는 것을 가지고 있었고 샐리 캐럴이 특히 사랑하는 면모를 지닌 해리 벨라미를 사랑했기 때문이다. 샐리 캐럴은 다소 명확하게 의견을 밝혔다.

    전날 오후 그들은 함께 거닐었다. 샐리 캐럴은 반은 무의식적으로 으스스한 묘지 중 한 곳을 향해 걷고 있음을 알았다. 석양 아래 회색빛이 감도는 흰색과 금빛이 감도는 초록빛 묘지가 시야에 들어오자 철문 옆에서 머뭇거리며 멈추어 섰다.

    "평소에 슬픔을 느끼는 편인가요, 해리?"

    샐리 캐럴이 옅은 미소를 지으며 물었다.

    "슬픔을 느끼는 편이냐고? 아니야."

    "그럼 안으로 같이 들어가요. 이곳은 사람들을 침울하게 하지만 저는 그 분위기가 좋아요."

    두 사람은 출입구를 지났다. 그리고 물결 모양처럼 생긴 골짜기에 회색빛으로 먼지가 낀 1850년대의 무덤, 묘하게 조각해 놓은 화병이 있는 70년대의 무덤, 돌베개를 베고 누워 깊이 잠들어 있는 통통한 천사 대리석 동상과 자라지 않는 이름 모를 화강암 꽃 장식품으로 화려하게 장식되었으나 흉물스러운 90년대의 무덤으로 이어지는 통로를 따라 걸어갔다.

때때로 사람들이 헌화를 하고 무릎 꿇고 있는 모습이 보였다. 그러나 무덤들 대부분은 정적이 감돌았고 나뭇잎들은 마음에 그늘진 기억을 불러일으키는 향기를 품은 채 시들어 있었다.

두 사람은 언덕 위에 도착했다. 얼룩진 검은 반점들과 반쯤 자란 포도나무 덩굴이 덮여 있는 크고 둥근 묘비가 있었다.

"마저리 리."

샐리 캐럴이 비문을 읽었다.

"1844-1873. 훌륭하지 않나요? 29세의 나이에 사망했어요. 친애하는 마저리 리."

샐리 캐럴이 부드럽게 덧붙였다.

"마저리 리가 보이지 않나요, 해리?"

"보여, 샐리 캐럴."

해리는 자신의 손안에 샐리 캐럴의 작은 손이 들어오는 것을 느꼈다.

"마저리 리는 피부가 거무스름하고 머리에는 항상 리본을 꽂고 엷은 감색과 오래된 장밋빛의 버팀테가 든 화려한 후프 치마를 입었다고 생각해요."

"그래."

"오, 마저리 리는 다정했을 거예요, 해리! 넓은 기둥이 있는 현관문이 있는 집에서 태어나 사람들의 방문을 환영하는 소녀 중 한 명이었을 거예요. 전쟁터로 떠난 많은 남자가 그녀에게 돌아오려 했으나 아무도 그러지 못했을 것 같아요."

해리는 묘비 가까이로 몸을 숙여 결혼에 대한 기록이 있는지 찾아보

앉다.

"아무런 기록도 안 보이는군."

"물론 없겠죠. '마저리 리'보다 설득력 있고 훌륭한 사람은 없었을 거예요."

샐리 캐럴이 해리에게 가까이 다가갔다. 노란색 머릿결이 그의 뺨에 닿자 해리가 긴장하여 침을 꿀꺽 삼켰다.

"마저리 리가 어떠했는지 아시겠죠, 해리?"

"그래."

해리는 순순히 동의했다.

"당신의 소중한 눈빛을 통해서 봤어. 지금 당신 참 아름다워. 마저리 리도 아름다웠을 거야."

잠시 침묵이 흘렀다. 둘은 가까이 섰고 해리는 샐리 캐럴의 어깨가 약간 떨리는 것을 느꼈다. 바람이 언덕 위로 천천히 불어오자 샐리 캐럴의 헐렁한 모자챙이 살랑거렸다.

"저 아래로 내려가죠."

샐리 캐럴은 평평하게 뻗은 다른 쪽 언덕을 가리켰다. 그곳에는 초록색 잔디를 따라 회색이 감도는 흰색 십자가 천 개가 부대의 무기를 정렬해 놓은 것 같이 끝없이 차례로 줄지어 있었다.

"남부 연합군 사망자들이에요."

샐리 캐럴이 말했다.

두 사람은 길을 따라 걸었다. 비석에는 이름과 날짜만 새겨졌다. 글자가 희미해져서 읽을 수 없는 것들도 있었다.

"저쪽 마지막 줄의 묘지는 저를 가장 슬프게 해요. 모든 십자가에 이름

없이 날짜만 새겨져 있거든요."

샐리 캐럴은 눈물을 글썽이며 해리를 바라봤다.

"말로 표현할 수 없을 정도로 슬퍼요. 자기는 모르겠지만."

"그런 감정을 느끼는 당신이 내겐 아름다워 보여."

"아니요, 아니요, 제가 아니에요. 오래 전부터 제 안에 품으려고 했던 그 옛 시간들이에요. 이 사람들은 분명 중요하지 않았거나 '무명'의 인물이 아니었고 세상에서 가장 아름답게 사망한 사람들이에요…… 죽은 남부를 위해서요, 아시겠죠?"

목소리는 잠기고 눈에는 눈물이 그렁그렁 맺힌 채 샐리 캐럴은 말을 이어나갔다.

"사람들은 단단히 묶어 둔 꿈을 가지고 있죠. 저도 그런 꿈을 품고 자랐어요. 그건 쉬웠어요. 제 꿈은 모두 없어졌고 환멸을 느끼지도 않았으니까요. 저는 신분이 높거나 재산이 많은 사람이 그렇지 못한 다른 사람들을 도와야 한다는 노블리스 오블리제의 기준에 따라 생활하려고 했어요. 지금은 마지막 흔적만 남았죠. 주변에 사멸되어 가는 오랜 정원의 장미처럼 남았죠. 여기에 묻힌 소년들과 이웃에 살았던 남부 연합군 출신과 몇 명의 흑인 노인들에게 들었던 이야기는 이상하게도 품위 있고 정중하게 느껴져요. 오, 해리, 무언가가 있어요. 무언가가 있단 말이에요! 당신을 이해시킬 수는 없지만 무언가가 있어요."

"이해해."

해리가 조용히 샐리 캐럴을 확신시켜 주었다.

샐리 캐럴은 미소를 지으며 상의 주머니에서 손수건을 꺼내 눈물을 닦았다.

"우울하지 않기를 바라요. 알았죠, 자기? 눈물을 흘려도 저는 여기 있는 게 행복하고 힘이 나요."

손을 잡고 두 사람은 돌아서 천천히 걸었다. 샐리 캐럴은 부드러운 잔디를 찾아 파손된 낮은 벽에 등을 기대고 해리를 잡아끌어 옆에 앉혔다.

"저기 세 노파가 떠났으면 좋겠어."

해리가 불평했다.

"키스하고 싶어, 샐리 캐럴."

"저도요."

두 사람은 구부정한 세 노파가 떠나기를 조바심하며 기다렸다. 해가 지자 샐리 캐럴은 해리에게 키스했고 황홀감에 젖어 눈물을 닦으며 활짝 웃었다.

두 사람은 천천히 되돌아서 걸었다. 길모퉁이로 접어들자 날이 저무는 것을 알리기라도 하듯 나른한 흑백의 땅거미가 졌다.

"1월 중순쯤에는 북부로 올라가야 해."

해리가 말했다.

"그리고 적어도 한 달은 머물러야 해. 순조로울 거야. 겨울 축제가 열릴 것이고 당신이 실제로 보지 못했을 요정의 나라와 같은 설경을 보게 될 거야. 스케이트, 스키, 터보건, 썰매도 타고 눈 위를 걷는 스노 슈즈를 신고 횃불 행진도 할 거야. 몇 년간 하지 않던 행사를 할 예정이야."

"추울까요, 해리?"

샐리 캐럴이 갑자기 질문했다.

"괜찮을 거야. 코는 시리겠지만 몸을 덜덜 떨 정도로 춥지는 않을 거야. 건조한 날씨야."

The Ice Palace

"저는 여름에 익숙해요. 추운 날씨는 좋아하지 않아요."

샐리 캐럴이 말을 멈추자 두 사람은 잠시 조용했다.

"샐리 캐럴."

해리가 매우 천천히 말했다.

"3월…… 어때?"

"당신을 사랑해."

"3월이요?"

"3월에 결혼해요, 해리."

3장

 침대차가 있는 특별 기차에서 보내는 밤은 매우 추웠다. 샐리 캐럴은 객실 안내원에게 담요를 하나 더 부탁했다. 그러나 여분이 없어서 침대 바닥에 웅크리고 누워 이불을 두 겹으로 접어 덮고 몇 시간 동안 잠을 잤다. 샐리 캐럴은 아주 기분 좋게 아침을 맞이하고 싶었다.

 샐리 캐럴은 아침 6시에 일어나 불편한 자세로 옷을 갖춰 입고 커피를 마시러 식당차로 휘청거리며 걸어갔다. 눈이 연결 통로에 스며들어 통로 문이 미끄러웠다. 어느 곳을 가나 추웠지만 흥미로웠다. 샐리 캐럴은 양껏 숨을 들이마셨다가 천진난만하게 공기 속으로 내뱉었다. 식당차에 앉아 눈 쌓인 언덕과 계곡, 드문드문 솟아 있는 소나무를 내다봤다. 소나무의 가지는 눈 축제의 연회를 위한 초록 접시 같았다. 외딴 농가나 흉측하고 음산하며 외떨어진 불모지를 지나치기도 했다. 그런 풍경들은 봄을 기다리는 마음이 없는 영혼들 같아서 순간 호감이 식었다.

 식당차에서 나와 침대차로 기우뚱거리며 돌아왔을 때 샐리 캐럴은 몸속으로 어떤 힘이 밀려들어오는 것을 경험했는데 해리가 말했던 상쾌한 공기 때문인지 궁금했다. 여기가 바로 북부 지역이었다. 이제는 샐리 캐럴이 살게 될 북부 지역이었다.

 "불어라, 바람아, 아!
 나는 방랑을 하련다."

샐리 캐럴은 기쁨에 도취하여 노래를 했다.

"뭐라고 하셨죠?"

객실 안내원이 정중히 질문했다.

"'나에게 신경 쓰지 마세요.'라고 말했어요."

전신주의 긴 전선들 수가 두 배로 늘었고 기차 옆으로 선로 두 개가 보이다가 서너 개로 많아졌다. 흰 지붕의 집들이 잇따라 나타나는가 싶더니 성에가 낀 창문으로 전차와 도시의 거리가 눈에 들어왔다.

샐리 캐럴은 서리로 뒤덮인 역에서 잠시 멍하게 서 있다가 모피로 덮인 세 개의 형체가 자신에게 내려오는 것을 봤다.

"오, 샐리 캐럴! 거기 있었군."

샐리 캐럴은 가방을 내려놓았다.

"안녕!"

알 듯 말 듯한 차가운 얼굴의 해리가 소심하게 샐리 캐럴에게 키스했다. 곧이어 샐리 캐럴은 담배 연기를 내뿜는 사람들 사이에서 소개받은 사람들과 악수를 했다. 그중에 해리에게는 아마추어 모델처럼 보일 듯한 키 작은 30대의 열성적인 고든이 있었고, 자동차를 운전할 때 쓰는 모피 모자를 금빛 머리에 눌러 쓴 고든의 아내 마이라가 마음 내키지 않는 듯이 있었다. 샐리 캐럴은 마이라를 보자마자 약간 스칸디나비아 계통일 것이라는 생각이 얼핏 들었다. 유쾌해 보이는 운전사가 샐리 캐럴의 짐을 받아 들었다. 짧은 인사말이 오고 갔다. 마이라가 내키지 않는 듯 말을 했다.

"여러분들."

그리고 일행은 역을 벗어났다.

그들은 고급 승용차를 타고 구불구불 이어진 눈길을 뚫고 나아갔다. 거리에서 10여명의 아이들이 식료품을 실은 마차와 자동차 뒤에 썰매를 묶고 있었다.

"오."

샐리 캐럴이 외쳤다.

"저도 썰매 타보고 싶어요! 할 수 있을까요, 해리?"

"저건 아이들이 타는 거야. 하지만……."

"서커스 같아요!"

샐리 캐럴이 아쉬운 듯 말했다.

해리의 집은 흰 눈 위에 지어진 복잡한 목조 가옥이었다. 그곳에서 샐리 캐럴이 괜찮게 여긴 덩치 큰 백발의 남성을 만났고 달걀처럼 둥그렇게 생긴 여성을 만났는데 샐리 캐럴에게 키스를 했다. 이들은 해리의 부모였다. 따뜻한 물과 베이컨과 달걀과 이름 모를 음식들을 먹으며 많은 이야기를 듣느라 시간이 순식간에 지나갔다. 이후 샐리 캐럴은 서재에 해리와 단둘이 남게 되자 해리에게 담배를 피워도 되는지 물었다.

서재는 컸고 난롯가 위에 성모상이 놓여 있었다. 밝고 짙은 금빛과 윤기 나는 빨간 표지의 책들이 진열되어 있었다. 모든 의자에는 머리를 기댈 수 있게 사각의 레이스가 씌워졌고 소파는 편안했다. 책에는 가족들이 읽은 흔적이 조금씩 보였다. 샐리 캐럴은 순간 자기 집의 오래된 서재를 떠올렸다. 샐리 캐럴의 집 서재에는 아버지의 방대한 의학 서적, 세 명의 증조부들이 그린 유화 작품들, 45년 동안 고쳐 가며 사용했지만 여전히 화려하다고 믿는 오래된 소파가 있었다. 이 방은 샐리 캐럴에게 매력적이지도 다른 특별한 기분이 들지도 않았다. 방은 15년쯤 되어 보이는 약간 비싼 것들로 채워진 단순한 방이었다.

"여기 어때?"

해리가 궁금하여 물었다.

"당신을 놀라게 했나? 내 말은 당신이 기대했던 모습이야?"

"네, 해리."

샐리 캐럴이 조용히 말했다. 그리고 해리에게 팔을 뻗었다.

짧은 키스를 한 후 해리는 샐리 캐럴에서 열정을 빼앗은 듯 보였다.

"마을이 마음에 들어? 기운이 날 수 있을 것 같아?"

"오, 해리."

샐리 캐럴이 웃었다.

"시간을 좀 주세요. 질문 좀 그만하라고요."

샐리 캐럴은 만족스럽게 한 숨을 내쉬며 담배를 피웠다.

"한 가지 당신에게 묻고 싶은 게 있어."

해리가 다소 미안해하며 말했다.

"당신 같은 남부 사람들은 가족을 상당히 강조하고 그렇게 하는 게 옳지만 이곳은 약간 다르다는 걸 알게 될 거야. 내 말은 당신이 다소 저속하게 느낄 모습을 많이 목격하게 될 거라는 거야. 하지만 이곳도 3세대가 사는 마을이라는 것을 기억해 줘. 모두 아버지가 있고 그중에서 절반 정도는 할아버지가 계셔. 그 위로는 가지 않아."

"물론 그렇겠죠."

샐리 캐럴이 나직하게 말했다.

"알다시피 우리 조상님들이 이곳에서 기반을 닦으셨고 그 과정에서 많은 기묘한 직업들을 가지셨어. 예를 들어 현재 마을의 사회적 모범 역할 같은 것을 하는 여성이 있었는데 그분의 아버지는 재를 치우는 첫 공공 청소원이었고…… 그런 예들이 있어."

"왜 제가 이곳 사람들을 비평할 거라고 생각하세요?"

샐리 캐럴이 당황하며 말했다.

"그런 건 아니야."

해리가 말했다.

"그리고 나는 누구에게도 사과와 같은 변명을 하려는 게 아니야. 그냥 음, 어떤 남부 여성이 작년 여름에 이곳에 왔었는데 몇 가지 유감스러운 말을 했거든. 어, 그래서 그냥 당신에게 말해야 한다고 생각했어."

샐리 캐럴은 부당하게 엉덩이를 맞은 것처럼 갑자기 화났으나 해리는 끝내 그 주제로 이야기를 마무리 지으려고 했다. 해리는 열의에 차서 계속 말을 이끌어 나갔다.

"축제 기간이야. 10년 만에 처음이야. 그리고 1885년 이후 처음 만든 얼음 궁전이 있어. 가능한 가장 깨끗한 얼음으로 아주 크게 만들었어."

샐리 캐럴은 일어서서 창가로 걸어가 터키 형식의 칸막이 커튼을 옆으로 젖히고 창문을 열어 밖을 내다봤다.

"오!"

샐리 캐럴이 갑자기 외쳤다.

"두 소년이 눈사람을 만들고 있어요! 해리, 밖으로 나가서 저 아이들을 도와주고 싶은데 어떻게 생각해요?"

"꿈을 꾸고 있군. 여기로 와서 키스해 줘."

샐리 캐럴은 마지못해 창문에서 벗어났다.

"키스하고 싶게 만드는 날씨는 아닌 것 같아요, 그렇죠? 제 말씀은, 집 안에 눌러앉고 싶지 않게 만드는 날씨라고요, 그렇지 않나요?"

"집 안에만 있지는 않을 거야. 당신이 여기 있는 첫 주 동안 휴가를 냈어. 오늘 밤 만찬 무도회가 열릴 거야."

"오, 해리."

샐리 캐럴이 반은 해리의 무릎 위에, 반은 베개 위에 걸터앉으며 고백했다.

"혼란스러워요. 좋을지 나쁠지 판단을 못 하겠어요. 그리고 사람들이 기대하는 것이 무엇인지 아무것도 모르겠어요. 제게 말씀해 주셔야 할 것 같아요, 자기."

"이곳에 있는 것이 기쁘다고 말한다면 말해 줄게."

해리가 부드럽게 말했다.

"기뻐요. 엄청 기뻐요!"

자신만의 특별한 방식으로 해리의 팔에 넌지시 안기며 샐리 캐럴이 속삭였다.

"당신이 있는 곳이 제게는 편한 집이에요, 해리."

그리고 샐리 캐럴은 생전 처음으로 이런 감정을 느낀다고 말했다.

그날 밤 만찬 파티에 빛나는 양초들 사이로 말이 많은 듯 보이는 남성들과 거만하고 굉장히 무관심하게 앉아 있는 여성들이 있었는데 해리도 샐리 캐럴의 마음을 편하게 만들어 주지는 못했다.

"잘난 사람들 같지, 그렇지 않아?"

해리가 말했다.

"그냥 둘러 봐. 작년 프린스턴대학교에서 고군분투한 스퍼드 허버드가 있군. 주니 모튼과 그 옆에 있는 빨간 머리의 동료는 둘 다 예일대학교 하키 팀의 주장이었고 주니는 나와 같은 반이었어. 왜 세계에서 가장 우수한 선수들이 이 주변 주에서 나왔을까. 당신에게 말하는데, 이곳은 남성의 도시야. 존 J. 피시번을 봐!"

"그게 누구죠?"

샐리 캐럴이 천진난만하게 물어보았다.

"누군지 몰라?"

"이름은 들어 봤어요."

"북서부 지역에서 가장 큰 밀 농장을 운영하는 사업자로 이 나라 거대 갑부 중 한 명이야."

샐리 캐럴은 우측에서 갑자기 들리는 소리에 돌아섰다.

"저 사람들이 우리를 소개하는 걸 잊은 것 같군요. 제 이름은 로저 패튼입니다."

"저는 샐리 캐럴 해퍼예요."

샐리 캐럴이 상냥하게 말했다.

"예, 알아요. 당신이 왔다고 해리가 말해 주었어요."

"해리의 친척이신가요?"

"아니요, 전 교수입니다."

"아, 그렇군요."

샐리 캐럴이 웃었다.

"대학에서 근무해요. 남부에서 오셨죠?"

"네, 조지아 탈러턴이요."

샐리 캐럴은 다른 사람에게서는 찾아볼 수 없는 심오한 느낌의 촉촉한 파란 눈을 가지고 적갈색의 콧수염을 기른 로저 패튼이 바로 마음에 들었다. 두 사람은 만찬을 같이하며 이런저런 이야기를 나누었고 샐리 캐럴은 로저 패튼을 다음에 다시 봐야겠다고 생각했다.

커피를 마신 후 샐리 캐럴은 의식적으로 신중하게 무도를 즐기며 잘난 척하는 남성을 많이 소개받았다. 그들은 샐리 캐럴이 당연히 해리에 대한 이야기만을 하고 싶어 할 것이라고 여기는 것처럼 보였다.

'맙소사.'

샐리 캐럴이 생각했다.

'내가 약혼하는 것 때문에 사람들이 나를 자신들보다 성숙한 인물처럼 말하네. 내가 자기들 어머니에게 이야기할 거라고 생각하듯 말하네.'

남부에서는 약혼한 여성뿐만 아니라 젊은 기혼 여성조차도 어느 정도 다정하게 친근한 농담과 감언으로 사교 모임에서 환대를 받았다. 그러나 이곳은 그 모든 것이 금기시되는 듯 보였다. 샐리 캐럴이 연회실로 들어간 후 한 남성이 샐리 캐럴의 눈에 대해 자연스럽게 말을 건네기 시작했다. 남자들이 그 남성을 어떻게 꾀었는지, 샐리 캐럴이 해리 벨라미 집을 방문했고 해리의 약혼녀라는 것을 알고 남성은 격변하여 사무적으로 행동했다. 그 남성은 용납할 수 없는 음담패설이라도 한 듯이 느꼈는지 즉시 격식을 차렸고 재빨리 샐리 캐럴의 곁을 떠났다.

로저 패튼이 상황을 무마하고 잠시 밖에 나가 같이 앉을 것을 제안해서 샐리 캐럴은 상당히 고마웠다.

"자."

로저 패튼이 기분 좋게 눈을 깜박이며 물었다.

"남부에서 온 카르멘 씨 어떠신가요?"

"상당히 좋아요. 위험한 댄 맥그루 씨는 어떠신가요? 죄송해요. 그 이름이 제가 아는 유일한 북부 인물이에요."

로저 패튼은 그 말을 즐기는 듯했다.

"물론 좋아요."

로저 패튼이 말했다.

"문학 교수로서 『위험한 댄 맥그루』 이야기는 읽지 않아야겠지만요."

"원래 이곳 출신이신가요?"

"아니요. 필라델피아 출신이에요. 하버드대학교에 있다가 프랑스어를 가르치러 이곳으로 왔어요. 이곳에 온 지 10년이 되었어요."

"저보다 9년 364일 더 오래 계셨네요."

"이곳 좋으세요?"

"어, 그럼요!"

"정말이요?"

"아, 왜 아니겠어요? 제가 이곳에서 잘 못 지내는 것처럼 보이나요?"

"조금 전 창밖을 보며 전율하시는 것을 봤어요."

"그냥 제 느낌이에요."

샐리 캐럴이 웃었다.

"저는 조용한 곳에 익숙하고 가끔 눈발을 보는데 무언가 죽은 것이 이동하는 것처럼 보여요."

로저 패튼이 인정하며 끄덕였다.

"전에 북부 지역에 온 적이 있나요?"

"노스캐롤라이나 애시빌에서 7월을 두 번 보낸 적은 있어요."

"인물들 좋아 보이죠, 그렇지 않나요?"

로저 패튼이 연회장을 가리키며 넌지시 말했다.

이 말은 해리가 했던 발언이었다. 샐리 캐럴이 말을 꺼냈다.

"물론이죠! 저들은…… 갯과예요."

"뭐요?"

샐리 캐럴은 상기되었다.

"죄송해요. 제가 뜻했던 것보다 더 안 좋게 들렸군요. 저는 항상 사람들을 성별에 관계없이 고양잇과나 갯과로 생각해요."

"당신은 어떤 과죠?"

"저는 고양잇과예요. 교수님도 고양잇과이고요. 대부분의 남부 남성과 대부분의 이곳 여성들이 고양잇과예요."

"해리는 어떤 과죠?"

"해리는 분명히 갯과예요. 오늘밤 만난 모든 남성이 갯과로 보여요."

"개가 암시하는 건 뭐죠? 예민함에 반대되는 어떤 의식적인 남성성인가요?"

"그렇다고 생각해요. 분석하지는 않아요. 단지 사람들을 보고 즉시 '개'나 '고양이'라고 말해요. 제 추측이 터무니없죠."

"전혀요. 흥미로워요. 저는 이곳 사람들에 대해 이론을 만들고는 했죠. 저는 이곳 사람들이 냉랭하다고 생각해요."

"무슨 말씀이시죠?"

"저들은 게르만계 스베아족 노르웨이 극작가 헨리크 입센Henrik Ibsen 스타일로 성장하고 있어요. 매우 서서히 침울하고 우울해지고 있죠. 이곳의 긴 겨울 때문이에요. 입센의 글을 읽어보셨나요?"

샐리 캐럴은 고개를 저었다.

"자, 입센의 글에서 음울하고 경직된 등장인물을 찾을 수 있어요. 등장인물들은 올바르며 속이 좁고 생기가 없어서 큰 슬픔이나 기쁨에 대한 무한한 가능성을 열지 않아요."

"웃음이나 눈물 없이요?"

"맞아요. 그게 제 이론이에요. 이곳에는 수천 명의 게르만계 스베아족 출신이 있어요. 제 생각에는 기후가 본토와 비슷하고 점차 융화하여 그들이 이곳으로 오는 것 같아요. 오늘 밤 이곳에는 대여섯 명 정도밖에 안 되지만 스웨덴 출신 주지사가 4명 있어요. 제가 지루하게 했나요?"

"꽤 흥미로워요."

"앞으로 당신의 시누이가 될 사람이 반은 스웨덴 사람이에요. 개인적으로 시누이 될 그분을 좋아하지만 제 이론으로는 스베아족이 전반적으로 우리에게 좋지 않게 반응해요. 스칸디나비아인은 세계에서 가장 높은 자살률을 갖고 있어요."

"그렇게 암울한데 왜 이곳에서 사시나요?"

"오, 저는 암울해지지 않아요. 저는 거의 격리되어 있고 아무튼 사람들보다 책들이 제게는 의미가 있다고 생각해요."

"그런데 작가들은 모두 남부 지역을 비극적이라고 말해요. 스페인 여성이나 검은 머리카락이나 단검이나 불쾌한 생각을 계속 떠오르게 하는 음악을 아시죠."

로저 패튼이 고개를 저었다.

"아니요. 북부 인종이 비극적인 인종이에요. 그들은 환호하는 기쁨의 눈물을 흘리지 않아요."

샐리 캐럴은 묘지를 떠올렸다. 묘지가 자신을 암울하게 하지 않았다고 자기가 한 말의 의미를 희미하게 떠올렸다.

"이탈리아인은 세계에서 가장 명랑한 민족이에요. 그러나 그건 재미없는 주제지요."

로저 패튼이 말을 끊었다.

"어쨌든 저는 당신이 매우 좋은 남성과 결혼할 것이라는 걸 말해 주고 싶어요."

샐리 캐럴은 자신감이 충천하였다.

"저는 어떤 시점이 지나면 보살핌을 받고 싶어 하는 사람이에요. 분명히 그렇게 될 거예요."

"같이 춤추실래요?"

로저 패튼이 일어나며 계속 말을 이어갔다.

"무엇을 위해 결혼하는지 아는 여성을 찾는 것은 힘을 북돋아 줘요. 여성들 대부분은 결혼을 석양이 지는 영화에 빠지는 것 정도로 생각해요."

샐리 캐럴은 웃었고 로저 패튼이 상당히 맘에 들었다.

두 시간이 지난 후 집에 오는 길에 뒷좌석에서 샐리 캐럴이 해리 곁에 앉았다.

"오, 해리."

샐리 캐럴이 속삭였다.

"너무 추워요!"

"하지만 이 안은 따뜻해, 자기."

"하지만 밖은 춥고 아, 바람이 휘몰아쳐요."

샐리 캐럴은 해리의 털 코트 안에 얼굴을 묻었고 해리가 찬 입술로 자신의 귀 끝에 키스하자 무의식적으로 몸을 떨었다.

4장

샐리 캐럴이 방문한 첫 주는 빨리 지나갔다. 샐리 캐럴은 약속한 대로 자동차의 뒤에 터보건 썰매를 매달고 추운 1월의 황혼을 질주했다. 아침에 모피를 두르고 컨트리클럽 언덕에서 터보건 썰매를 탔다. 스키도 타 보면서 공중으로 붕 떠서 눈부시게 아름다운 순간을 맞이하고 뒤엉킨 웃음을 지으며 부드러운 눈 더미에 착지했다. 샐리 캐럴은 오후에 옅은 노란색 햇살 아래서 스노 슈즈를 신고 눈부신 평지를 걷는 것을 제외하고 모든 종류의 겨울 스포츠를 좋아했다. 그러나 이런 것들은 아이들을 위한 놀이이고 자신만이 그 놀이를 즐겼다는 사실을 곧 깨달았다.

처음에 해리 벨라미의 가족은 샐리 캐럴을 어리둥절하게 했다. 집안 남자들은 믿을 만하여 그들을 좋아했는데 특히 진회색 머리카락에 힘 있는 위엄을 보이는 벨라미 아버지가 좋았다. 샐리 캐럴은 벨라미 아버지가 켄터키에서 태어났다는 것을 알게 되었다. 이것은 벨라미 아버지의 옛 삶과 샐리 캐럴이 북부에서 살게 될 새로운 삶 사이의 연결 고리를 만들어 주었다. 하지만 집안 여성들에게는 확실히 적대감을 느꼈다. 미래의 시누이가 될 마이라는 너무 생기 없는 말만 했다. 대화는 완전히 개성이 없어서, 여성에게 매력과 자신감이 당연시되는 지역에서 온 샐리 캐럴은 마이라를 경시했다.

'여성이 아름답지 않다면, 여성은 아무것도 아닌 게 돼. 여성을 볼 때 그 여성은 자신을 감추게 돼. 여성은 미화된 가정부야. 남성은 모든 집단의 중심이야.'라고 샐리 캐럴은 생각했다.   마지막으로 샐리 캐럴은 벨라미 어머니를 몹시 싫어했다. 첫날의 인상은 금이 간 달걀 같았는데 힘줄 돋운 목소리와 불친절하고 퉁명스러운 태도 때문에 샐리 캐럴은 벨라미 어머니가 한번 넘어지기라도 하면 분명히 자신을 밀쳐 버릴 것이라고 느꼈다. 게다가 그 마을 사람들이 전형적으로 그렇듯 벨라미 어머니는 본능적으로 이방인을 적대시했다. 벨라미 어머니는 샐리 캐럴을 '샐리'라고 불렀다. 벨라미 어머니는 두 단어 이름이 따분하고 우스꽝스러운 별명에 지나지 않는다고 여기셨다. 그래서 샐리 캐럴은 이름 전체를 불러 달라고 벨라미 어머니를 설득할 수 없었다. 샐리 캐럴은 자신의 이름을 줄여서 부르는 것은 공공장소에 옷을 반만 걸치고 나타나는 것과 같다고 생각했다. 자신은 '샐리 캐럴'이란 이름을 좋아했고 '샐리'라 불리는 것을 혐오했다. 샐리 캐럴은 또 벨라미 어머니가 자신의 단발머리를 탐탁하게 여기지 않았다는 것을 알았고 벨라미 어머니가 서재에 들어와 심하게 코를 훌쩍였던 첫날 이후 아래층에서는 감히 담배를 피우지 않았다.

샐리 캐럴이 만나 본 남성들 가운데 로저 패튼이 마음에 들었는데 그는 이 집에 자주 방문하는 손님이었다. 로저 패튼은 헨리크 입센 스타일의 경향을 보이는 사람들의 이야기를 다시는 언급하지 않았다. 어느 날 집에 방문했을 때 로저 패튼은 샐리 캐럴이 의자에 웅크리고 앉아 헨리크 입센의 희곡 『페르 귄트Peer Gynt』를 읽는 모습을 보고 웃었다. 그리고 자신이 한 말을 잊으라고 말했다. 별 뜻 없는 소리였다고 말했다.

해리와 샐리 캐럴은 눈이 높게 쌓인 언덕을 넘어 집으로 향했다. 샐리 캐럴은 내리쬐는 햇빛을 의식하지 못했다. 작은 테디 베어를 닮은 회색 양모를 입은 작은 소녀가 녹초가 되어 앉아 있는 모습을 지나칠 때 샐리 캐럴은 모성 본능을 감출 수 없었다.

"봐요! 해리!"

"뭐를?"

"저 작은 소녀요. 저 소녀 얼굴 봤어요?"

"어, 왜?"

"작은 딸기처럼 빨개요. 오! 귀여워요."

"왜, 당신 얼굴도 거의 빨간데! 이곳은 모두가 건강해. 우리 북부 사람은 걸을 나이가 되면 차가운 밖으로 나가. 대단한 기후야!"

샐리 캐럴은 해리를 봤고 해리의 의견에 동의했다. 해리는 굉장히 건강해 보였고 그의 형제도 건강해 보였다. 그리고 그날 아침 샐리 캐럴은 자신의 빨개진 볼을 봤었다.

갑자기 무언가가 두 사람의 시선을 사로잡았다. 둘은 앞쪽 거리 모퉁이를 잠시 응시했다. 한 남성이 서 있었다. 무릎은 휘었고 차가운 하늘을 향해 뛰어오를 듯이 긴장한 눈빛으로 위쪽을 응시하고 있었다. 해리와 샐리 캐럴은 박장대소를 했다. 가까이 가서 보니 그 남자가 헐렁한 바지를 입고 있어서 착각한 우스꽝스러운 순간의 허상이었다는 것을 알았기 때문이었다.

"우리가 잘못 본 탓이라고 생각해요."

샐리 캐럴이 웃었다.

"바지를 보니 남부 출신이 틀림없어."

해리가 짓궂게 말했다.

"왜요, 해리!"

샐리 캐럴의 놀란 모습은 해리를 거슬리게 했다.

"남부 사람들은 짜증나."

The Ice Palace

샐리 캐럴의 눈이 번쩍였다.

"그렇게 말씀하지 마세요."

"미안해, 자기."

해리가 마지못해 사과를 했다.

"그런데 내가 남부 사람을 어떻게 생각하는지 알아줘. 남부 사람은 옛 남부인 같지 않게 퇴보했어. 남부에서 유색 인종들과 너무 오래 살아서 게을러지고 무기력해졌어."

"그만해요, 해리!"

샐리 캐럴이 화내며 소리쳤다.

"남부 사람들은 그렇지 않아요! 게으를지 모르지만 그런 기후에서는 누구라도 게을러질 것이고 남부 사람들은 저와 가장 친한 친구들이에요. 그렇게 전반적으로 남부 사람을 비판하는 것은 듣기 싫어요. 꽤 괜찮은 남부 사람도 많다고요."

"오, 알았어. 북부에서 대학을 다니는 남부 사람들은 모두 괜찮아. 그렇지만 내가 작은 마을에서 본 처량하고 옷도 잘 못 갖춰 입고 지저분한 남부 사람들은 정말 최악이야!"

샐리 캐럴은 화가 나서 장갑 낀 손을 꼭 쥐고 입술을 깨물었다.

"음."

해리가 말을 이어갔다.

"뉴헤이븐의 대학 학급에 남부 출신이 한 명 있을 때 우리는 모두 진짜 남부의 귀족을 발견했다고 생각했었어. 그런데 그는 남부의 귀족이 아니고 출세하기 위해 남부로 가서 모빌 주변 목화밭을 거의 다 소유한 북부 사람의 아들로 밝혀졌어."

"남부 사람은 당신이 지금 말하는 방식으로 말하지 않아요."

샐리 캐럴이 차분히 말했다.

"남부 사람들은 힘이 없어! 또 다른 무언가가 결핍됐어. 미안해, 샐리 캐럴. 그런데 당신이 직접 말하는 것을 들었는데 절대로 결혼은……."

"그건 의미가 달라요. 지금 탈러턴 주변의 어떤 남자에게도 제 인생을 묶고 싶지 않다고 말한 거고 모든 남성을 상대로 일반화한 것은 아니에요."

두 사람은 조용히 걸었다.

"내가 조금 과했던 것 같아, 샐리 캐럴. 미안해."

샐리 캐럴은 고개를 끄덕였으나 아무 말도 하지 않았다. 5분 후 두 사람은 집 입구에 섰고 샐리 캐럴은 갑자기 해리를 안았다.

"오, 해리."

샐리 캐럴의 눈에 눈물이 그득했다.

"다음 주에 결혼해요. 그런 불평을 들을까 봐 두려워요. 두렵다고요, 해리. 결혼하면 안 그렇겠죠."

하지만 해리는 짜증이 났다.

"그건 바보 같은 소리야. 우리는 3월에 결혼하기로 했잖아."

샐리 캐럴은 눈물을 그치고 약간 굳어진 표정으로 말했다.

"잘 알겠어요. 그렇게 말씀드리는 게 아니었어요."

해리는 마음이 누그러졌다.

"바보!"

해리가 외쳤다.

"이리 와서 키스해 줘. 그리고 잊자."

그날 밤 관현악단이 다양한 연주회 끝에 '딕시Dixie'라는 곡을 연주했다. 샐리 캐럴은 그날 마음속에 가득했던 눈물과 웃음보다 더 강한 인내심이 필요하다는 것을 알았다. 얼굴이 빨개질 때까지 의자 팔걸이를 잡고 의자에 몸을 기댔다.

"음악이 이해돼, 자기?"

해리가 속삭였다.

그러나 샐리 캐럴은 해리의 말이 들리지 않았다. 바이올린의 제한된 울림과 팀파니의 고무하는 울림에 자신의 오래된 영혼이 행진하며 어둠 속으로 나아갔다. 그리고 파이프 부는 소리와 낮은 앙코르 소리와 함께 관현악단이 거의 퇴장할 때가 되어서야 샐리 캐럴은 작별의 손짓을 할 수 있었다.

"저 멀리, 저 멀리,
저 멀리 남쪽의 주 딕시!
저 멀리, 저 멀리,
저 멀리 남쪽의 주 딕시!"

5장

그날 밤은 특히 더 추웠다. 그 전날 갑자기 날이 풀려 거리가 거의 깨끗해졌다. 그러나 이제 다시 분을 바른 유령처럼 흩날리는 눈이 거리를 덮어 바람의 흔적으로 굴곡진 선을 만들었고 공기 중에는 미세한 안개로 가득했다. 칠흑 같이 어두운 밤에 불길한 천막이 거리에 덮이고 있었는데 실제는 거대한 눈송이였다. 창문의 갈색, 초록 불빛이 을씨년스러웠고 말이 안정된 속도로 조용히 썰매를 끌고 있었고 북풍은 끝없이 불었다. 우울한 마을이라고 샐리 캐럴은 생각했다.

가끔 밤에 샐리 캐럴의 눈에는 이곳에 아무도 살지 않았던 것처럼 보였고 오래전에 사람들이 떠나, 진눈깨비가 쌓여 덮인 집에서 일정 시간이 되면 빛이 나는 것처럼 보였다. 오, 샐리 캐럴이 찾아가는 묘소에도 눈이 내리면 어떡하나! 긴 겨울에 묘소 아래 많은 눈이 쌓이고 묘비는 가벼운 그림자를 드리울 것이다. 그녀의 묘소는 꽃이 피어 있고 햇빛과 비로 깨끗이 닦여야 한다.

샐리 캐럴은 기차를 타고 지나온 고립된 마을의 집들을 다시금 떠올렸다. 그리고 창문을 통해 끊임없이 노려보는 눈빛과 부드러운 눈발의 흩날림으로 긴 겨울 동안 그곳에서 지낼 삶과, 로저 패튼이 언급했던 천천히 생기 없이 녹아내리는 쓸쓸한 봄을 생각해 보았다. 샐리 캐럴의 마음을 휘저을 라일락과 나른한 감미를 주는 봄을 영원히 잃게 될 것이다. 샐리 캐럴이 남부의 봄을 멀리하면 나중에 그 감미도 잃게 될 것이다.

서서히 일어나는 생각이 폭풍같이 커졌다. 샐리 캐럴은 속눈썹 위에 떨어진 눈송이가 빠르게 녹는 것을 느꼈다. 해리가 모피를 입은 팔을 뻗어 샐리 캐럴의 얽힌 천 모자를 끌어당겨 주었다. 작은 눈송이가 쌓이자 말은 서서히 목을 숙였고 순간 해리의 외투에 투명한 흰 눈이 떨어졌다.

"오, 추운가 봐요, 해리."

샐리 캐럴이 말했다.

"누구? 저 말? 아니야. 말은 추위를 즐겨!"

10분 후 모퉁이를 돌았고 목적지가 시야에 들어왔다. 높은 언덕 위에 겨울 하늘을 등지고 선명한 푸른빛의 얼음 궁전이 자리 잡고 있었다. 허공에 있는 3층 궁전이었다. 흉벽과 그 안쪽에 넓게 뚫어 놓은 총안 구멍과 좁은 고드름 창문이 있었으며 안쪽에 셀 수 없이 많은 전등은 큰 중앙 전당을 화려하게 비추고 있었다. 샐리 캐럴은 모피 겉옷 아래로 나온 해리의 손을 움켜잡았다.

"아름답다!"

해리가 흥분하여 소리쳤다.

"와, 아름다워, 그렇지 않아? 1885년 이후로 이곳에 궁전이 없었어!"

왜 그런지 1885년 이후에 궁전이 없었다는 생각이 샐리 캐럴을 궁금하게 했다. 얼음은 유령이었고, 이 궁전은 사람들을 창백한 얼굴에 머리카락에는 눈이 쌓인 80년대의 음영으로 만든 것이 분명했다.

"어서, 자기야."

해리가 말했다.

샐리 캐럴은 해리를 따라 썰매에서 내려 해리가 말뚝에 말을 매는 동안 기다렸다. 힘찬 종소리와 함께 고든, 마이라, 로저 패튼, 또 한 여성이 나타났다. 이미 그곳을 가득 메운 사람들이 모피나 양피를 입고 눈으로 이동하면서 소리치며 서로를 불렀다. 눈이 거세져서 사람들은 몇 미터 앞도 구분하기 힘들었다.

"52미터 높이야."

일행이 입구를 향해 느릿느릿 걸어갈 때 해리가 옆에 둘러 싼 모형에 대해 이야기했다.

"넓이는 5.5제곱킬로미터야."

샐리 캐럴에게 대화의 일부가 들렸다.

"본 전당이 하나이고."

"벽은 51에서 102센티미터 두께이고."

"얼음 동굴 길이는 거의 1.6킬로미터이고……."

"궁전을 건설한 캐나다인은……."

일행은 내부의 길을 찾았다. 대단한 수정 같은 벽의 황홀함에 정신이 혼미해졌다. 샐리 캐럴은 새뮤얼 콜리지Samuel Coleridge의 미완성 시 '쿠블라 칸Kubla Khan'을 계속 되풀이했다.

"놀라운 진귀한 설비,
얼음 동굴에 햇빛이 가득한 반구형 지붕!"

빛이 차단된 채 엄청나게 반짝이는 동굴 안에서 샐리 캐럴은 나무 의자에 앉아 저녁의 나른한 기분을 느꼈다. 해리의 말이 옳았다. 정말 아름다웠다. 샐리 캐럴은 부드러운 벽의 표면을 바라봤다. 얼음은 가장 깨끗한 것을 선택하여 소중한 유백색의 투명한 효과를 얻었다.

"봐! 시작하려나 봐. 오, 정말!"

해리가 외쳤다.

멀리 모퉁이에서 악단이 '우와, 우와, 일행이 다 왔네!'라는 곡을 연주했다. 정신을 빼앗는 음향이 울려 퍼지자 빛이 갑자기 꺼지면서 얼음 궁전 측면에 있던 일행에게 고요함이 밀려들었다. 샐리 캐럴은 여전히 어둠 속에서 자신의 흰 입김을 볼 수 있었다. 다른 쪽에서는 흐릿하게 창백한 얼굴들이 보였다.

음악이 마음을 평온하게 했다. 밖에서 크게 울려 퍼지는 행진 행렬의 구호 소리가 들렸다. 그 소리는 바이킹족이 고대 야생 지역을 횡단할 때 부르던 승리의 찬가처럼 크게 들렸다. 그들이 가까이 오자 소리는 점점 더 크게 들렸다. 그때 횃불을 든 행렬이 등장했다. 잇따라 다른 행렬이 등장하여 박자에 맞춰 가죽으로 만든 납작한 모카신 신발을 신고 두꺼운 회색 모직 반코트를 입고 스노 슈즈를 어깨에 걸치고 횃불을 높이 들어 그들의 음성이 거대한 벽에 울려 퍼지는 것처럼 불빛을 비추었다.

회색 행렬이 지나가자 다른 행렬이 나타났다. 이번에는 두꺼운 모직 반코트를 입고 터보건 썰매 모자를 쓴 행렬 위로 불빛이 번쩍번쩍 빛났다. 행렬이 들어오면서 구호를 반복해서 외쳤다. 그 다음 파랗고 흰 행렬, 초록 행렬, 흰 행렬, 갈색과 노란색의 긴 행렬이 나타났다.

"흰 행렬은 와쿠타 클럽이야."

해리가 열망하며 말했다.

"당신이 무도회에서 만난 사람들이야."

소리가 점점 커졌다. 거대한 동굴에 커다란 횃불을 흔드는 모습과 여러 색상의 행렬과 부드러운 가죽 발자국 소리가 언뜻언뜻 빨리 지나갔다. 지휘 행렬이 돌아서서 멈추어 전체 행렬이 꽉 찬 불꽃 깃발을 만들 때까지

각 행렬 앞에 다른 행렬들을 배치했다. 그리고 수천 명의 목소리가 천둥같이 공기 중에 울려 퍼졌다. 사람들은 횃불을 흔들었다. 참 아름다웠다. 굉장했다. 샐리 캐럴에게 이 광경은 북부에서 제공한 눈의 신을 신봉하는 회색 이교도의 강력한 제단에 올린 제물 같았다. 함성이 그치자 악단이 다시 연주했고 더 많은 노래를 연주했고 각 클럽의 환호가 울려 퍼졌다. 샐리 캐럴은 정적을 틈타 연주하는 짧고 날카로운 스타카토 음악을 들으면서 매우 조용히 앉아 있었다. 그때 빗발치는 폭발음과 함께 동굴 이곳저곳에서 거대한 연기구름이 피어올랐다. 사진사들의 촬영 불빛이 반짝였고 의례는 끝났다. 악단을 앞에 두고 각 클럽들이 다시 한 번 모여 구호를 외쳤고 행진을 종료하기 시작했다.

"자!"

해리가 외쳤다.

"불을 *끄*기 전에 아래층에 있는 미로를 보러 가고 싶어!"

일행은 모두 일어나 아래로 이동하는 활송 장치 쪽으로 향하기 시작했다. 해리와 샐리 캐럴이 선두에 있었다. 샐리 캐럴의 작은 벙어리장갑이 해리의 큰 털장갑 속에 묻혔다. 활송 장치의 바닥은 얼음으로 된 길고 빈 공간이었다. 천장이 너무 낮아 몸을 굽히고 손을 서로 놓아야 했다. 샐리 캐럴이 해리의 의도를 알아차리기 전에 해리가 공간 안에 열린 대여섯 개의 빛나는 통로로 뛰어 내려갔다. 초록빛의 희미한 얼룩만이 남아 있었다.

"해리"

샐리 캐럴이 불렀다.

"어서 와!"

해리가 답했다.

샐리 캐럴이 빈 공간을 보았다. 행사에 참석한 다른 인원들은 집에 가려고 결정한 것이 분명했다. 밖에는 이미 눈이 내리고 있었다. 샐리 캐럴은 망설이다가 해리를 뒤따라 뛰었다.

"해리!"

샐리 캐럴이 외쳤다.

샐리 캐럴은 9미터 아래 갈림길까지 도달했다. 왼쪽 멀리에서 희미하게 혼동을 일으키는 말이 들렸다. 샐리 캐럴은 공포심에 그쪽으로 뛰었다. 다른 갈림길로 들어서서 큰 통로 두 개를 더 지나갔다.

"해리!"

아무런 대답도 들리지 않았다. 샐리 캐럴은 앞을 향해 곧바로 뛰었다. 재빨리 돌아서서 자기가 왔던 길과 반대로 돌아서 뛰었다. 그때 갑자기 얼음 같은 공포를 느꼈다.

샐리 캐럴은 갈림길이 있던 곳이라고 생각한 지점에 도착하여 왼쪽으로 돌아 길고 낮은 공간으로 빠져나와야 하는 곳까지 도달했다. 그러나 그곳은 결국 어둠 속을 향한 또 다른 통로였을 뿐이었다. 샐리 캐럴은 다시 해리를 불러 봤다. 그러나 벽에는 응답 없이 활기 없는 낮은 메아리만 울렸다. 길을 되돌아서 다른 모퉁이로 갔다. 이번에는 넓은 통로를 따라갔다. 그곳은 홍해의 갈라진 물 사이로 난 초록빛 길과 빈 무덤으로 연결되는 축축한 묘지 같았다.

샐리 캐럴은 걷다가 덧신 바닥에 얼음이 맺혀 조금 미끄러웠다. 중심을 잡기 위해 덜 미끄럽고 덜 딱딱한 벽을 장갑 낀 손으로 짚으며 뛰어야 했다.

"해리!"

여전히 응답이 없었다. 샐리 캐럴의 목소리는 통로 끝 아래에서 조롱하듯 울렸다.

그 순간 불이 꺼지고 샐리 캐럴은 완전한 어둠 속에 남게 되었다. 샐리 캐럴은 작게 전율하며 울면서 작고 찬 얼음 더미 위에 주저앉았다. 넘어지면서 왼쪽 무릎이 무언가에 부딪히는 기분을 느꼈다. 길을 잃었다는 두려움보다 더 큰 공포심 때문에 무릎 상태에 주의를 기울일 수 없었다. 샐리 캐럴은 북부의 외로움을 느꼈다. 그 음산한 기운은 북극해에서 얼음에 갇혀 고래를 잡는 선원들이 느끼는 음울한 외로움이었다. 모험가의 백골이 흩뿌려진 자취 없는 폐기물 같은 기분이었다. 얼음처럼 차가운 죽음의 숨결이 땅을 낮게 가로질러 구르면서 자신을 옥죄는 기분이었다.

화가 나고 절망적인 기운으로 샐리 캐럴은 다시 일어나 어둠 속으로 걷기 시작했다. 이곳에서 나가야만 했다. 이곳에서 며칠 동안 길을 잃은 채 지낼 수도 있다. 얼어 죽거나 자신이 읽었던 책에 나온 시체들처럼 얼음 속에서 누워 있다가 빙하가 완전히 녹을 때쯤에야 발견될지도 모른다. 해리는 샐리 캐럴이 다른 일행들과 밖으로 나왔다고 생각하여 지금 멀리 떨어져 있을 테고 다음 날까지 아무도 이 사실을 모를 것이다. 샐리 캐럴은 가련하게 벽 쪽으로 다가갔다. 벽의 두께는 1미터이다. 사람들이 1미터라고 했었다!

샐리 캐럴은 자신의 양쪽에서 벽을 따라 무언가 서서히 다가오는 느낌을 받았다. 이 궁전과 이 마을과 이 북부에서 나오는 축축한 유령같이 느꼈다.

"오, 누구 좀 보내 줘요. 누구 좀 보내 줘요!"

샐리 캐럴이 크게 외쳤다.

남부의 친구 클라크 다로나 조 유잉이라면 알아들었을 텐데. 샐리 캐럴은 마음도 몸도 영혼도 남부를 벗어나 영원히 꽁꽁 얼 것 같은 추운 곳으로 떠나 있을 수 없었다. 이게 샐리 캐럴이다. 샐리 캐럴은 행복한 존재였기 때문이었다. 샐리 캐럴은 행복한 작은 소녀였다. 따뜻한 날씨와 여름과 남부의 주 딕시를 좋아했다. 북부는 이질적인 외국이었다.

"울지 마라."

누군가 크게 말했다.

"더 이상 울지 마라. 눈물이 얼지도 모른다. 이곳은 눈물이 모두 얼어!"

샐리 캐럴은 얼음 위에 주저앉았다.

"오, 신이시여."

샐리 캐럴이 머뭇거리며 말했다.

수분이 지나 샐리 캐럴은 피로감에 잠시 졸았다. 그때 누군가 샐리 캐럴 옆에 앉아 따뜻하고 부드러운 손으로 샐리 캐럴의 얼굴을 어루만져 주었다. 샐리 캐럴은 감사한 마음에 올려 봤다.

"마저리 리다."

샐리 캐럴은 부드럽게 흥얼거렸다.

"오실 줄 알았어요."

정말 마저리 리였고 샐리 캐럴이 알아 왔던 그대로의 모습이었다. 젊고 흰 이마에 크고 다정한 눈에 안락하게 의지해 쉴 수 있게 부드러운 천으로 만든 버팀테가 든 후프 치마를 입고 있었다.

"마저리 리."

날은 점점 어두워졌다. 그 모든 묘비들을 다시 도색해야 할 것이다. 물론 손상되기는 하겠지만 여전히 그 묘비들을 볼 수 있다.

그때 빠르고 천천히 지나가는 모습과, 연한 노란색 햇빛을 향해 많은 희미한 빛이 분해되었다가 합쳐지는 것처럼 보이는 순간이 지난 후, 샐리 캐럴은 정적을 깨는 큰 소음을 들었다.

태양이고, 빛이었다. 횃불과 횃불이 겹쳤고 또 다른 횃불과 목소리가 들렸다. 얼굴에 횃불의 불빛이 비쳤고 여러 사람이 건장한 팔로 샐리 캐럴을 들어 올렸다. 샐리 캐럴은 얼굴에 축축한 무언가가 닿는 기분을 느꼈다. 누군가 샐리 캐럴을 붙잡아 눈으로 얼굴을 문질렀다. 눈으로 문지르다니 얼마나 황당한가!

"샐리 캐럴! 샐리 캐럴!"

위험한 댄 맥그루와 낯선 두 명이 있었다.

"철부지, 철부지! 우리가 2시간이나 찾았어요! 해리는 반쯤 정신이 나갔어요!"

그 장소로 노래와 횃불과 행진 클럽의 고함과 함께 사람들이 되돌아왔다. 샐리 캐럴은 창피하고 당혹하여 로저 패튼의 팔에 안겨 오랫동안 조용히 울었다.

"오, 여기서 나가고 싶어요! 집으로 돌아갈 거예요. 집으로 데려다 줘요."

샐리 캐럴은 비명을 질렀고 "내일 당장 가겠다."는 말을 듣고 해리의 마음은 차갑게 식었다. 샐리 캐럴은 의식이 혼미한 상태에서 격앙되어 울부짖었다.

"내일! 내일! 내일 당장 가겠어요!"

6장

온종일 먼지가 내려앉은 쭉 뻗은 도로를 마주하고 있는 집 위에 강렬한 금빛 햇살이 꽤 나른하고 아주 따사로운 열기로 내리쬐었다. 새 두 마리가 옆집 나뭇가지에서 시원한 안식처를 찾고 있었다. 길 아래에는 유색인종 여성이 구성진 어조로 딸기를 팔았다. 4월 오후였다.

샐리 캐럴 해퍼는 낡은 창가에 팔을 얹고 팔에 턱을 괸 채 봄의 따뜻한 첫 열기가 피어오르는 먼지가 내려앉은 거리를 내려다보고 있었다. 매우 낡은 포드 자동차가 모퉁이를 아슬아슬하게 돌아 덜컹거리며 굉음을 내며 길 끝에 거칠게 서는 모습이 보였다. 자동차 소리는 멎었고 낯익은 휘파람 소리가 들렸다. 샐리 캐럴은 웃으며 눈을 깜박였다.

"좋은 아침이에요."

저 아래 자동차 지붕 밑에서 클라크가 구부정하게 목을 내미는 모습이 보였다.

"아침은 아닌데, 샐리 캐럴."

"그러네요!"

샐리 캐럴이 놀라서 말했다.

"아마도 아침은 아닌 것 같아요."

"뭐하고 있어?"

"초록 복숭아를 먹고 있어요. 아주 죽을 것 같아요."

클라크는 샐리 캐럴의 얼굴을 보기 위해 최대한 몸을 비틀었다.

"주전자 증기처럼 물이 따뜻해. 수영하러 갈래?"

"움직이는 거 싫어하는데요."
샐리 캐럴이 느릿하게 한숨을 쉬며 말했다.
"그런데 수영하러 가야 하겠네요."

머리와 어깨

Head and Shoulders

1장

1915년 호러스 타박스는 13세였다. 그해에 호러스는 프린스턴대학 입학시험을 봤고 카이사르, 키케로, 베르길리우스, 크세노폰, 호메로스, 대수학, 평면 기하학, 입체 기하학, 화학에서 A학점이라는 우수한 성적을 받았다.

2년 후 조지 M. 코핸이 '저기에'라는 작품을 작곡하고 있을 때, 호러스는 2학년 학급 학생들을 훨씬 앞서며 '진부한 학업 양식으로서의 삼단 논법'에 관한 논문들을 파고들고 있었다. 그리고 샤토티에리 전투 중에는 책상에 앉아 '신사실주의자들의 실용적인 편향'에 대한 일련의 소론을 17세 생일이 될 때까지 기다렸다가 쓸지 그 전에 쓸지 고민했다.

얼마 후에 신문 파는 아이가 전쟁이 끝났다고 말해 주었고 호러스는 기뻤다. 피트 브라더스 출판사에서 『스피노자의 이해력 향상』 신판을 출간한다는 것을 뜻했기 때문이었다. 전쟁은 나름대로 장점이 있는데, 젊은 사람들이 자립 등을 하도록 만들었다. 그러나 호러스는 대통령을 용서할 수 없을 것이라고 생각했다. 대통령이 허위 휴전을 선포한 날 밤 관악대가 호러스의 집 창문 아래에서 연주하도록 했고, 그로 인해 '독일 관념론'을 다룬 논문에서 중요한 문장 3개를 빠뜨렸기 때문이었다.

다음 해에 호러스는 문학 석사 학위를 취득하기 위해서 예일대학교에 들어갔다.

그때 호러스는 17세였다. 키가 크고 날씬했고 회색 눈은 근시였고 자기가 내뱉은 말에 전혀 개의치 않는 듯한 태도를 보였다.

"내가 호러스에게 말하고 있다는 느낌이 들지 않아."

딜린저 교수가 동조적인 동료에게 말했다.

"호러스의 대리인에게 말하는 느낌이 들어. 나는 항상 호러스가 '음, 제 자신에게 물어보고 알아볼게요.'라고 말할 것 같아."

그다음에 호러스 타박스는 정육점 주인의 소고기나 남성복점 주인의 모자라도 된 듯이, 삶은 호러스를 붙잡고 다루고 늘렸다. 그리고 토요일 오후 할인 코너에 놓인 아이리시 레이스처럼 호러스를 펼쳐 놓았다.

문학적으로 접근하면, 이것은 오래전 식민지 시대에 강한 개척자들이 코네티컷의 황무지에 와서 "이제 여기에 무엇을 지을까?"라고 서로 묻고, 그중 가장 강한 자가 "극장 관리자들이 희가극을 선보일 수 있는 도시를 만들자!" 라고 대답했기 때문이라고 말해야 할 것이다. 그 후 그들이 그곳에 예일대학교를 세워서 희가극을 선보일 수 있도록 했다는 것은 누구나 아는 이야기이다. 어쨌든 어느 12월 슈버트 극장에서 '홈 제임스'가 상연되었고 모든 학생들은 마샤 메도우에게 앙코르를 요청했다. 마샤 메도우는 1막에서 실수하는 장교들에 대한 노래를 불렀고 마지막 막에서는 몸을 떨고 흔드는 유명한 춤을 추었다.

마샤는 19세였다. 날개는 없었지만 관중들은 그녀에게 날개가 필요 없다는 데 대체로 동의했다. 마샤의 머리카락은 원래 금발이었고 한낮에 거리를 다닐 때에도 화장을 하지 않았다. 그 외에 마샤는 다른 여성들보다 더 나은 점은 없었다.

마샤가 대단한 천재인 호러스 타박스를 방문하면 폴몰 담배 5천 개를 주겠다고 약속한 사람은 찰리 문이었다. 찰리는 셰필드에 사는 4학년 학생으로 호러스와는 사촌이었다. 찰리와 호러스는 사이가 좋았고 서로 연민을 느꼈다.

그날 밤 호러스는 특히 바빴다. 프랑스인 로리에가 신사실주의의 의의를 인식하지 못했다는 사실이 호러스를 괴롭히고 있었다. 사실, 호러스의 연구에서 낮으나 명확한, 소리에 대한 그의 유일한 반응은, 소리를 들을 귀가 없다면 소리가 실제로 존재해야 할지에 대해 추측한 것이었다. 호러스는 자신이 점점 더 실용주의에 가까워지고 있다고 생각했다. 그러나 그 순간 자신은 몰랐지만 호러스는 무언가 상당히 다른 것을 향해 믿기 어려운 빠른 속도로 다가가고 있었다.

똑똑 두드리는 소리가 들렸다. 3초 만에 똑똑 두드리는 소리가 또 들렸다.

"들어오세요."

호러스가 반사적으로 말했다.

호러스는 문이 열리고 닫히는 소리를 들었다. 하지만 난로 앞 큰 안락의자에 앉아 몸을 숙이고 책에 열중해서 위쪽을 쳐다보지 않았다.

"다른 방 침대 위에 두세요."

호러스가 무심코 말했다.

"무엇을 다른 방 침대 위에 두나요?"

마샤 메도우는 노래를 했었지만, 말하는 목소리는 하프 연주에 맞추는 보조 연기 같았다.

"세탁물이요."

"저는 못하겠네요."

호러스는 의자에서 들썩거리며 몸을 움직였다.

"왜 못하는데요?"

"제게는 세탁물이 없으니까요."

"흠!"

호러스가 짜증스럽게 말했다.

"되돌아가서 세탁물을 모으세요."

호러스가 앉은 난롯가 맞은편에 또 다른 안락의자가 있었다. 호러스는 운동을 하고 변화를 주려고 저녁에 의자를 바꿔 앉는 습관이 있었다. 한 의자는 버클리라고 불렀고 다른 의자는 흄이라고 불렀다. 갑자기 바스락거리는 소리가 들리더니 반투명한 형태가 흄에 주저앉는 소리가 들렸다. 호러스가 흘낏 쳐다봤다.

"음."

마샤가 2막('오, 공작은 내 춤을 좋아했지!')에서 보여 주었던 상냥한 미소를 지으며 말했다.

"음, 오마르 하이얌 시인님, 제가 황야에서 노래를 부르며 당신 곁으로 왔어요."

호러스가 마샤를 멍하게 바라봤다. 순간 호러스의 상상 속 환영으로 마샤가 나타난 것이 아닌가 하는 의심이 들었다. 여자들은 남자의 방에 들어오지도 않았고 남자의 흄 의자에 앉지도 않았다. 여자들은 세탁물을 가져오고 전차에서 자리를 차지하고 나중에 남자들이 족쇄라는 것을 알게 될 때 남자와 결혼한다.

이 여자는 분명히 흄이 구현한 인물이었다. 엷게 내비치는 풍성한 갈색 드레스는 저기 있는 흄의 가죽 팔걸이가 발산한 형상일 것이다! 충분히 오랫동안 바라본다면 호러스는 그녀의 형상을 관통해서 흄을 볼 수 있을 것이고 다시 방에 혼자 남게 될 것이었다. 호러스는 주먹을 눈앞에서 움직여

봤다. 호러스는 공중 그네 운동을 다시 해야 했다.

"제발 그렇게 비판적으로 보지 마세요!"

흄이 발산한 형상이 유쾌하게 말했다.

"당신의 전매특허인 그 머리로 저를 떨쳐 버릴 것 같잖아요. 그러면 당신 눈에는 제 그림자 외에 아무것도 남지 않겠죠."

호러스가 기침을 했다. 기침은 호러스가 하는 두 가지 몸짓 중 하나였다. 호러스가 말을 하면 상대는 호러스가 몸이 있다는 사실을 잊는다. 그것은 오래전에 죽은 가수의 음악을 축음기로 듣는 것 같았다.

"원하는 게 뭡니까?"

호러스가 물었다.

"편지를 원해요."

마샤가 과장된 행동으로 징징거리며 말했다.

"당신이 1881년 제 할아버지한테 산 제 편지들을 원해요."

호러스는 깊이 생각해 봤다.

"저는 당신의 편지를 갖고 있지 않아요."

호러스가 차분하게 말했다.

"저는 고작 17세예요. 제 아버지는 1879년 3월 3일 태어나셨어요. 당신은 저를 다른 사람과 혼동하신 게 분명해요."

"당신이 고작 17세라고요?"

마샤가 의아스럽게 되물었다.

"고작 17세예요."

"저는 한 소녀를 알고 있었어요."

마샤가 회상에 잠겨 말했다.

"그 소녀는 16세 때 10대, 20대, 30대 역을 맡아 공연했죠. 그녀는 자신에게 너무 빠져 있어서 '16세'라고 말하면서 '고작'이라는 말을 앞에 꼭 넣었어요. 우리는 그녀를 '고작 제시'라고 부르게 되었죠. 그리고 그녀는 시작점에 그냥 머물렀어요…… 상태는 더 악화되었죠. '고작'이라는 말을 하는 것은 나쁜 습관이에요, 오마르…… 변명하는 것 같이 들리잖아요."

"제 이름은 오마르가 아니에요."

"저도 알아요."

마샤가 고개를 끄덕이며 말했다.

"당신 이름은 호러스죠. 당신은 피우고 난 담배를 생각나게 해서 오마르라고 부르는 거예요."

"저는 당신의 편지를 갖고 있지 않아요. 제가 당신의 할아버지를 만난 적이 있는지도 의심스럽군요. 사실, 당신이 1881년에 존재했다는 것도 사실 같지 않아요."

마샤가 놀라서 호러스를 바라봤다.

"제가…… 1881년에요? 확실히 존재했죠. 뮤지컬 '플로로도라'에서 6중창단이 수녀원에 있는 장면을 공연할 때 저는 두 번째 줄에 있었어요. 솔 스미스 부인의 줄리엣 유모 역할도 원래 저였어요. 오마르, 저는 1812년 전쟁 중에 군 캠프의 클럽 가수였어요."

호러스는 문득 좋은 생각이 떠올라 활짝 웃었다.

"찰리 문이 당신을 여기로 보냈나요?"

마샤는 난해한 표정으로 호러스를 봤다.

"찰리 문이 누구인가요?"

"키가 작고…… 콧구멍이 넓고…… 귀가 커요."

마샤는 몸을 펴고 코웃음을 쳤다.

"저는 친구의 콧구멍을 보는 습관은 없어요."

"그런데 그 사람이 찰리 맞나요?"

마샤는 입술을 깨물었다. 그리고 하품을 했다.

"오, 대화의 주제를 바꾸죠, 오마르. 이 의자에서 곧 잠이 들어 코를 골 것 같아요."

"그러죠."

호러스가 장중하게 대답했다.

"흄은 종종 수면제로 여겨지죠."

"당신 친구 흄은 누구인가요…… 그리고 그가 죽나요?"

호러스는 갑자기 날렵하게 몸을 일으키고 주머니에 손을 넣은 채 방을 서성거리기 시작했다. 이것은 호러스의 또 다른 몸짓이었다.

"저는 이런 것에 신경 쓰지 않아요."

호러스는 자기 자신에게 말하듯이 말했다.

"전혀 개의치 않아요. 당신이 여기에 있는 게 싫다는 건 아니에요. 그렇지 않아요. 당신은 상당히 아름답지만 찰리 문이 당신을 여기로 보낸 것이 좋지는 않네요. 제가 화학자뿐만 아니라 관리인들이 실험할 수 있는 연구실의 실험 대상인가요? 어쨌든 제 지적 발달 상태가 우스운가요? 제가 만화 잡지에 나오는 작은 보스턴 소년의 그림처럼 보이나요? 그 풋내기 찰리 문이, 파리에서 일주일에 대해 얼마나 끊임없이 이야기를 했는지, 어떤 권리로…….''

"아니에요."

마샤가 단호하게 말을 끊었다.

"그리고 당신은 상냥한 사람이에요. 여기로 와서 키스해 주세요."

호러스는 마샤 앞에서 재빨리 멈추었다.

"왜 제게 키스해 달라는 거죠?"

호러스가 관심을 보이며 물었다.

"당신은 그냥 사람들에게 키스하며 돌아다니나요?"

"음, 네."

마샤가 차분하게 인정했다.

"그게 인생이에요. 사람들에게 키스하며 돌아다니는 것이요."

"음."

호러스가 단호하게 말했다.

"당신 생각은 끔찍이 이해하기 어렵군요! 첫째, 인생은 그렇지 않아요. 둘째, 저는 당신에게 키스하지 않을 거예요. 습관이 되면 그 습관을 고칠 수 없거든요. 올해는 7시 30분이 될 때까지 침대에서 뒹구는 습관이 생겼어요."

마샤는 이해한다는 듯이 고개를 끄덕였다.

"재미있는 일은 있으세요?"

마샤가 물었다.

"재미가 뭘 뜻하는 거죠?"

"이봐요."

마샤가 준엄하게 말했다.

"당신이 좋아요, 오마르. 그런데 말할 때는 무슨 뜻인지 아는 것 같이 말하면 좋겠어요. 당신은 입 속에 많은 단어를 울걱거리다가 몇 단어를 내뱉을 때마다 내기에서 진다고 생각하는 것처럼 들리네요. 저는 당신이 재미있는 일이 있는지 물었어요."

호러스는 고개를 저었다.

"나중에는 있을 수도 있겠죠."

호러스가 대답했다.

"제 자신이 계획이에요. 제 자신이 실험 대상이에요. 때때로 지겹지 않다고는 말하지 않겠어요. 지겨울 때도 있어요. 아직은…… 오, 설명할 수 없네요! 그런데 당신과 찰리 문이 재미라고 말하는 게 제게는 재미있지 않을지도 몰라요."

"설명해 주세요."

호러스는 마샤를 바라보다가 말을 하기 시작했다. 그리고 곧 마음을 바꿔 다시 걸어갔다. 마샤는 호러스가 자신을 보고 있는지 알려고 애써 시도해 보다가 호러스에게 미소를 지었다.

"설명해 주세요."

호러스가 몸을 돌렸다.

"제가 설명해 주면, 찰리 문에게 제가 여기 없었다고 말하겠다고 약속하겠어요?"

"네."

"그렇다면 좋아요. 제 인생사를 말씀드리죠. 저는 '왜'라는 의문을 품는 아이였어요. 저는 바퀴가 어떻게 돌아가는지 알기를 원했어요. 아버지는 프린스턴대학의 젊은 경제학 교수였어요. 아버지는 제가 묻는 모든 질문에 최선을 다해서 답하며 저를 키웠어요. 제 반응에 아버지는 조숙함에 대한 실험을 생각하게 되셨죠. 그런 일종의 학살을 돕기 위해서였는지 제 귀에 문제가 생겼어요. 9세에서 12세 사이에 일곱 번 수술을 받았어요. 물론 이 때문에 저는 또래 아이들과 멀어졌고 빨리 성숙하게 되었죠. 어쨌든 또래 아이들이 조엘 챈들러 해리스 작가의 리머스 아저씨 이야기를 열심히 읽을 때 저는 로마의 시인 카툴루스 원전을 읽으며 정말로 즐겼죠."

"13세 때 대학 입학시험에 통과했어요. 어쩔 수 없었어요. 제가 주로 어울리는 사람들은 교수들이었어요. 저는 제 지능이 뛰어나다는 것을 알고 매우 자랑스러웠어요. 대단한 지능을 부여받았지만 다른 면에서 비정상적이지는 않았어요. 16세 때 괴짜로 지내는 것에 싫증이 났죠. 누군가 심각한 실수를 했다고 결론지었죠. 그래도 거기까지 갔으니 문학 석사 학위를 받는 것으로 끝내기로 결정했죠. 제 주요 관심사는 근대 철학이에요. 저는 안톤 로리에 학파에 속한 사실주의자예요. 베르그송 철학도로 다듬어졌죠. 두 달 후에 18세가 되요. 그게 다예요."

"휴!"

마샤가 외쳤다.

"그 정도면 충분해요! 연설 잘 했어요."

"만족하나요?"

"아니요, 제게 키스하지 않았잖아요."

"그건 제 계획에 없는데요."

호러스가 이의를 제기했다.

"제가 육체적인 것들을 넘어선 척 하는 게 아니라는 것을 이해해 주세요. 그것들도 자리가 있지만……."

"오, 너무 이성적으로 행동하지 마세요."

"어쩔 수 없어요."

"저는 자동판매기 같은 사람은 싫어요."

"장담하는데 저는……."

호러스가 말했다.

"오, 조용히 하세요!"

"제 합리성(래셔널리티)으로는……."

"저는 당신의 국적(내셔널리티)에 대해 아무 말도 하지 않았어요. 당신은 미국인이죠, 그렇지 않아요?"

"네, 미국인이에요."

"음, 그럼 괜찮아요. 당신이 고답적인 방식이 아닌 다른 행동을 하는 것을 보기를 원했어요. 브라질식으로 다듬어진 무엇이라 해야 할까요…… 당신이 말했던 그것이…… 조금 인간적인 모습을 보였으면 좋겠어요."

호러스는 다시 고개를 저었다.

"당신에게 키스하지 않을 거예요."

"제 인생이 황폐해졌군요."

마샤가 비극적으로 투덜거렸다.

"제가 졌네요. 브라질식으로 다듬어진 키스도 못하고 삶을 살겠네요."

"어쨌든, 오마르, 제 공연을 보러 오실래요?"

"무슨 공연이요?"

"저는 '홈 제임스'에 나오는 짓궂은 여배우예요."

"경가극인가요?"

"네…… 연속해서 공연 중이에요. 등장인물 중 한 명은 벼를 재배하는 브라질 농장주예요. 당신도 재미있어할 거예요."

"'보헤미안 소녀'는 본 적이 있어요."

호러스가 회상하며 큰 소리로 말했다.

"재미있었어요…… 어느 정도…….”

"그럼 오실 거예요?”

"음, 저는…… 저는…….”

"오, 알아요…… 당신은 주말에 브라질로 가야 하겠죠.”

"아니에요. 공연을 보러 가면 기쁘겠어요.”

마샤가 손뼉을 쳤다.

"좋아요! 우편으로 입장권을 보내 줄게요. 목요일 밤 어때요?”

"음, 저는…….”

"좋아요! 목요일 밤이에요.”

마샤는 일어나서 호러스에게 가까이 걸어가 두 손을 그의 어깨에 놓았다.

"당신이 좋아요, 오마르. 놀리려고 해서 미안해요. 당신이 냉정할 거라고 생각했었는데, 다정한 사람이군요.”

호러스가 냉소적으로 마샤를 봤다.

"저는 당신보다 수천 세대는 더 나이가 많아요.”

"나이를 곱게 드셨네요.”

둘은 진지하게 악수를 했다.

"제 이름은 마샤 메도우예요.”

마샤가 힘주어 말했다.

"기억하세요…… 마샤 메도우예요. 그리고 찰리 문에게는 당신이 집안에 있었다고 말하지 않을게요.”

잠시 후 마샤가 한 번에 세 칸씩 마지막 계단을 내려갈 때 위쪽 난간에서 외치는 소리를 들었다.

"오, 저기요…….”

마샤는 멈춰서 위쪽을 봤다. 희미한 형체가 몸을 구부리고 있었다.

“오, 저기요!”

호러스가 다시 외쳤다.

“제 말 들리세요?”

“네 들려요, 오마르.”

“키스가 본질적으로 비합리적이라는 인상을 당신에게 주지 않았기를 바랍니다.”

“인상이요? 왜요. 당신은 제게 키스도 안 했잖아요! 신경 쓰지 마세요…… 안녕히 계세요.”

여자 목소리에 호기심이 생겼는지 마샤 근처의 문 두 개가 열렸다. 위쪽에서 머뭇거리며 기침하는 소리가 들렸다. 마샤는 치마를 끌어 잡고 마지막 계단을 뛰어내렸다. 그리고 흐린 코네티컷 거리로 나아갔다.

위층에서 호러스가 서재 바닥을 서성거렸다. 때때로 버클리 의자 쪽을 흘낏 봤다. 펼쳐진 책이 쿠션 위에 도발적으로 놓인 버클리 의자가 온아하고 검붉은 위용을 갖추고 있었다. 호러스는 서재 바닥을 한 바퀴 돌 때마다 흄 의자에 가까워지고 있는 것을 느꼈다. 흄은 이상하고 표현할 수 없이 달라진 느낌이 들었다. 속이 비치는 형체가 아직 근처를 맴도는 것 같았다. 호러스가 흄 의자에 앉으면 숙녀의 무릎 위에 앉은 느낌이 들 것 같았다. 호러스는 그 달라진 특성을 무엇이라고 명명해야 할지 몰랐다. 무엇이라고 말할 수 없이 마음속에 깃든, 그럼에도 불구하고 실존하는 특성이었다. 흄은, 영향을 미친 200년 동안 발산한 적이 없는 무언가를 발산하고 있었다.

흄은 장미 향기를 발산하고 있었다.

2장

　목요일 밤 호러스 타박스는 5번째 줄 통로 쪽 좌석에 앉아 '홈 제임스'를 관람했다. 이상하게도 호러스는 즐거웠다. 미국 뮤지컬 대본 작가인 해머스타인 스타일의 시대에 뒤떨어진 농담에 호러스가 소리 내어 감탄하자 근처에 있던 냉소적인 학생들이 짜증스러워 했다. 그러나 호러스는 마샤 메도우가 재즈에 몰입된 실수하는 장교에 대한 노래를 부르는 것을 열망하며 기다리고 있었다. 마샤가 등장해서, 아래로 향한 꽃무늬 모자 밑으로 얼굴이 빛나고 따뜻한 빛이 호러스를 비출 때에도, 그리고 노래가 끝났을 때에도 호러스는 우레와 같은 박수에도 동참하지 않았다. 호러스는 약간 마비가 된 기분이었다.

　2막이 끝난 후 휴식 시간에 안내원이 호러스에게 다가와 타박스 씨냐고 묻고 청소년이 쓴 듯한 쪽지를 주었다. 호러스는 약간 당혹스럽게 그 쪽지를 읽었고, 그동안 안내원은 통로에서 인내심을 가지고 기다리고 있었다.

　오마르에게.

　공연이 끝나면 저는 항상 배가 굉장히 고파져요. 태프트 그릴에서 저를 위해 함께 식사하길 원하시면 이 쪽지를 가져간 거구의 안내원에게 대답해서 알려 줘요.

　　　　　　　　　　　　　　당신의 친구 마샤 메도우.

"마샤에게 말해 주세요."

호러스가 기침을 했다.

"마샤에게 꽤 괜찮을 것 같다고 말해 주세요. 극장 앞에서 만나자고 말해 주세요."

거구의 안내원이 거만하게 웃었다.

"마샤는 극장 뒷문으로 나오라는 뜻 같은데요."

"거기가…… 어디죠?"

"밖으로, 좌측으로, 골목 쪽이요."

"뭐라고요?"

"밖으로 나가서 좌측으로 가라고요! 골목 아래쪽으로 걸어가라고요!"

오만한 안내원이 자리를 떠났다. 호러스 뒤쪽의 1학년 학생이 킥킥 웃었다.

30분 후, 태프트 그릴에서 자연스러운 금발머리를 한 마샤와 마주 앉은 영재 호러스는 이상한 말을 하고 있었다.

"마지막 막에서 그 춤을 춰야 합니까?"

호러스가 진지하게 물었다.

"제 말은, 당신이 그 춤을 추지 않겠다고 하면 해고되나요?"

마샤가 싱긋 웃었다.

"그 춤을 추는 것이 재미있어요. 저는 그 춤을 추는 것이 좋아요."

그러자 호러스가 무례한 말을 내뱉었다.

"당신이 그 춤을 싫어하는 줄 알았어요."

호러스가 간결하게 말했다.

"제 뒤에 있는 사람들이 당신의 가슴에 대해 말을 했어요."

마샤의 얼굴이 불타는 듯 빨갛게 상기되었다.

"어쩔 수 없어요."

마샤가 재빨리 말했다.

"제게 춤은 일종의 곡예일 뿐이에요. 후유! 하기 힘들어요! 매일 밤 한 시간 동안 어깨에 약을 발라야 해요."

"당신은…… 무대에 오르면 즐거운가요?"

"음, 네, 물론이에요! 사람들이 저를 보는 것에 익숙해졌어요, 오마르, 그리고 그게 좋아요."

"흠!"

호러스는 생각에 잠겼다.

"브라질식으로 다듬는 것은 어떻게 되어 가나요?"

"흠!"

호러스가 이렇게 말하고 잠시 멈추었다가 말을 이었다.

"다음 공연을 하러 어디로 갑니까?"

"뉴욕이요."

"얼마나 오랫동안 있나요?"

"상황에 따라 달라요. 아마도 겨울 내내 있을지도 몰라요."

"오!"

"저를 보러 온 거죠, 오마르. 아니면 관심이 없나요? 당신 방에 있을 때처럼 여기가 좋지는 않죠? 당신 방에 있으면 좋을 텐데요."

"저는 여기에서 바보가 된 기분이에요."

호러스는 주뼛주뼛 주위를 보며 솔직하게 말했다.

"안타깝네요! 꽤 잘 어울렸는데."

이 말에 호러스가 갑자기 우울해 보였다. 그래서 마샤는 어조를 바꾸고 호러스의 손을 쓰다듬었다.

"여배우와 저녁에 외식한 적 있나요?"

"아니요."

호러스가 궁상맞게 말했다.

"그리고 다시는 여배우와 외식하지 않을 거예요. 오늘 밤에 제가 왜 왔는지 모르겠어요. 불빛 아래에서 사람들이 웃으며 잡담을 나누니 제 활동 범위에서 완전히 벗어난 기분이 들어요. 당신에게 무슨 이야기를 해야 할지 모르겠어요."

"저에 대해 이야기해요. 지난번에는 당신에 대해 이야기했잖아요."

"좋아요."

"음, 제 성은 메도우가 맞지만 이름은 마샤가 아니고 베로니카예요. 저는 19세예요. 질문을 드리죠. 이 소녀는 어떻게 무대에 뛰어들게 되었을까요? 답을 드리죠. 이 소녀는 뉴저지 퍼세이크에서 태어났고, 1년 전까지 트렌턴에 있는 마르셀 찻집에서 나비스코 제과류를 팔며 지냈죠. 소녀는 로빈스라는 남자와 사귀게 되었는데, 로빈스는 트렌트 하우스 카바레의 가수였어요. 어느 날 저녁 로빈스는 소녀에게 함께 노래와 춤을 춰 보자고 했어요. 한 달 안에 우리는 매일 밤 카바레 만찬장을 만석이 되게 했어요. 그 후에 우리는 냅킨 뭉치만큼 두터운 지인 소개 편지를 갖고 뉴욕으로 갔어요."

"이틀 안에 우리는 디바이너리스라는 곳에 취직했고 팔레 로얄에서 일하는 아이에게 어깨와 엉덩이를 흔들어 추는 시미 춤을 배웠어요. 우리는 6개월 동안 디바이너리스에서 일했는데 어느 날 밤 칼럼니스트인 피터 보이스 웬델이 와서 밀크 토스트를 먹었어요. 다음 날 아침 그가 기고하는 신문에 '경탄할 만한 마샤'에 대한 시가 게재되었고, 이틀 안에 보드빌 공연단 세 곳에서 영입 제안을 받아서 미드나이트 프롤릭에 합류했어요. 웬델 씨에게 감사 편지를 썼는데 그가 자신의 칼럼에 그 내용을 게재했어요. 제 글의 문체가 거칠 뿐, 영국의 사상가이자 역사가인 칼라일과 스타일이 비슷하니 춤추는 것을 그만두고 북미 문학을 해야 한다고 했어요. 이것으로 보드빌 제의가 두 번 더 들어왔고 정기 공연에서 순진한 처녀 역을 맡을 기회를 얻었어요. 저는 그 기회를 잡았고 여기 있게 된 거예요, 오마르."

마샤가 말을 마치고 둘은 한동안 조용히 앉아 있었다. 마샤는 치즈 토스트의 마지막 조각을 포크에 얹고 호러스가 말하기를 기다렸다.

"나갑시다."

호러스가 갑자기 말했다.

마샤의 눈빛이 굳어졌다.

"무슨 생각을 하고 있죠? 제가 당신을 편찮게 했나요?"

"아니에요. 그런데 여기가 좋지 않아요. 당신과 여기에 함께 앉아 있는 것을 좋아하지 않아요."

마샤는 더 이상 말을 하지 않고 웨이터에게 신호를 보냈다.

"얼마죠?"

마샤가 거침없이 물었다.

"제가 먹은 것…… 치즈 토스트와 진저에일 음료요."

웨이터가 계산하는 동안 호러스는 멍하게 지켜보고 있었다.

"이봐요."

호러스가 말했다.

"저는 당신 것도 계산하려고 했어요. 당신은 제 손님이잖아요."

마샤는 한숨을 반쯤 내쉬고 탁자에서 일어나 식당을 걸어서 나갔다. 얼굴에 당황한 기색이 역력한 호러스가 식사비를 놓고 마샤를 따라 나갔다. 계단을 올라서 로비로 갔다. 호러스는 엘리베이터 앞에서 마샤를 따라잡았고 둘은 서로 마주 봤다.

"이봐요."

호러스가 다시 말했다.

"당신은 제 손님이에요. 제가 불쾌한 말을 했나요?"

잠시 놀란 표정을 짓던 마샤가 부드러운 눈빛으로 호러스를 봤다.

"당신은 무례한 남자예요."

마샤가 천천히 말했다.

"당신이 무례하다는 것을 모르겠어요?"

"어쩔 수 없어요."

호러스가 솔직하게 말했고 마샤는 마음이 누그러졌다.

"당신을 좋아해요."

"저하고 같이 있는 것을 좋아하지 않는다고 말했잖아요."

"좋아하지 않았어요."

"왜 좋아하지 않았죠?"

회색 숲과 같은 호러스의 눈에서 갑자기 불길이 올랐다.

"당신과 같이 있는 것을 좋아하지 않았으니까요. 당신을 좋아하게 되었거든요. 이틀 동안 다른 것은 아무것도 생각나지 않았어요."

"음, 만약 당신이……."

"잠깐만이요."

호러스가 말을 가로막았다.

"할 말이 있어요. 이거예요. 6주 있으면 18세가 돼요. 18세가 되면 당신을 만나러 뉴욕으로 갈게요. 뉴욕에 우리가 갈 만한, 사람들이 많지 않은 장소가 있을까요?"

"물론이죠!"

마샤가 미소를 지었다.

"제 아파트로 오면 돼요. 원하면 소파에서 자요."

"소파에서는 못 자요."

호러스가 짧게 말했다.

"그러나 당신과 이야기하고 싶어요."

"오, 물론이요."

마샤가 대답했다.

"제 아파트에서요."

호러스는 신이 나서 두 손을 주머니에 넣었다.

"좋아요…… 그렇게 해서 당신을 혼자 만날 수 있겠군요. 제 방에서 대화를 했듯이 당신과 대화를 하고 싶어요."

"감미롭네요."

마샤가 웃으며 외쳤다.

"저와 키스하고 싶어서 그래요?"

"네."

호러스가 거의 외치듯 말했다.

"당신이 원하면 키스할 거예요."

엘리베이터 운전원이 둘을 책망하듯 바라봤다. 마샤는 삐걱거리는 문

쪽으로 조금씩 움직였다.

"엽서를 보낼게요."

마샤가 말했다.

호러스의 눈에 신나는 기색이 보였다.

"제게 엽서를 보내세요! 1월 1일이 지나면 언제든지 갈게요. 그때는 18세일 거예요."

마샤가 엘리베이터에 들어가자 호러스는 들려오는 소리에 수수께끼 같지만 모호하게 도전적인 기침을 하고 재빨리 자리를 떠났다.

3장

　호러스가 또 와서 있었다. 마샤가 맨해튼의 들썩이는 관중에게 흘낏 눈길을 주었을 때 호러스가 보였다. 호러스는 고개를 약간 앞으로 숙이고 회색 눈을 마샤에게 고정한 채 객석 앞줄에 앉아 있었다. 호러스가 세상에서 둘만 존재하고 있다고 느끼는 것을 마샤도 알았다. 그 세상은 진한 화장을 하고 서 있는 발레단의 얼굴과 바이올린 연주단의 단체 합주도 비너스 대리석상에 내려앉은 가루처럼 알아챌 수 없는 세상이었다. 마샤는 본능적인 반발심이 생겼다.
　"바보!"
　마샤는 화급히 말을 내뱉었고 앙코르 요청도 받지 않았다.
　"일주일에 100달러를 받는데 무엇을 바라는 거야. 계속 움직이라고?"
　마샤가 무대 옆에서 투덜거렸다.
　"무슨 일 있니, 마샤?"
　"내가 싫어하는 남자가 객석 앞줄에 있어."
　마지막 막이 공연되는 동안 마샤는 특기를 보여 주려고 기다리고 있는데 이상하게도 무대 공포증이 생겼다. 마샤는 호러스에게 약속한 엽서를 전혀 보내지 않았었다. 지난밤에 마샤는 호러스를 못 본 척했다. 춤추는 것을 끝내자마자 급하게 극장을 떠나 아파트로 가서 잠을 못 자고 밤을 새우며 지난달에 종종 그랬듯이 호러스를 생각했다. 호러스의 창백하면서 다소 열중하는 얼굴, 날씬하고 소년 같은 외모, 인정사정없이 한 곳에 마음이 쏠려 있는 천상의 모습에 마샤는 매료되었다.

그리고 이제 호러스가 찾아오자 마샤는 조금 미안했다. 마샤는 뜻밖의 책임감을 강요받는 느낌이 들었다.

"애 같은 신동이야!"

마샤가 큰 소리로 말했다.

"뭐라고?"

옆에 서 있던 흑인 희극 배우가 물었다.

"아무것도 아니야. 그냥 나에 관한 이야기야."

마샤는 무대에 오르고 기분이 나아졌다. 이것은 마샤의 춤이었다. 마샤는 예쁜 여자가 남자들에게 도발적인 것만큼 자신이 춤추는 방식이 도발적이지는 않다고 항상 느꼈다. 마샤는 춤을 묘기로 만들었다.

"시외로, 시내로, 수저에 젤리를 얹고,
해가 지면 달빛에 몸을 떤다."

이제 호러스는 마샤를 보고 있지 않았다. 마샤는 분명히 알 수 있었다. 호러스는 태프트 그릴에서 지었던 표정을 하고 의도적으로 무대 배경에 그려진 성을 보고 있었다. 마샤는 화가 났다. 호러스가 마샤를 비판하는 것 같았다.

"나를 전율하게 하는 것은 그 진동이지,
내게 애정이 채워진다니 재미있구나.
시외로, 시내로……."

마샤는 정복할 수 없는 공포감을 느꼈다. 첫 무대 이후로 그런 적이 없었는데 갑자기 끔찍이 관객이 신경 쓰였다. 앞줄에 앉은 창백한 얼굴은 음흉한 미소를 지었나? 어린 소녀의 입은 혐오감으로 입이 쳐졌나? 마샤의 두 어깨…… 떨고 있는 두 어깨는 마샤의 것일까? 정말 떨고 있나? 분명히 어깨는 이러려고 있는 게 아니었는데!

"그러면…… 당신은 첫눈에 알게 될 거야,
나는 성 비투스 춤을 추는 장례식 안내원들이 필요할 거야,
세상 끝에서 나는……."

바순과 첼로 두 대가 동시에 소리를 내며 마지막 화음을 만들었다. 마샤는 잠시 멈추고 온 몸의 근육을 긴장시키며 발끝으로 균형을 잡고 서 있었다. 마샤는 앳된 얼굴로 관중을 멍하게 바라봤는데, 한 어린 소녀가 나중에 '호기심 있고 얼떨떨한 표정'이라고 표현한 바로 그 표정을 짓고 있었다. 그러더니 마샤는 인사도 하지 않고 무대에서 사라졌다. 마샤는 분장실로 들어가서 드레스를 급하게 벗고 다른 옷으로 갈아입은 후에 밖으로 나가 택시를 탔다.

마샤의 아파트는 매우 따뜻했다. 작은 아파트에는 전문 화가들의 그림들이 걸려 있었고 푸른 눈의 외판원에게 구입해서 가끔씩 읽는 키플링과 오 헨리의 작품집이 있었다. 그리고 구색을 맞춰 놓은 의자가 몇 개 있었지만 어느 것도 편안하지는 않았다. 찌르레기가 그려진 분홍색 갓을 씌운 전등이 있었는데 분홍빛 분위기는 답답한 기분을 자아냈다. 괜찮은 물건들도 있었다. 그러나 괜찮은 것들은 서로에게 끊임없이 적대적인 인상을

풍겼는데, 대리인의 구미에 맞는 것을 별 생각 없이 급하게 마련해 놓은 물건들이기 때문이었다. 가장 나쁜 것은 떡갈나무 껍질로 만든 액자에 넣은 명화로 대표되는 그림이었다. 이리 철도에서 본 퍼세이크 지역의 풍경화였는데, 쾌적한 방을 꾸미기에는 그림이 어수선하고 기묘하게 사치스럽고 궁박했다. 마샤도 그것이 실패한 장식이라는 것을 알고 있었다.

신동 호러스가 이 방으로 들어와 마샤의 두 손을 어색하게 잡았다.

"이번에는 당신을 따라왔어요."

호러스가 말했다.

"오!"

"당신과 결혼하고 싶어요."

호러스가 말했다.

마샤가 호러스에게 팔을 뻗었다. 마샤는 열정적이면서도 건전하게 호러스의 입에 키스했다.

"그래요!"

"사랑해요."

호러스가 말했다.

마샤는 호러스에게 다시 키스하고 작게 한숨을 내쉬며 안락의자에 몸을 내던지고 반쯤 누워서 황당하다는 듯 웃어서 몸이 흔들렸다.

"음, 당신은 애 같은 신동이에요!"

마샤가 외쳤다.

"좋아요. 원하면 저를 그렇게 불러요. 저는 당신보다 만 살은 더 많다고 말했던 적이 있었죠…… 저는 만 살 더 많아요."

마샤가 다시 웃었다.

"저는 인정받지 못하는 것을 좋아하지 않아요."

"아무도 다시는 당신을 못마땅하게 여기지 않을 거예요."

"오마르."

마샤가 물었다.

"왜 저와 결혼하고 싶은 거죠?"

신동 호러스는 자리에서 일어나 주머니에 손을 넣었다.

"당신을 사랑하기 때문이에요, 마샤 메도우."

그 후로 마샤는 호러스를 오마르라고 부르지 않았다.

"이봐요."

마샤가 말했다.

"제가 당신을 사랑한다는 것을 알 거예요. 당신에게는 무엇인가가 있어요…… 무엇인지 말할 수 없지만…… 당신 곁에 있으면 마음이 졸여요. 그런데 자기……."

마샤가 말을 멈췄다.

"그런데 뭐요?"

"그런데 많은 문제들이 있어요. 당신은 18세에 불과하고 저는 거의 20세예요."

"말도 안 돼요!"

호러스가 말을 가로막았다.

"이런 식으로 생각해 봐요…… 저는 19세에 접어들고 당신도 19세예요. 그게 우리를 매우 가깝게 만들 거예요…… 제가 언급한 만 살을 빼면요."

마샤가 웃었다.

"그런데 몇 가지 '문제'가 더 있어요. 당신 주변 사람들…….."

"제 주변 사람들이요!"

신동 호러스가 강하게 외쳤다.

"제 주변 사람들은 저를 괴물로 만들려고 했어요."

하려던 말이 심각한 것이어서 호러스의 얼굴이 빨개졌다.

"제 사람들에게 뒤로 가서 앉아 있으라고 할 거예요."

"오 이런!"

마샤가 놀라서 외쳤다.

"그게 전부예요? 말을 덧붙여야 할 것 같아요."

"덧붙이라고요…… 네."

호러스가 열광하여 동조했다.

"무엇이든 덧붙여야죠. 주변 사람들이 저를 바짝 마른 작은 미라가 되게 만든 것을 생각할수록……."

"무엇이 당신을 그렇게 생각하도록 만들었나요?"

마샤가 조용히 물었다.

"저 때문인가요?"

"네. 당신을 만난 이후로 거리에서 마주치는 모든 사람에게 질투를 느꼈어요. 저보다 먼저 사랑을 알았을 것이기 때문이에요. 저는 그것을 '성적 충동'이라고 칭했어요. 이런!"

"'문제'가 더 있어요."

마샤가 말했다.

"무엇이죠?"

"우리는 어떻게 생계를 유지하죠?"

"제가 돈을 벌 거예요."

"당신은 학생이잖아요."

"제가 문학 석사 학위를 받는 데 신경 쓴다고 생각하세요?"

"이런, 저에 대한 석사가 되고 싶어요?"

"네! 뭐라고요? 제 말 뜻은, 아니에요!"

마샤가 웃었다. 그리고 빠르게 걸어가서 호러스의 무릎 위에 앉았다. 호러스는 마샤를 팔로 덥석 안고 마샤의 목 근처에 키스의 흔적을 남겼다.

"당신은 희맑은 면이 있어요."

마샤가 골똘히 생각하며 말했다.

"그런데 그렇게 논리적인 말은 아니네요."

"오, 그렇게 이성적으로 생각하지 마세요!"

"어쩔 수 없어요."

마샤가 말했다.

"저는 자동판매기 같은 사람들이 싫어요!"

"그러나 우리는……."

"오, 조용히 하세요!"

마샤는 말을 할 수 없어서 귀만 기울여야 했다.

4장

　호러스와 마샤는 2월 초에 결혼했다. 예일대학과 프린스턴대학 양 대학 학계의 반향은 엄청났다. 호러스 타박스, 14세 때 대도시 신문의 일요일판 지면에 크게 보도되었었던 호러스가 자신의 이력과 미국 철학 부문에서 세계적인 권위를 가질 기회를 버리고 코러스 걸과 결혼했다…… 그들은 마샤를 코러스 걸로 만들었다. 그러나 현대의 모든 이야기들처럼 그 이야기는 4일 반 동안만 화제가 되었다.

　호러스와 마샤는 할렘 지역에 아파트를 구했다. 직업을 찾는 2주 동안 학문적 지식의 가치에 대한 호러스의 생각은 무자비하게 사라졌고 마침내 호러스는 남아메리카 수출 회사에서 사무원 자리를 얻게 되었다. 어떤 사람이 호러스에게 수출이 유망한 분야라고 말했기 때문이었다. 마샤는 공연단에 몇 달 동안 머무를 예정이었다. 어쨌든 호러스가 자립할 때까지 공연단에 있어야 했다. 호러스는 초봉으로 125달러를 받고 있었고 회사에서는 봉급이 두 배가 되는 것은 시간문제라고 말했다. 하지만 마샤는 그때 자신이 벌던 주급 150달러를 포기하기를 거절했다.

　"우리 서로를 머리와 어깨로 불러요, 자기."

　마샤가 부드럽게 말했다.

　"굳은 머리가 작동할 때까지 어깨가 좀 더 흔들게 해요."

　"나는 싫은데."

　호러스가 침울하게 반대했다.

　"음."

마샤가 힘을 주어 대답했다.

"당신 봉급만으로는 집에서 계속 살 수 없어요. 제가 대중에 나서고 싶어 한다고 생각하지 마세요. 저는 그렇지 않아요. 저는 당신 소유가 되고 싶어요. 그러나 방 안에 앉아서 당신이 오기를 기다리면서 벽지의 해바라기나 세고 있으면 저는 바보가 될 거예요. 당신 월급이 300달러가 되면 제 일을 그만둘게요."

호러스는 자존심이 상하긴 했지만 마샤의 제안이 현명한 과정이라는 것을 인정해야 했다.

3월이 무르익고 4월이 되었다. 5월은 맨해튼 공원과 호수에 화려한 모임 활동을 보였고 둘은 매우 행복했다. 호러스는 습관이 전혀 없었고…… 습관이 만들어질 시간도 없었는데…… 남편이라는 것에 가장 잘 적응할 수 있는 인물로 입증되었다. 마샤는 호러스가 몰두하는 주제에 대해서 의견이 전혀 없었기 때문에 이견을 표하거나 충돌할 일이 거의 없었다. 둘의 마음은 서로 다른 영역에서 움직였다. 마샤는 실질적인 일꾼으로서 활동했고 호러스는 추상적 관념으로 된 옛 세상이나 일종의 의기양양한 지상 숭배 속에서 살았고 아내를 흠모하며 살았다. 마샤는 호러스에게 끊임없는 놀라움의 원천이었다. 마샤의 마음이 신선하고 독창적이고, 기운은 역동적이고 명석하며, 변함없이 쾌활하여 호러스를 놀라게 하는 원천이 되었다.

마샤가 자신의 재능을 표출했었던 아홉 시 공연을 함께 하는 동료들은 마샤가 자기 남편의 정신력에 강한 자부심을 갖고 있다는 사실에 감명을 받았다. 동료들이 아는 호러스는 날씬하고 말이 없는 미숙해 보이는 젊은 남자로 매일 밤 마샤를 집에 데려가려고 기다리는 남자일 뿐이었다.

"호러스."

어느 저녁 11시에 여느 때처럼 호러스를 만난 마샤가 말했다.

"당신이 가로등을 등지고 서 있으니 유령처럼 보여요. 몸무게가 줄었나요?"

호러스는 모호하게 고개를 가로저었다.

"모르겠어요. 오늘 월급이 135달러로 인상되었어요. 그리고……."

"상관없어요."

마샤가 심각하게 말했다.

"야근 때문에 당신 몸이 상하고 있잖아요. 두꺼운 경제 책까지 읽고……."

"경제학이에요."

호러스가 정정했다.

"음, 당신은 매일 밤 제가 잠이 든 후에도 오랫동안 그 책들을 읽잖아요. 결혼하기 전처럼 몸이 굽어지고 있어요."

"하지만 마샤, 나는 해야 할……."

"아니요, 하지 않아도 돼요. 나는 현재 가정을 꾸리고 있고 내 남자가 건강과 시력을 잃게 놔두지 않을 거예요. 당신은 운동을 해야 해요."

"운동하고 있어요. 매일 아침……."

"오, 알아요! 그런데 당신이 가지고 운동하는 그 아령은 폐결핵 환자에게도 정도가 미흡할 거예요. 진짜 운동을 하라고요. 당신은 체육관에 다녀야 해요. 당신은 한때 기교 있는 체조 선수여서 대학 팀에서 당신을 출전시키려다 못했다면서요. 당신이 철학자 허브 스펜서와 상설회의를 갖기로 해서요. 기억나요?"

"즐겼었죠."

호러스가 사색에 잠겨 말했다.

"하지만 지금은 시간이 많이 소요될 텐데요."

"좋아요."

마샤가 말했다.

"당신과 거래를 하죠. 당신은 체육관에 다녀요. 그럼 나는 저 갈색 줄로 놓여 있는 책 중 한 권을 읽을게요."

"『피프스의 일기』요? 음, 재미있을 거예요. 매우 가벼워서."

"나에게는 그렇지 않아요. 판유리를 소화시키는 것과 같을 거예요. 그런데 당신은 그것이 제 시야를 넓혀 줄 거라고 말했죠. 음, 당신은 일주일에 세 번, 밤에 체육관에 가요. 그럼 나는 사무엘 피프스의 글을 많이 읽을게요."

호러스는 망설였다.

"음……."

"자, 어서요! 당신은 나를 위해 거대한 그네를 타고 나는 당신을 위해 교양을 쌓는 거예요."

호러스는 마침내 동의했다. 그래서 더운 여름 내내 일주일에 세 번, 때로는 네 번 스키퍼 체육관에서 곡예용 공중그네를 타보며 시간을 보냈다. 그리고 8월에 호러스는 그 덕분에 낮 시간 동안 정신노동을 더 많이 할 수 있게 되었다고 마샤에게 인정했다.

"멘스 사나 인 코르포레 사노. 건강한 몸에 건강한 정신이 깃든다는 라틴어 격언이에요."

호러스가 말했다.

"믿지 마세요."

마샤가 대답했다.

"전에 그런 특허약 중 하나를 먹어 봤는데 효과도 없었어요. 당신은 체조에 열중해요."

9월 초 어느 날 밤 사람이 거의 없는 체육관에서 고리에 매달려 몸을 뒤트는 곡예를 하고 있었는데 며칠 밤 동안 호러스를 지켜보고 있던, 깊은 생각에 잠긴 뚱뚱한 남자가 호러스에게 말했다.

"이봐요, 어젯밤에 했던 곡예를 다시 해 보세요."

호러스가 철봉대에서 그 남자를 보며 활짝 웃었다.

"제가 창안했어요."

호러스가 말했다.

"유클리드의 네 번째 명제에서 영감을 얻었어요."

"그는 무슨 서커스를 하죠?"

"유클리드는 죽었어요."

"음, 그는 곡예를 하다가 목이 부러진 게 분명해요. 어젯밤에 여기에서 당신 목이 부러질 거라고 생각했죠."

"이런 동작이죠!"

호러스가 말했다. 그리고 공중그네에서 몸을 흔들며 곡예를 했다.

"그러면 목과 어깨 근육이 아프지 않나요?"

"처음엔 아팠죠. 그러나 일주일 안에 '쿠오드 에라트 데몬스트란둠'을 썼죠. 증명 완료라는 뜻의 라틴어예요."

"흠!"

호러스는 공중그네에서 유유하게 몸을 흔들었다.

"전문적으로 할 생각을 해 봤나요?"

뚱뚱한 남자가 물었다.

"생각 안 해 봤어요."

"당신이 그렇게 곡예를 하려고 하고, 원하는 대로 할 수 있다면 많은 돈을 벌 수 있을 거예요."

"다른 묘기를 보여 드리죠."

호러스가 열성적으로 재잘거렸다. 분홍색 운동 셔츠를 입은 프로메테우스 같은 호러스가 다시 신과 아이작 뉴턴에게 대항하는 모습을 보자 뚱뚱한 남자의 입은 갑자가 딱 벌어졌다.

뚱뚱한 남자와의 만남 이후 다음 날 밤, 회사에서 퇴근한 호러스는 마샤가 다소 창백한 얼굴로 소파에 몸을 뻗고 자기를 기다리고 있는 것을 봤다.

"오늘 두 번 기절했어요."

마샤가 느닷없이 말했다.

"뭐라고요?"

"네. 4개월 후에 아기가 태어나요. 내가 2주 전에 춤을 그만 두었어야 했다고 의사가 말했어요."

호러스는 자리에 앉아서 생각에 잠겼다.

"물론 기뻐요."

호러스가 깊은 생각에 잠긴 채 말했다.

"우리가 아기를 갖게 되어서 기쁘다는 뜻이에요. 그런데 비용도 더 많이 든다는 뜻이겠죠."

"은행 통장에 250달러가 있어요."

마샤가 희망을 갖고 말했다.

"그리고 2주치의 봉급도 들어올 거예요."

호러스는 재빨리 계산해 봤다.

"내 봉급까지 합하면 향후 6달 동안 거의 1,400달러가 생기겠네요."

마샤는 우울해 보였다.

"그게 전부예요? 물론 이번 달에 노래 부르는 일을 구할 수 있어요. 그리고 3월에는 다시 일을 하러 나갈 수 있어요."

"아무것도 하면 안 돼요."

호러스가 퉁명스럽게 말했다.

"당신은 집에 있어요. 어디 보자…… 진료비와 보모, 가정부 고용비가 들겠군. 돈이 더 있어야 하겠어요."

"음."

마샤가 지친 듯 말했다.

"돈을 어디에서 구해야 할지 모르겠어요. 이제는 머리가 하기에 달려 있군요. 어깨는 폐업했으니까요."

호러스는 일어나서 외투를 입었다.

"어디 가세요?"

"생각이 났어요."

호러스가 대답했다.

"곧 돌아올게요."

10분 후 호러스는 스키퍼 체육관으로 향하는 길을 걸었다. 자신이 하려는 행동이 우습지는 않고 잔잔한 경이감을 느꼈다. 1년 전이었으면 입을 딱 벌리며 의아해 했을 것이다. 모두가 얼마나 의아해 했을까! 그러나 삶이 문을 두드릴 때 문을 열면 많은 것들이 들어온다.

체육관에는 불이 환하게 켜져 있었다. 불빛에 눈이 적응되자 호러스는 깊은 생각에 잠긴 뚱뚱한 남자가 캔버스 천 매트 더미에 앉아 큰 시가 담배를 피우고 있는 것을 봤다.

"저기요."

호러스가 단도직입적으로 말하기 시작했다.

"어젯밤 제가 공중그네 곡예로 돈을 벌 수 있을 거라고 하신 말씀 진심인가요?"

"음, 네."

뚱뚱한 남자가 놀라서 말했다.

"음, 생각해 봤는데요. 해 보고 싶어요. 밤과 토요일 오후에는 할 수 있을 것 같아요. 봉급이 많아지면 정규로 하고요."

뚱뚱한 남자가 시계를 봤다.

"음."

뚱뚱한 남자가 말했다.

"찰리 폴슨을 만나 보세요. 당신의 곡예를 보면 4일 안에 당신과 계약할 거예요. 지금은 그를 불러올 수 없지만 내일 밤에는 그를 찾을 수 있을 거예요."

뚱뚱한 남자는 약속을 지켰다. 다음 날 밤 찰리 폴슨이 도착했다. 그는 신동 호러스가 놀라운 포물선을 그리며 허공을 가르는 것을 보며 경탄스러운 시간을 보냈다. 그다음 날 밤 찰리 폴슨은 나이가 들어 보이는 남자 둘을 데리고 왔다. 그 남자들은 검은 시가 담배를 피우며, 낮고 열정적인 목소리로 돈 이야기만 하려고 태어난 사람들처럼 보였다. 그다음 주 토요일에 호러스 타박스의 몸은 콜먼 스트리트 가든스에서 열린 체조 박람회에서 전문 선수로 첫 등장을 하게 되었다. 관객이 5,000명 정도 되었지만 호러스는 긴장하지 않았다. 어릴 때부터 청중 앞에서 논문을 읽었고, 상황에 동요되지 않는 법을 터득했기 때문이었다.

"마샤."

그날 밤 늦게 호러스는 신이 나서 말했다.

"위기는 벗어난 것 같아요. 폴슨이 곡마장 개시 공연을 저에게 맡기려고 하는 것 같아요. 그건 겨울 내내 일할 수 있다는 뜻이에요. 곡마장은 크고……."

"네 나도 들은 것 같아요."

마샤가 말을 가로막았다.

"하지만 당신이 하는 곡예에 대해 알고 싶어요. 화려한 자살행위 같은 것 아니에요?"

"아니에요."

호러스가 조용히 말했다.

"하지만 당신을 위해 위험을 감수하는 것보다 더 나은 자살 방법을 당신이 생각할 수 있으면 나는 그 방법으로 죽고 싶어요."

마샤는 두 팔을 뻗어 호러스의 목을 꽉 끌어안았다.

"키스해 줘요."

마샤가 속삭였다.

"그리고 나를 '소중한 자기'라고 불러 줘요. 당신이 '소중한 자기'라고 불러 주는 게 좋아요. 그리고 내가 내일 읽을 책을 가져다주세요. 샘 피프스 책 말고 장난스럽고 통속적인 책으로요. 하루 종일 무엇이라도 하고 싶어서 답답했어요. 편지를 쓰고 싶었는데 편지 보낼 사람이 없었어요."

"나에게 편지를 써요."

호러스가 말했다.

"내가 읽을게요."

"그러고 싶네요."

마샤가 속삭였다.

"당신에게 세상에서 가장 긴 연애편지를 쓸 수 있을 만큼 많은 단어를 안다면…… 지루하지 않겠죠."

그러나 2달이 지나자 마샤는 실제로 매우 지루했다. 밤마다 근심어린 피곤해 보이는 젊은 운동선수 호러스가 곡마장 관중 앞으로 갔기 때문이었다. 그리고 이틀 동안 흰색이 아닌 하늘색 옷을 입은 젊은이가 호러스 대신 공연했는데 박수를 거의 받지 못했다. 그러나 이틀 후 호러스가 다시 나타났다. 무대 가까이에 앉은 관중들은 젊은 곡예사의 얼굴이 더없이 행복해 보였고, 놀랍고 독창적인 자세로 어깨를 흔들며 공중에서 숨 가쁘게 몸을 돌릴 때조차 행복해 보였다고 말했다. 공연 후 호러스는 엘리베이터 운행원에게 웃어 보이며 아파트 계단을 한 번에 다섯 계단씩 뛰어올라갔다. 그리고 조용한 방으로 발끝으로 살금살금 들어갔다.

"마샤."

호러스가 속삭였다.

"오셨네요!"

마샤가 힘없이 웃으며 말했다.

"호러스, 부탁이 있어요. 내 책상 위 서랍에 큰 종이 뭉치가 있을 거예요. 그건 일종의 책이에요, 호러스. 집에 들어앉아 있는 지난 3개월 동안 내가 썼어요. 신문에 내 편지를 게재했던 피터 보이스 웬델에게 그것을 가져다주면 좋겠어요. 그 글이 좋은 책이 될지 그가 말해 줄 거예요. 나는 그냥 말하듯이, 그에게 편지를 쓰듯이 글을 썼어요. 그 글은 나에게 일어난 많은 일들에 대한 이야기예요. 그에게 가져다줄 거죠, 호러스?"

"알았어요, 자기."

호러스는 마샤가 벤 베개까지 닿도록 침대 위로 몸을 숙여 마샤의 노란 머리카락을 뒤로 쓰다듬기 시작했다.

"사랑하는 마샤."

호러스가 부드럽게 말했다.

"아니요."

마샤가 중얼거렸다.

"내가 불러 달라고 한 대로 불러 주세요."

"소중한 자기."

호러스가 열정적으로 속삭였다.

"가장 소중한 자기."

"아이를 뭐라고 부를까요?"

둘은 행복하고 나른한 휴식을 취했고 그동안 호러스는 생각을 했다.

"아기를 마샤 흄 타박스라고 불러요."

호러스가 한참 있다가 말했다.

"흄은 왜 넣었죠?"

"우리를 처음 만나게 해 준 존재이니까요."

"그래요?"

졸음이 왔던 마샤가 놀라서 중얼거렸다.

"그 이름이 문이라고 생각했었는데요."

마샤의 눈이 약에 취한 듯했고, 잠시 후 그녀의 가슴을 덮은 이불이 천천히 긴 간격으로 오르내리면서 마샤가 잠이 들었음을 알려 주었다.

호러스는 발끝으로 살금살금 책상으로 걸어가 위 서랍을 열어, 빽빽이 휘갈겨 쓴 연필 자국으로 얼룩진 종이 뭉치를 찾았다. 호러스는 첫 페이지를 봤다.

샌드라 피프스, 당김음
마샤 타박스 지음.

호러스는 미소를 지었다. 그러니까 사무엘 피프스가 결국 마샤에게 영향을 준 것이다. 호러스는 페이지를 넘겨 글을 읽기 시작했다. 그의 미소는 짙어졌다. 호러스는 계속 글을 읽었다. 30분이 지났고 마샤가 잠에서 깨어 침대에서 자신을 지켜보고 있는 것을 알게 되었다.

"자기."

마사가 속삭였다.

"왜요, 마샤?"

"그 글 마음에 들어요?"

호러스가 헛기침을 했다.

"계속 읽어야 할 것 같은데요. 내용이 밝아요."

"그 글을 피터 보이스 웬델에게 가져다주세요. 당신이 한때 프린스턴 대에서 가장 높은 성적을 받았고 좋은 책을 알아볼 수 있다고 말해요. 이 글이 큰 성공을 거둘 거라고 말하세요."

"알았어요, 마샤."

호러스가 다정하게 말했다.

마샤의 눈이 다시 감겼고 호러스는 다가가서 마샤의 이마에 키스를 했다. 그리고 다정한 연민을 품은 표정으로 잠시 서 있었다. 그 후 호러스는 방을 나갔다.

그날 밤 내내 마샤가 종이에 휘갈겨 쓴 글씨, 계속되는 철자와 문법의 실수와 이상한 구두점이 호러스의 눈에 밟혔다. 호러스는 밤에 몇 번이나 잠에서 깨어났고, 그때마다 말로 자신을 표현하고 싶어 하는 마샤의 영혼에 혼란스러운 공감을 제대로 느꼈다. 끝없는 연민이 호러스의 마음속을 가득 채웠다. 몇 달 만에 처음으로 호러스는 자신의 마음속에 반쯤 잊혔던 꿈을 곰곰이 생각하기 시작했다.

호러스는 일련의 책들을 쓰려고 생각했었다. 쇼펜하우어가 염세주의를 대중화하고 윌리엄 제임스가 실용주의를 대중화한 것처럼 호러스는 신사실주의를 대중화하려고 했었다.

그러나 삶은 그렇게 진행되지 않았다. 삶은 사람들을 조종하여 체조용 링으로 몰았다. 호러스는 방문을 두드리던 소리, 흄 의자에 앉아 있던 속이 비치는 그림자, 마샤의 위협적인 키스를 떠올리며 웃었다.

"그래도 나는 여전히 나야."

호러스는 어둠 속에서 잠이 깨어 누운 채 경탄하며 소리 내어 말했다.

"나는 들을 수 있는 귀가 없다면 두드리는 소리가 실제로 존재한다고 해도 될지 생각하며 무모하게 버클리 의자에 앉아있던 사람이야. 나는 여전히 그 사람이야. 그 존재가 죄를 저지르면 그 죄 때문에 내가 전기의자에 앉을 수도 있어."

"가련한 투명 영혼들이 우리 자신을 무언가 실재하는 것으로 표현하려고 노력한다. 마샤는 자신이 쓴 책으로, 나는 아직 쓰지 않은 책으로 각자를 표현하려고 한다. 각자의 매체를 선택해 우리가 얻을 수 있는 것을 취하려고 한다. 그리고 기뻐한다."

5장

　칼럼니스트 피터 보이스 웬델이 소개글을 쓴 『샌드라 피프스, 당김음』이 '조던 매거진'에 연재되었고 3월에 책으로 출간되었다. 이야기는 첫 회부터 넓은 관심을 받았다. 진부한 주제인, 뉴저지 작은 마을에서 사는 소녀가 뉴욕에 가서 무대에 선다는 내용이 평이하게 다루어졌다. 그런데 특유하게 생생한 표현과 미흡한 어휘 속에 내재되어 계속 떠오르는 슬픈 어조가 설득력 있는 호소를 만들어 냈다.
　마침 피터 보이스 웬델은 당시에 표현력 있는 토착어를 채택하여 미국 언어를 풍부하게 하자는 의견을 지지하려고 했었다. 그래서 그 책의 후원자로 나섰다. 그리고 종래 비평가들의 덤덤한 평을 넘어서 우레 같은 찬사를 표했다.
　마샤는 연재물에 대해서 회당 300달러를 받았는데 시기가 적절했다. 호러스가 곡마장에서 받는 월급이 마샤가 벌던 돈보다 많았지만 마샤의 아기는 날카롭게 울어 댔고 그 때문에 부부는 시골로 가야 한다고 생각하게 되었기 때문이다. 그래서 4월 초에 부부는 웨스트체스터 지역의 단층집으로 이사했다. 잔디밭이 있고, 차고가 있고, 확고하게 방음이 되는 서재를 포함해서 모든 공간이 갖추어진 집이었다. 마샤는 딸이 보채는 것이 줄어들어 조용해지면 서재에서, 서툴지만 불후의 문학 작품을 쓰겠다고 조던 씨에게 굳게 약속했다.
　'나쁘지 않은데.'
　호러스는 어느 날 밤 기차역에서 집으로 가면서 생각했다. 그는 열려 있던 가능한 기회를 두고 고민하고 있었다. 다섯 자리 숫자 보수를 받고 4개월 동안 소가극 공연을 할 수도 있었고 프린스턴대로 돌아가 모든 체육관 업무를 맡을 수도 있었다. 이상하다! 호러스는 한때 프린스턴대로 돌아가 철학 관련 일을 하고 싶었는데, 이제는 그의 오랜 우상인 안톤 로리에가 뉴욕에 왔다는 소식에도 동요되지 않았다.

호러스의 발밑에서 자갈 밟히는 소리가 귀에 거슬리게 났다. 거실에서 새어 나오는 불빛이 보였고 진입로에 서 있는 큰 자동차도 보였다. 아마도 조던 씨가 다시 와서 마샤에게 작업을 시작하라고 설득하는 것 같았다.

마샤는 호러스가 오는 소리를 듣고 밖으로 나왔고 불이 켜진 문을 배경으로 마샤의 윤곽이 드러났다.

"어떤 프랑스인이 와 있어요."

마샤가 초조하게 속삭였다.

"그 사람의 이름을 발음할 수가 없어요. 목소리가 굉장히 낮아요. 그와 얘기해 보세요."

"어떤 프랑스인이죠?"

"나는 몰라요. 한 시간 전에 조던 씨와 함께 차를 타고 왔어요. 그리고 샌드라 피프스와 그 주변 것들을 만나고 싶다고 말했어요."

부부가 안으로 들어가자 두 남자가 의자에서 일어났다.

"안녕하세요, 타박스."

조던이 말했다.

"두 유명 인사가 함께 할 자리를 만들었어요. 미져 로리에 씨를 모셔 왔어요. 미져 로리에 씨, 마샤 타박스 부인의 남편인 호러스 타박스 씨를 소개합니다."

"안톤 로리에 씨는 아니겠죠!"

호러스가 외쳤다.

"안톤 로리에가 맞아요. 여기에 꼭 와야 했어요. 여기에 와야 했죠. 부인의 책을 읽고 매료되었어요."

로리에는 주머니를 뒤적거렸다.

"아, 당신에 대한 기사도 읽었어요. 오늘 읽은 뉴스에 당신 이름이 있었어요."

로리에는 마침내 잡지에서 오려 낸 조각을 꺼냈다.

"읽어 보세요!"

로리에가 열정적으로 말했다.

"당신에 대한 이야기도 있어요."

호러스는 페이지를 훑어봤다.

'미국 방언 문학에 확실한 기여를 하다.'

기사에 그렇게 쓰여 있었다.

'문학적 어조를 시도하지 않았다. 이 사실로 이 책은 우수성을 얻고 있다. 『허클베리 핀의 모험』과 같다.'

호러스는 아래쪽 단락을 봤다. 그는 갑자기 아연해서 급하게 읽어 내려갔다.

'마샤 타박스는 관객으로서만이 아니라 공연자의 아내로서도 무대와 관련이 있다. 마샤는 작년에 호러스 타박스와 결혼을 했다. 호러스 타박스는 매일 저녁 곡마단에서 놀라운 공중그네 공연으로 아이들을 즐겁게 해준다. 이 젊은 부부는 서로를 머리와 어깨로 부른다고 한다. 이는 의심할 여지없이 부인 마샤 타박스가 문학과 정신적 자질을 제공하고, 남편 호러

스 타박스의 유연하고 민첩한 어깨가 그들의 지분을 가정의 부에 기여한다는 것을 의미한다.'

'마샤 타박스 부인은 남용되는 "신동"이라는 호칭을 들을 가치가 있다고 보인다. 겨우 20세에…….'

호러스는 글을 읽다가 멈추고 매우 기묘한 표정으로 안톤 로리에를 빤히 바라봤다.

"조언을 드리고 싶어요……."

호러스가 잠긴 목소리로 말했다.

"무엇인데요?"

"문을 두드리는 소리에 대한 것이에요. 그 소리에 응하지 마세요! 그냥 놔두세요…… 문을 덧대세요."

컷글라스 그릇

The Cut-Glass Bowl

1장

구석기 시대, 신석기 시대, 청동기 시대가 있었고, 오랜 시간이 흐른 후 컷글라스 시대가 왔다. 컷글라스 시대에, 젊은 여자들은 길고 곱슬곱슬한 콧수염을 기른 남자들에게 결혼하자고 설득하고 그 후 몇 달이 지나면 자리에 앉아서 선물로 받은 모든 종류의 컷글라스에 대해서 감사 편지를 썼다. 컷글라스의 종류는 펀치 볼, 핑거 볼, 만찬용 유리잔, 와인 잔, 아이스크림 접시, 봉봉 사탕 접시, 보기 좋게 만든 디캔터 유리병, 꽃병 등이었다. 1890년대에 컷글라스는 새로운 것은 아니었지만 특히 당시에 보스턴 백베이 주택가에서 중서부 중심지에 이르기까지 유행하면서 눈부신 빛을 부산히 발하고 있었기 때문이었다.

결혼식이 끝나면 펀치 볼은 중앙에 있는 큰 그릇과 함께 찬장에 진열되었다. 유리잔은 도자기 찬장에 보관되었다. 촛대는 여러 그릇들의 양쪽 끝에 놓였다. 그런 다음 존재하기 위한 분투가 시작되었다. 봉봉 사탕 접시는 작은 손잡이가 깨진 채 위층으로 옮겨져 핀 담는 그릇이 되었다. 어슬렁거리던 고양이가 찬장의 작은 그릇을 건드려 떨어뜨렸고, 어린 가정부가 설탕 접시로 쓰는 중간 크기 그릇의 이를 빠지게 했다. 그다음 와인 잔의 다리가 부러지고, 만찬용 유리잔조차도 열 꼬마 인디언들처럼 하나씩 없어졌다. 마지막 남은 유리잔도 상처가 나고 손상되어 욕실 선반에서 허세 부리는 다른 물건들과 함께 칫솔꽂이로 놓였다. 그러나 어쨌든 이 모든 것이 발생했을 쯤에 컷글라스 시대는 끝났다.

호기심 많은 로저 페어볼트 부인이 아름다운 해럴드 파이퍼 부인을 만나러 왔던 날은 그 첫 영광이 있은 지 한참 지났던 때였다.

"부인."

호기심 많은 로저 페어볼트 부인이 말했다.

"집이 마음에 들어요. 매우 예술적이에요."

"정말 기쁘네요."

아름다운 해럴드 파이퍼 부인이 어리고 까만 눈동자를 반짝이며 말했다.

"자주 오셔야 해요. 저는 오후에 거의 항상 혼자 있어요."

페어볼트 부인은 이 말을 전혀 믿을 수 없으며, 어떻게 자기를 기다리겠다고 하는지 믿을 수 없다고 말하고 싶었을 것이다. 프레디 게드니 씨가 지난 6개월 동안 일주일에 다섯 번씩 오후에 파이퍼 부인을 만나러 왔다는 소문이 온 동네에 널리 퍼져 있었다. 페어볼트 부인은 아름다운 모든 여자들을 불신하는 원숙한 나이의 여성이었다.

"식당이 가장 마음에 들어요."

페어볼트 부인이 말했다.

"저 기막힌 도자기 그릇과 거대한 컷글라스 그릇 모두 마음에 들어요."

파이퍼 부인이 웃었다. 너무 예쁘게 웃어서 프레디 게드니 소문에 대해서 페어볼트 부인에게 남아 있던 의구심이 완전히 사라졌다.

"오, 저 큰 그릇 말씀하시는 거죠!"

말을 하는 파이퍼 부인의 입은 생생한 장미 꽃잎 같았다.

"저 그릇에는 사연이 있어요……."

"오……."

"젊은 칼턴 캔비라는 사람 기억하시나요? 음, 그는 한때 매우 자상했어요. 7년 전인 1892년, 제가 해럴드와 결혼하겠다고 말한 날 밤에 칼턴 캔비가 몸을 곧게 세우고 말했어요. '에빌린, 당신처럼 단단하고 아름답고 속이 비어서 꿰뚫어 보기 쉬운 선물을 줄게요.' 저는 그가 조금 섬뜩했어요. 그의 눈동자는 매우 까맸어요. 칼턴 캔비가 저에게 귀신이 나오는 집을 주거나 포장을 열면 폭발하는 물건을 줄 것이라고 생각했어요. 그런데 저 그릇이 도착했죠. 물론 아름다워요. 직경이나 둘레가 76센티미터예요…… 아니면 107센티미터일 거예요. 어쨌든, 저 그릇을 넣기에는 찬장이 너무 작아요. 찬장 밖으로 튀어나와요."

"부인, 이상하네요! 그 당시 칼턴 캔비는 마을을 떠나지 않았나요?"

페어볼트 부인은 머릿속에 이탤릭체로 표시된 단어들을 적고 있었다.

'단단하고, 아름답고, 속이 비어서 꿰뚫어 보기 쉬운.'

"네, 칼턴 캔비는 서부로 갔어요…… 아니면 남부로…… 아니면 어딘가로."

파이퍼 부인이 세월에 구애받지 않고 아름다움을 드러내는 막연한 신성함을 발하며 말했다.

페어볼트 부인은 장갑을 끼면서, 넓은 음악실에서 서재까지 공간이 확 트였고 그 너머에는 식당의 일부까지 드러나서 집이 넓어 보인다고 말했다. 그 집은 정말 도시에서 가장 좋은 작은 집이었다. 그런데 파이퍼 부인은 데브로가에 있는 더 큰 집으로 이사를 가겠다고 말했었다. 남편 해럴드 파이퍼가 돈을 벌어서 가져오는 게 틀림없었다.

페어볼트 부인은 가을 황혼이 깃든 보도로 들어섰고, 거의 대부분의 성공한 40대 여자들이 거리에서 드러내는, 못마땅해 하고 조금 불쾌한 표정을 지었다.

페어볼트 부인은 자신이 해럴드 파이퍼라면 사업에 시간을 덜 할애하고 가정에 시간을 더 쏟을 것이라고 생각했다. 친구들이 해럴드 파이퍼에게 얘기해 줘야 했다.

페어볼트 부인은 성공적인 오후를 보냈다고 생각했겠지만, 2분을 더 기다렸었다면 대성공이라고 했을 것이다. 그녀가 91미터 떨어진 거리에서 멀어지는 검은 형체로 남아있을 때, 흥분해서 제정신이 아닌 매우 잘 생긴 젊은 남자가 파이퍼 집으로 향하는 길에 들어섰기 때문이었다. 파이퍼 부인은 초인종 소리에 문을 열었고 다소 당황한 표정으로 재빨리 남자를 서재로 안내했다.

"당신을 만나야 했어요."

남자가 열광적으로 말했다.

"당신의 편지가 저를 철저히 짓밟는 것 같았어요. 해럴드가 당신을 이렇게 겁먹게 했나요?"

파이퍼 부인은 고개를 저었다.

"다 끝났어요, 프레드."

파이퍼 부인이 천천히 말했다. 그녀의 입술이 장미에서 찢겨진 꽃잎 같이 그렇게 붉게 보였던 적은 없었다.

"남편이 어젯밤에 그 일로 매우 괴로워하며 집에 왔어요. 제시 파이퍼가 의무감 때문에 제 남편 사무실에 가서 말했대요. 남편은 상처를 받았고…… 오, 저는 남편의 방식대로 볼 수밖에 없어요, 프레드. 우리가 여름 내내 클럽의 잡담거리였다고 남편이 말하네요. 남편은 그것을 몰랐대요. 그런데 이제 남편은 사람들이 저에 대해 나눈 대화의 단편들과 은근한 암시를 이해하고 있어요. 남편이 대단히 화가 났어요, 프레드. 남편은 저를 사랑하고 저도 남편을 사랑해요…… 상당히."

프레디 게드니는 천천히 고개를 끄덕이며 눈을 반쯤 감았다.

"알았어요."

프레디 게드니가 말했다.

"네, 제 문제도 당신이 겪고 있는 문제와 같아요. 저는 다른 사람의 관점에서 있는 그대로 볼 수 있어요."

프레디 게드니의 회색 눈동자가 파이퍼 부인의 까만 눈동자를 노골적으로 바라봤다.

"축복은 끝났어요. 이런, 에빌린. 저는 하루 종일 사무실에 앉아서 당신이 보낸 편지 겉면만 보고 있었어요. 그걸 보고 또 봤어요……."

"가세요, 프레드."

파이퍼 부인이 침착하게 말했다. 약간 재촉하는 그녀의 강한 어조가 프레디 게드니의 마음을 찔렀다.

"남편에게 당신을 만나지 않겠다고 굳게 약속했어요. 남편 해럴드와 함께 얼마나 멀리 갈 수 있는지 알아요. 그리고 오늘 저녁 당신과 여기에 같이 있는 것은 제가 해서는 안 되는 일이에요."

둘은 가만히 서 있었다. 파이퍼 부인은 말을 하면서 문 쪽으로 조금씩 다가갔다. 프레디 게드니는 그녀를 괴롭게 바라봤다. 마지막으로 그녀의 모습을 간직하려고 했다. 그런데 그때 집 밖 보도에서 들린 발자국 소리에 둘은 대리석처럼 굳었다. 파이퍼 부인은 즉시 팔을 뻗어 프레디 게드니의 외투 옷깃을 잡았다. 그를 반은 재촉하고 반은 휘두르며 큰 문을 지나 어두운 식당으로 들어갔다.

"남편을 위층으로 올라가게 할게요."

파이퍼 부인이 프레디 게드니의 귀 가까이에 대고 속삭였다.

"남편이 계단을 오르는 소리가 들릴 때까지 움직이지 마세요. 그 후에 앞문으로 나가세요."

그리고 프레디 게드니는 홀로 남아 파이퍼 부인이 현관에서 남편을 맞이하는 소리를 들었다.

해럴드 파이퍼는 36세로 아내보다 아홉 살이 많았다. 얼굴은 잘 생겼다. 주석을 달면, 눈은 너무 몰려서 온화한 표정을 지으면 확실히 어색했다. 게드니 문제에 대한 해럴드 파이퍼의 태도는 평소의 태도와 같았다. 헤럴드 파이퍼는 그 문제는 끝난 것으로 생각한다고 에빌린에게 말했다. 에빌린을 비난하거나 어떤 형태로든 언급하지 않겠다고 말했다. 해럴드 파이퍼는 이것이 문제를 바라보는 큰 시각이고, 아내가 적지 않게 감명을 받을 것이라고 자답했다. 그렇지만 자신이 대범하다는 생각에 사로잡힌 모든 남자들처럼 해럴드 파이퍼는 상당히 속이 좁았다.

이날 저녁 해럴드 파이퍼는 특별히 다정하게 에빌린을 대했다.

"어서 옷부터 갈아입으세요, 해럴드."

파이퍼 부인이 간절히 말했다.

"브론슨 부부 댁에 가야 해요."

해럴드 파이퍼가 고개를 끄덕였다.

"옷 입는 데 시간이 오래 걸리지 않을 거예요, 여보."

해럴드는 말끝을 흐리면서 서재로 걸어갔다. 에빌린의 심장은 크게 두근거렸다.

"해럴드……."

파이퍼 부인은 목청을 돋우며 말하기 시작했고 해럴드를 따라서 안으로 들어갔다. 해럴드는 담배에 불을 붙이고 있었다.

"서둘러야 해요, 해럴드."

파이퍼 부인은 문간에 서서 말을 끝마쳤다.

"왜 서둘러야 하는데요?"

해럴드가 약간 짜증이 나서 물었다.

"당신도 아직 옷을 안 갈아입었잖아요, 에비."

해럴드는 모리스식 안락의자에 몸을 쭉 뻗고 앉아 신문을 펼쳤다. 기분이 가라앉은 에벨린은 해럴드가 적어도 10분은 그 상태로 있을 것이라고 생각했다. 그리고 게드니는 숨을 죽이고 옆방에 서 있었다. 해럴드가 위층으로 올라가기 전 찬장에 있는 디캔터 유리병에 있는 술을 마시고 싶어 할 수도 있었다. 그 순간 에빌린은 해럴드에게 술병과 술잔을 가져다줘서 만일의 사태를 미연에 방지해야 하겠다는 생각이 떠올랐다. 에빌린은 해럴드가 어떻게든 식당에 주의를 기울이는 것이 두려웠다. 하지만 다른 위험을 무릅쓸 수 없었다.

그러나 에빌린이 이런 생각을 하는 동안에 해럴드가 일어나서 신문을 내려놓고 에빌린에게 다가갔다.

"에비, 당신."

해럴드가 몸을 숙여 에빌린에게 팔을 얹으며 말했다.

"어젯밤 일은 잊었으면 좋겠어요."

에빌린은 떨면서 해럴드에게 다가갔다.

"나도 알아요."

해럴드가 말을 이었다.

"그것은 당신 입장에서 그냥 경솔한 우정이었죠. 우리는 모두 실수를 하죠."

에빌린은 해럴드의 말이 거의 들리지 않았다. 에빌린은 해럴드에게 몸을 아주 가깝게 붙여 위층으로 이끌고 갈 수 있을지에 대해서만 생각했다. 아픈 척을 하고 위층으로 데려다 달라고 할지도 생각했다. 그렇게 하면 불행하게도 해럴드가 자신을 소파에 눕히고 위스키를 가져다 줄 것이라고 생각했다.

갑자기 에빌린의 불안감이 최고조에 달했다. 식당 바닥에서 매우 희미하지만 확실하게 틀림없이 삐걱거리는 소리가 들렸다. 프레디 게드니가 뒷문으로 나가려고 하는 중이었다.

에빌린의 심장이 뛸 듯이 두근거렸다. 마치 징 같이 속이 빈 종소리가 집안 전체에 울려 퍼졌다. 프레디 게드니의 팔이 큰 컷글라스 그릇에 부딪힌 것이다.

"저게 무슨 소리지?"

해럴드가 외쳤다.

"거기 누구야?"

에빌린이 매달렸지만 해럴드가 뿌리쳤다. 에빌린의 귀에 방이 무너지는 듯한 소리가 들리는 것 같았다. 에빌린은 식료품 저장실 문이 열리는 소리, 실랑이를 벌이는 소리, 양철 냄비가 덜거덕거리는 소리가 들렸다. 에빌린은 절망감에 부엌으로 달려가 상황을 진정시켰다. 해럴드가 게드니의 목에 감았던 팔을 천천히 풀었다. 해럴드는 처음에는 놀란 표정으로, 그다음에는 얼굴에 고통이 드리워진 채 그대로 서 있었다.

"이런!"

해럴드는 당황하여 말했고 다시 되풀이했다.

"이런!"

해럴드는 다시 게드니에게 달려들 듯 몸을 돌렸지만 멈췄다. 눈에 보이게 근육의 힘을 풀더니 쓴웃음을 지었다.

"당신들…… 당신들……."

에빌린이 팔로 해럴드를 감싸고 눈빛으로 필사적으로 애원했다. 하지만 해럴드는 에빌린을 밀치고 멍하게 부엌 의자에 앉았다. 그의 얼굴은 도자기 같았다.

"나에게 이런 짓을 하다니, 에빌린. 이 악마! 당신은 악마야!"

파이퍼 부인은 해럴드에게 그토록 미안하게 생각해 본 적이 없었다. 그리고 해럴드를 그토록 사랑해 본 적도 없었다.

"파이퍼 부인의 잘못이 아니에요."

게드니가 다소 공손하게 말했다.

"제가 그냥 찾아온 거예요."

그러나 해럴드 파이퍼는 고개를 저었다. 빤히 쳐다보는 해럴드의 표정은 물리적 사고로 머리에 충격을 받아 일시적으로 기능이 멈춘 것 같았다. 해럴드의 눈은 갑자기 애처롭게 보였고 깊고 소리 없이 에빌린의 심금을 울렸다. 그리고 동시에 에빌린의 마음속에 분노가 치솟았다. 에빌린은 눈꺼풀이 타오르는 것 같았다. 그녀는 거칠게 발을 쾅쾅 굴렀다. 마치 무기를 찾는 것처럼 양손으로 초조하게 식탁 위를 급히 더듬더니 게드니에게 거칠게 달려들었다.

"나가요!"

에빌린이 소리를 질렀다. 까만 눈은 이글이글 타올랐고 작은 두 주먹으로 쭉 뻗은 게드니의 팔을 속절없이 때렸다.

"당신이 이렇게 만들었어요! 여기에서 나가요…… 나가요…… 나가요! 나가요!"

르장

　　35세인 해럴드 파이퍼 부인에 대한 의견이 나뉘어졌다. 여자들은 파이퍼 부인이 여전히 아름답다고 말했다. 남자들은 파이퍼 부인이 더 이상 예쁘지 않다고 말했다. 이것은 아마도, 여자들은 두려워했고 남자들은 추대하던 파이퍼 부인의 아름다운 특성이 사라졌기 때문일 것이다. 파이퍼 부인의 눈은 여전히 크고 까맣고 우수에 젖어 보였지만 신비함은 사라졌다. 슬퍼 보이는 모습은 더 이상 영원한 것이 아니었다. 단지 인간의 모습일 뿐이었다. 파이퍼 부인은 습관도 생겼는데, 놀라거나 짜증날 때는 눈썹을 씰룩거리거나 눈을 여러 번 깜박거렸다. 입도 달라졌다. 입술의 붉은 빛도 흐려졌다. 파이퍼 부인이 웃을 때 입꼬리가 살짝 내려가서 눈에 어린 슬픔을 한층 더 해 주었던 모습, 비웃는 듯하면서도 아름다운 모습이 사라졌다. 이제 파이퍼 부인은 웃을 때 입꼬리가 올라갔다. 파이퍼 부인이 자신의 아름다움에 취해 있던 시절에는 자기의 미소가 좋아서 그 미소를 강조하기도 했다. 파이퍼 부인이 미소를 강조하는 것을 멈추자, 미소는 점차 사라졌고 그 미소에 담긴 그녀의 마지막 신비로움도 사라졌다.

　　에빌린은 프레디 게드니 사건이 일어난 지 한 달이 안 되어 미소를 강조하는 것을 멈추었다. 외적인 면은 이전과 같이 진행되었다. 그러나 에빌린이 남편을 얼마나 사랑했는지 느낀 몇 분 동안 자신이 남편에게 얼마나 영원한 상처를 주었는지 깨달았다. 한 달 동안 에빌린은 마음 아픈 고통과 거친 비난과 질책을 견뎌야 했다. 에빌린은 남편에게 애원하고, 조용하고 측은한 사랑을 갈구했지만 해럴드는 신랄하게 비웃었다. 그 후에 에빌린도 점차 침묵하기 시작했고, 보이지 않고 뚫을 수 없는 장벽이 부부 사이에 생기게 되었다. 에빌린은 마음속에 솟구치는 사랑을 어린 아들 도널드에게 아낌없이 베풀었고, 도널드가 자기 인생의 경이로운 일부라는 것을 깨달았다.

다음 해에 부부 상호간의 관심과 책임감이 쌓였고 과거의 기억에서 나타난 오락가락하는 깜박거리는 빛이 남편과 아내를 다시 뭉치게 해 주었다. 그러나 다소 안쓰럽게 밀려온 열정이 지나간 후 에빌린은 좋은 기회가 지나갔다는 것을 깨달았다. 남은 것은 아무것도 없었다. 에빌린은 젊음과 남편과 자신 둘 모두를 위한 사랑이 있었다. 그러나 침묵의 시간이 애정이라는 샘을 천천히 마르게 했다. 그리고 그 샘물을 다시 마시고 싶어 하는 에빌린의 갈망도 사라졌다.

에빌린은 처음으로 여자 친구를 찾기 시작했고, 전에 읽었던 책을 다시 꺼내 들었으며, 헌신해서 돌보고 있는 두 아이를 바라보며 바느질을 하기 시작했다. 에빌린은 사소한 문제로 걱정했다. 저녁 식탁에 작은 부스러기가 보이면 대화에 집중하지 못했다. 에빌린은 점점 중년이 되어가고 있었다.

에빌린의 35번째 생일은 유달리 바쁜 날이었다. 그날 밤 손님을 접대해야 한다는 예고 없던 통보를 받았기 때문이었다. 에빌린은 늦은 오후에 침실 창가에 서 있다가 상당한 피로감을 느꼈다. 10년 전이었다면 누워서 잠을 잤을 것이다. 하지만 지금은 상황을 지켜볼 필요가 있다고 느꼈다. 가정부들이 아래층을 청소하고 있었고 자그마한 장식품들이 바닥 이곳저곳에 놓여 있었다. 식료품점 직원이 오면 꼭 해야 할 말도 있었다. 도널드에게 편지도 써야 했다. 도널드는 14세가 되어 집에서 떠나 학교에서 첫

해를 보내고 있었다.

그럼에도 불구하고 자리에 누워야겠다고 결정할 뻔 했을 때, 에빌린은 아래층에서 어린 줄 리의 친숙한 인기척을 갑작스럽게 듣게 되었다. 에빌린은 입술을 꾹 다물고 양 눈썹을 씰룩거리며 눈을 깜빡거렸다.

"줄리야!"

에빌린이 외쳤다.

"아야, 아, 아!"

줄리가 슬프게 말을 연이었다. 가정부 보조인 힐다의 목소리가 계단 위로 들려왔다.

"줄리가 조금 베였어요, 파이퍼 사모님."

에빌린은 반짇고리가 있는 곳으로 달려가 속을 뒤적거리다가 찢어진 손수건을 찾아서 서둘러 아래층으로 내려갔다. 줄리가 엄마 품에서 우는 동안 에빌린은 줄리의 드레스에 드러난, 줄리를 다치게 한 증거들을 책망하면서 희미한 상처를 찾아봤다.

"제 어, 엄지예요!"

줄리가 알려 주었다.

"오, 아, 아파요."

"여기에 있는 그릇 때문이에요."

힐다가 사죄하듯 말했다.

"찬장을 닦는 동안 바닥에 놓았는데 줄리가 와서 그릇을 가지고 놀았어요. 그러다가 긁혔나 봐요."

에빌린은 힐다를 향해 심하게 인상을 찌푸렸다. 그리고 무릎에 앉은 줄리의 몸을 확 돌리고 손수건을 가늘고 길게 찢기 시작했다.

"이제…… 좀 보자, 아가."

줄리가 손을 들었고 에빌린이 손가락을 붙잡았다.

"자, 어때!"

줄리는 천으로 감은 엄지손가락을 의심스럽게 살펴봤다. 손가락을 굽히자 천이 움직였다. 눈물에 젖은 줄리의 얼굴에 즐겁고 흥미로운 표정이 드러났다. 줄리는 코를 훌쩍거리며 손가락을 다시 움직여 보았다.

"소중한 것!"

에빌린이 외치며 줄리에게 키스를 했다. 그러나 방을 나가기 전에 힐다를 향해 다시 인상을 찌푸렸다. 조심성이 없다! 요즘 하인들은 다 그렇다. 참한 아일랜드 여자를 구할 수 있다면…… 그러나 더 이상 구할 수 없다…… 이 스웨덴 여자들밖에 없다…….

5시에 해럴드가 집에 도착하여 에빌린의 방으로 올라갔다. 그리고 에빌린의 생일을 맞이하여 35번 키스를 하겠다고 의심스러울 정도로 쾌활하게 엄포를 놓았다. 에빌린은 저항했다.

"술 드셨군요."

에빌린이 짧게 말했다. 그리고 덧붙여 말했다.

"술을 조금 드셨군요. 제가 술 냄새 싫어하는 것 아시잖아요."

"에비."

잠시 조용하던 해럴드가 창가 의자에 앉으며 말했다.

"이제 말해 줄 수 있겠어요. 요즘 시내 상황이 좋지 않다는 것을 당신도 알고 있으리라 생각해요."

에빌린이 창가에 서서 머리카락을 빗고 있다가 이 말을 듣고 몸을 돌려 해럴드를 봤다.

"무슨 뜻이에요? 시내에 철물 도매점을 하나 이상 열 공간이 있다고 항상 말했잖아요."

에빌린이 놀란 목소리로 말했다.

"그랬죠."

해럴드가 의미심장하게 말했다.

"그런데 클래런스 아헌은 똑똑한 남자예요."

"그 남자가 저녁 식사에 올 거라고 해서 놀랐어요."

"에비."

해럴드가 다시 자기 무릎을 치며 말을 이었다.

"1월 1일이 지난 후에 '클래런스 아헌 회사'는 '아헌 파이퍼 회사'가 될 거예요. 그리고 '파이퍼 브라더스'는 회사로서 존재하지 않을 거예요."

에빌린은 깜짝 놀랐다. 해럴드의 이름이 두 번째에 놓인다는 것이 다소 거북했다. 그래도 해럴드는 기뻐하는 것 같았다.

"이해가 안 돼요, 해럴드."

"음, 에비. 아헌은 마르크스와 어울리고 있었어요. 그 둘이 합쳤다면 우리는 소규모 업자가 되어서, 힘겨워하며 소소한 주문만 받으며 위험에 처하게 될 거예요. 그건 자본의 문제예요, 에비. '아헌 마르크스 회사'는 '아헌 파이퍼 회사'가 지금 하려는 것과 같은 사업을 하겠죠."

해럴드는 잠시 말을 멈추고 기침을 했다. 미미한 위스키 향이 에빌린의 콧속으로 풍겨왔다.

"진실을 말할게요, 에비. 아헌의 아내가 사업과 관련이 있지 않은가 의심스러워요. 야망이 있는 작은 여자라고 들었어요. 마르크스 부부가 여기에서는 자기에게 그렇게 큰 도움을 주지 못할 거라는 사실을 알고 있는 것 같아요."

"그 여자는…… 평범한 여자인가요?"

에빌린이 물었다.

"만난 적은 없어요, 분명히. 하지만 의심하지 않아요. 클래런스 아헌의 이름이 컨트리클럽 명단에 5개월 동안 올라와 있었는데…… 아무런 행동도 취하지 않았어요."

해럴드는 편하하듯 손을 흔들었다.

"아헌과 오늘 점심 식사를 같이 했는데 곧 일을 성사시키려고 해요. 그래서 오늘 밤 아헌과 그의 아내를 초대하면 좋을 것 같다고 생각했어요. 9명 정도고 대부분 우리 가족이에요. 어쨌든 저에게는 중대한 일이고 물론 우리는 아헌 부부의 면모를 봐야 할 것 같아요, 에비."

"네."

에빌린이 생각에 잠긴 채 말했다.

"그렇게 될 것 같네요."

에빌린은 사교적 목적인 만남이 걱정되지는 않았다. 그러나 '파이퍼 브라더스 회사'가 '아헌 파이퍼 회사'가 된다는 생각에 깜짝 놀랐다. 세상에서 내려앉는 느낌이었다.

30분 후 에빌린이 만찬에 입을 드레스를 입으려고 할 때 아래층에서 해럴드의 목소리가 들렸다.

"오, 에비, 내려와 봐요!"

에빌린은 복도로 나가서 난간 너머로 외쳤다.

"무슨 일인데요?"

"저녁 식사 전에 펀치 음료를 만들려고 하는데 당신이 도와주면 좋겠어요."

에빌린은 서둘러 드레스의 호크를 다시 채우고 아래층으로 내려갔다. 해럴드가 탁자 위에 주요 재료들을 분류하고 있었다. 에빌린은 찬장으로 가서 그릇 하나를 꺼내 가져왔다.

"오, 안 되겠어요."

해럴드가 반대했다.

"큰 그릇을 써야겠어요. 아헌과 그의 아내, 당신과 나 그리고 밀턴까지 5명이고 톰과 제시까지 7명이고 당신 여동생과 조 앰블러까지 9명이에요. 당신은 펀치를 만들 때 그 음료가 얼마나 빨리 소진되는지 몰라요."

"이 그릇을 써요."

에빌린이 주장했다.

"넉넉할 거예요. 톰이 어떤지 당신도 알잖아요."

톰 로리는 제시의 남편이고 해럴드의 사촌으로 무엇이든 마시기 시작하면 끝까지 마시는 경향이 있었다.

해럴드는 고개를 저었다.

"어리석게 굴지 마요. 저 그릇에는 3리터 정도밖에 안 들어가고 우리는 9명이잖아요. 그리고 하인들도 마시고 싶을 거예요…… 그리고 독한 펀치도 아니잖아요. 많이 마시면 기분이 더 좋아질 거예요, 에비. 만들어 놓은 것을 모두 마실 필요도 없고요."

"작은 그릇에 만들어요."

해럴드는 다시 완강히 고개를 저었다.

"안 돼요. 합리적으로 하자고요."

"저는 합리적이에요."

에빌린이 짧게 말했다.

"집에서 남자들이 술에 취하는 것을 원하지 않아요."

"누가 뭐래요?"

"그럼 작은 그릇을 써요."

"자, 에비……."

해럴드는 제자리에 올려놓으려고 작은 그릇을 잡았다. 곧바로 에빌린이 그릇을 잡아 아래로 당겼다. 잠시 실랑이가 벌어졌다. 그리고 해럴드가 약간 화가 나서 투덜거리며 자신이 잡은 쪽을 올려 에빌린의 손에서 그릇을 빼내어 찬장으로 옮겼다.

에빌린은 해럴드를 보며 경멸하는 표정을 지으려고 했지만 해럴드는 웃기만 했다. 에빌린은 자신이 졌다고 인정했지만 펀치에 대해서 앞으로는 아무런 관심도 갖지 않겠다고 생각하며 식당을 나갔다.

3장

    7시 30분에, 볼이 상기된 채 머릿기름 같은 것을 발라 높이 말아 올린 머리카락이 반들거리는 상태로 에빌린이 계단을 내려왔다. 아헌 부인은 자그마한 여인으로, 빨간 머리카락과 제국을 떠올리게 하는 과도한 드레스를 입고 미미한 초조함을 감춘 채 재잘거리며 에빌린에게 인사했다. 에빌린은 초면에 아헌 부인이 마음에 들지 않았다. 그러나 남편 아헌은 다소 괜찮아 보였다. 아헌의 눈은 파랗고 날카로웠고 사람들을 즐겁게 하는 타고난 재능이 있었다. 그가 너무 일찍 결혼하는 명백한 실수를 저지르지 않았다면, 그 재능으로 사교적인 인물이 되었을 것 같았다.

    "파이퍼 부인을 만나게 되어 반갑습니다."

    아헌이 간단하게 말했다.

    "남편 분과 저는 앞으로 자주 만나게 될 것 같습니다."

    에빌린은 고개를 숙여 인사하고 우아하게 미소를 지으며 다른 사람들에게 인사하러 갔다. 그 사람들은, 해럴드의 조용하고 내성적인 남동생인 밀턴 파이퍼, 로리 부부인 제시와 톰, 에빌린의 미혼 여동생인 아이린, 그리고 마지막으로 독신주의자이자 아이린의 영원한 남자 친구인 조 앰블러였다.

    해럴드가 사람들을 식당으로 안내했다.

    "저녁에 펀치가 마련되어 있습니다."

    해럴드가 유쾌하게 말했다. 에빌린은 해럴드가 펀치 음료를 이미 시음한 것을 알았다.

"펀치 외에 다른 칵테일은 없을 겁니다. 펀치는 제 아내의 위대한 산물입니다. 아헌 부인, 원하시면 제 아내가 조리법을 알려 드릴 겁니다. 그러나 약간……."

해럴드는 에빌린의 눈을 보고 잠시 말을 멈추었다.

"그러나 몸이 약간 좋지 않아서 이번 펀치는 제가 만들었습니다. 건강을 위하여 건배!"

저녁 식사를 하는 동안 펀치를 주고받았다. 에빌린은 아헌과 밀턴 파이퍼와 모든 여자들이 가정부를 향해 거부하듯 고개를 젓는 것을 보고 펀치 그릇에 관해서 자신이 옳았음을 느꼈다. 펀치는 아직 반이 남아 있었다. 에빌린은 추후에 해럴드에게 직접 주의를 주어야겠다고 생각했다. 그러나 여자들이 식탁을 벗어날 때 아헌 부인이 에빌린을 구석으로 데리고 갔다. 에빌린은 정중히 관심을 보이면서 도시와 양장점에 대하여 이야기를 나누었다.

"우리는 이사를 많이 다녔어요."

아헌 부인이 빨간 머리카락을 마구 흔들며 재잘거렸다.

"오, 네. 전에는 한 도시에서 이렇게 오래 머물지 않았어요…… 그런데 이곳에서는 오래 살고 싶어요. 저는 여기가 좋아요. 그렇지 않나요?"

"네, 아시듯이, 저는 이곳에서 살아왔고. 그래서 자연히……."

"오, 맞아요."

아헌 부인이 웃으며 말했다.

"클래런스 아헌은 항상 저에게 같이 있어야겠다고 말하고는 했어요. 그래야 집에 와서 '음, 내일 시카고로 이사를 갈 거예요. 그러니 짐을 싸요.'라고 말을 할 수 있다고 하고는 했죠."

"저는 '어디서' 살 것이라고 전혀 예상하지 못했어요."

아헌 부인은 다시 작게 웃었다. 에빌린은 그것이 사교적인 웃음이 아닌지 의심스러웠다.

"남편 분이 매우 유능하신 것 같아요."

"오, 네."

아헌 부인이 열성적으로 장담했다.

"클래런스 아헌은 똑똑해요. 아이디어와 열정이 있죠. 원하는 것을 찾아서 실행하고 얻어내요."

에빌린이 고개를 끄덕였다. 에빌린은 남자들이 여전히 식당에서 펀치를 마시고 있는지 궁금했다. 아헌 부인의 과거 이야기가 계속해서 확 쏟아져 나왔지만 에빌린은 듣지 않았다. 짙은 시가 담배 냄새가 풍겨 왔다. 정말 큰 집은 아니라고 에빌린은 생각했다. 이런 날 저녁에 서재는 때때로 연기로 푸른색을 띠었고 다음 날에는 커튼에 짙게 배인 냄새를 없애려고 몇 시간 동안 창문을 열어 두어야 했다. 어쩌면 이 동업이…… 에빌린은 새 집을 생각하기 시작했다…….

아헌 부인의 목소리가 들려왔다.

"어디에 적어 두셨다면 그 조리법을 배우고 싶어요……."

그때 식당에서 의자 끄는 소리가 나더니 남자들이 서성이며 나왔다. 에빌린은 순간 자신이 가장 두려워하던 일이 일어난 것을 느꼈다. 해럴드의 얼굴이 상기되었고 말이 꼬여 제대로 내뱉지 못했다. 그러는 동안 톰 로리는 휘청거리며 걸어와 아이린의 무릎을 가까스로 피해 아리린이 앉은 소파 옆자리에 앉았다. 톰 로리는 소파에 앉아 멍하게 눈을 깜빡이며 사람들을 쳐다봤다. 에빌린도 톰 로리에게 눈을 깜빡였지만 재미로 그런 것은 아니었다. 조 앰블러는 만족스러운 듯 웃으며 시가 담배를 물고 그르렁거렸다. 아헌과 밀턴 파이퍼만 술에 취하지 않은 것 같았다.

"정말 멋있는 도시예요, 아헌 씨."

앰블러가 말했다.

"알게 되실 거예요."

"저도 알고 있습니다."

아헌이 유쾌하게 말했다.

"더 많이 알게 되실 거예요, 아헌 씨."

해럴드가 열성적으로 고개를 끄덕이며 말했다.

"제가 거들어 드리면요."

해럴드는 들떠서 도시를 찬양했고 에빌린은 자신이 지루한 것만큼 다른 사람들도 지루해하는 것은 아닌지 불편하게 느꼈다. 분명히 그렇지는 않았다. 모두 집중해서 듣고 있었다. 해럴드의 말이 잠시 멈추자 에빌린이 끼어들었다.

"그동안 어디에서 사셨어요, 아헌 씨?"

에빌린이 관심을 갖고 물었다.

그때 아헌 부인이 이미 말해 주었다는 것이 기억났지만 상관없었다. 해럴드가 말을 많이 하게 하면 안 되었다. 해럴드는 술을 마시면 어리석은 짓을 했다. 그러나 해럴드는 바로 다시 말을 이었다.

"말씀드릴게요, 아헌 씨. 먼저 언덕 위 이곳에서 집을 구하길 원하실 거예요. 스턴 저택이나 리지웨이 저택을 구하세요. 그리고 사람들이 이렇게 말하기를 원할 거예요. '아헌 씨의 저택이 있군.' 그것으로 견고하다는 인상을 주는 거예요."

에빌린의 얼굴이 상기되었다. 이 말은 전혀 이치에 맞지 않는 것 같았다. 그러나 여전히 아헌은 잘못된 부분을 눈치 채지 못했는지 진지하게 고개만 끄덕일 뿐이었다.

"보셨는지……."

해럴드의 목소리가 커져서 에빌린의 말소리가 묻혔다.

"집을 구하세요…… 그게 시작이에요. 그다음에 사람들을 알아 가세요. 우월감에 젖어 있는 마을이라서 처음에는 외부인 취급을 하겠지만 오래 그러지는 않을 거예요…… 당신을 알게 된 후에는 그러지 않을 거예요. 사람들은 당신을 좋아하게 될 거예요."

해럴드가 손을 들어올려 아헌과 그의 아내를 가리켰다.

"그래요. 다정하게 환영할 거예요. 일단 첫 번째 장, 자, 장……."

해럴드는 침을 삼킨 후 다시 "장벽"이라고 완벽하게 말했다.

에빌린이 애원하듯 시동생인 밀턴 파이퍼를 봤지만 그가 끼어들기 전에 톰 로리가 굵은 목소리로 중얼중얼 말을 내뱉었다. 그러나 이에 물고 있던 불 꺼진 시가 담배 때문에 말을 제대로 하지 못했다.

"후마, 우마, 호, 후마, 아디, 음……."

"뭐라고?"

해럴드가 진지하게 물었다.

톰 로리는 하는 수 없이 어렵게 입에서 시가 담배를 뺐다. 다시 말하면, 시가의 일부만 빼내고 남은 것을 "훗" 소리를 내며 건너편으로 뱉었다. 질척하고 흐물흐물한 조각이 아헌 부인의 무릎에 떨어졌다.

"죄송합니다."

톰 로리가 중얼거렸다. 그리고 그 조각을 가져오려는 막연한 목적으로 자리에서 일어났다. 때마침 밀턴이 톰의 외투를 잡아 자리에 앉혔고 아헌 부인은 보란 듯이 우아하게 담배를 치마에서 바닥으로 떨어내고 그것을 한 번도 쳐다보지 않았다.

"제 말씀은……."

톰이 탁한 목소리로 말을 이었다.

"그 일이 일어나기 전에……."

톰은 아헌 부인에게 사과의 손짓을 했다.

"컨트리클럽 문제의 모든 진실을 들었다는 것을 말씀드리는 겁니다."

밀턴이 몸을 기울여 톰에게 무언가를 속삭였다.

"내버려 둬."

톰이 퉁명스럽게 말했다.

"나는 내가 뭘 하는지 알아. 그게 저분들이 원하는 거야."

에빌린은 겁에 질린 채 앉아서 말을 하려고 입을 움직였다. 에빌린은 여동생 아이린의 냉소적인 표정과 붉게 변하는 아헌 부인의 얼굴을 봤다. 아헌은 고개를 숙여 시곗줄을 보며 손가락으로 만지고 있었다.

"저는 누가 당신을 막고 있는지 들었어요. 당신보다 조금도 나은 사람이 아니에요. 제가 다 처리할 수 있어요. 당신을 몰랐다면 안 그랬겠죠. 당신이 그 일로 기분이 상했다고 해럴드가 저에게 말했어요……."

밀턴 파이퍼가 곤란한 듯 갑자기 자리에서 일어났다. 금세 모두가 긴장하여 일어났고 밀턴은 매우 급한 일이 있어서 일찍 가야겠다고 말했다. 그리고 아헌 부부는 열심히 집중해서 듣고 있었다. 그다음 아헌 부인이 침을 삼키고 억지로 웃으며 제시를 향해 돌아봤다. 에빌린은 톰이 휘청거리며 걸어가서 아헌의 어깨에 손을 얹는 것을 봤다. 그리고 갑자기 가까이에서

The Cut-Glass Bowl

생소하고 근심스러운 목소리가 들려서 몸을 돌렸는데 가정부 보조인 힐다가 있었다.

"저기, 파이퍼 사모님. 줄리 손이 독에 감염된 것 같아요. 손이 붓고 볼은 뜨겁고 끙끙 앓고 있어요……."

"줄리가?"

에빌린이 날카롭게 물었다. 모임이 갑자기 중요하지 않게 되었다. 에빌린은 빠르게 몸을 돌려 아헌 부인을 찾아 그녀를 향해 걸어갔다.

"죄송하지만, 부인……."

에빌린은 갑자기 이름이 생각나지 않았지만 계속 말을 이었다.

"제 딸이 아파서요. 가능하면 다시 내려올게요."

에빌린은 몸을 돌려 계단을 올라갔다. 일렁이는 담배 연기와 방 중앙에서 큰 소리로 토론하던 것이 논쟁으로 커지는 혼란스러운 모습이 뇌리에 남았다.

아이 방의 불을 켜니 줄리가 열이 나서 몸을 뒤척이고 기이한 소리로 우는 것이 보였다. 에빌린은 줄리의 볼에 댔다. 볼이 뜨거웠다. 놀라서 소리를 지르며 에빌린은 이불 속으로 손을 넣어 줄리의 손을 찾았다. 힐다의 말이 맞았다. 엄지손가락부터 손목까지 퉁퉁 부었고 중간 부분에 감염된 상처가 보였다. 패혈증이었다! 에빌린이 공포에 질려 외쳤다. 붕대가 벗겨져서 베인 상처에 무언가가 들어간 것 같았다. 손가락을 베인 때가 3시였다. 지금은 거의 11시가 되었다. 거의 8시간이 지난 것이다. 패혈증이 그렇게 빨리 진행될 것 같지 않았다.

에빌린은 서둘러 전화기가 있는 곳으로 달려갔다.

길 건너편에 있는 마틴 박사는 외출하고 없었다. 가족 주치의인 폴크

박사는 전화를 받지 않았다. 에빌린은 생각을 하다가 필사적으로 자신이 진료 받던 이비인후과 전문의에게 전화를 걸었고, 그가 의사 두 명의 연락처를 찾는 동안 격심하게 입술을 깨물었다. 끝없이 계속될 것 같은 순간 아래층에서 큰 목소리가 들린 것 같았다. 그러나 에빌린은 이제 다른 세상에 있는 기분이 들었다. 15분 후 에빌린은 의사 한 명을 찾았는데 그는 잠을 자다가 전화를 받아서 화나고 기분이 나빴던 것 같았다. 에빌린은 서둘러 아이의 방으로 달려갔다. 손을 보니 더 부어 있었다.

"오, 이런."

에빌린은 큰 소리로 외치며 침대 옆에 무릎을 꿇고 앉아 줄리의 머리카락을 계속해서 쓰다듬어 주었다. 따뜻한 물을 가져와야겠다는 막연한 생각에 자리에서 일어나서 문 쪽을 응시하며 걸어갔는데 드레스의 레이스가 침대의 가로널에 걸려 앞으로 넘어져 손과 무릎을 바닥에 찧었다. 에빌린은 힘겹게 일어나 미친 듯이 레이스를 잡아당겼다. 침대가 움직였고 줄리가 신음했다. 에빌린은 조금 더 조용하게 그러나 빠르게 손가락으로 더듬어 치마 앞 주름을 찾아서, 속치마를 완전히 찢었다. 그리고 방을 서둘러 나갔다.

복도 밖에서 크고 지속적인 소리가 들렸다. 그러나 계단 머리에 도달했을 때 그 소리는 사라졌고 덧문이 쾅 닫히는 소리가 들렸다.

음악실이 보였다. 해럴드와 밀턴만 있었다. 해럴드는 의자에 기대어 앉았는데 얼굴이 매우 창백했고 옷깃이 열려 있었으며 느슨하게 입을 움직였다.

"무슨 일이에요?"

밀턴이 걱정하며 에빌린을 봤다.

"문제가 조금 생겼어요…….."

그때 해럴드가 에빌린을 보고 간신히 몸을 일으켜 말을 하기 시작했다.

"내 사촌을 모욕했어요. 내 집에서. 빌어먹을 흔한 졸부가. 내 사촌을 모욕했어요…….."

"톰이 아헌과 마찰을 빚었는데 해럴드가 끼어들었어요."

밀턴이 말했다.

"오, 이런. 밀턴."

에빌린이 외쳤다.

"어떻게 해 볼 수는 없었나요?"

"해 봤죠. 제가…….."

"줄리가 아파요."

에빌린이 끼어들며 말했다.

"독에 감염된 것 같아요. 가능하면 해럴드를 침대로 데리고 가 줘요."

해럴드가 고개를 들었다.

"줄리가 아파요?"

에빌린은 귓전으로 들으면서 해럴드를 스치고 지나서 식당으로 갔다가 큰 펀치 그릇이 여전히 식탁 위에 있는 것을 보고 기겁했다. 그릇 바닥에는 얼음 녹은 물이 고여 있었다. 에빌린은 앞쪽 계단에서 발소리를 들었다. 밀턴이 해럴드를 부축해서 올라가는 소리였다. 그리고 중얼거리는 소리가 들렸다.

"음, 줄리는 괜찮나."

"해럴드가 아이 방에 가지 않게 하세요!"

에빌린이 외쳤다.

시간은 악몽으로 흐릿해졌다. 자정이 다 되어 의사가 도착했고 30분 이내에 상처를 절개했다. 의사는 에빌린에게 간호사 두 명의 연락처를 주고 아침 6시 30분에 돌아오겠다고 약속하며 새벽 2시에 떠났다. 패혈증이었다.

새벽 4시에, 에빌린은 줄리의 침대 옆에 힐다가 있게 하고 자기 방으로 가서 몸서리를 치며 이브닝드레스를 벗어서 구석으로 차 버렸다. 실내복으로 갈아입고 아이 방으로 돌아갔고 힐다는 커피를 만들러 갔다.

정오가 되어서 에빌린은 해럴드의 방을 들여다볼 수 있었다. 해럴드가 잠에서 깨어 비참하게 천장을 바라보고 있었다. 해럴드가 충혈되고 움푹 꺼진 눈으로 에빌린을 봤다. 에빌린은 잠시 해럴드가 미워서 말을 할 수가 없었다. 해럴드가 침대에서 쉰 목소리로 말했다.

"몇 시예요?"

"정오예요."

"내가 어리석은 실수를 했어요……."

"그게 문제가 아니에요."

에빌린이 날카롭게 말했다.

"줄리가 패혈증에 걸렸어요. 어쩌면……."

에빌린은 목이 메여 말문이 막혔다.

"어쩌면 손을 잃게 될지도 모른대요."

"뭐라고요?"

"줄리가 손을 베였어요. 그…… 그 그릇에요."

"어젯밤에요?"

"오, 그게 무슨 상관이에요?"

에빌린이 외쳤다.

"줄리가 패혈증에 걸렸다고요. 안 들려요?"

해럴드는 당황하여 에빌린을 봤다. 침대에서 반쯤 일어났다.

"옷을 입어야겠어요."

해럴드가 말했다.

에빌린은 화가 가라앉으며 피로가 밀려왔고 해럴드를 향한 연민이 생겼다. 결국 이것은 해럴드의 문제이기도 했다.

"네."

에빌린은 힘없이 대답했다.

"그렇게 하는 게 좋겠어요."

4장

에빌린의 아름다움이 30대 초반에는 어물어물 남아 있었는데 그 후에는 돌연히 결심한 듯 에빌린을 완전하게 떠났다. 얼굴에 간헐적으로 잡혔던 주름이 깊어졌고 다리와 엉덩이와 팔에 급격하게 살이 올랐다. 두 눈썹을 찌푸리던 버릇은 표정이 되었다. 그것은 에빌린이 책을 읽거나 말을 하거나 잠을 자는 동안 하던 습관이었다. 에빌린은 46세였다.

운이 상승하기보다는 하락하는 대부분의 가정들처럼, 에빌린과 해럴드는 감흥이 없는 대립 관계가 되어 갔다. 휴식을 취할 때, 둘은 망가진 낡은 의자에 앉을 때 느낄 법한 인내심을 가지고 서로를 바라봤다. 에빌린은 해럴드가 아프면 조금 걱정이 되었고, 낙담한 남자와 함께 사는 피곤하고 우울한 상황에서도 기운을 내려고 최선을 다했다.

저녁 시간 동안 했던 가족 브리지 게임이 끝나고 에빌린은 안도의 한숨을 내쉬었다. 그날 저녁에 에빌린은 평소보다 많은 실수를 했지만 상관하지 않았다. 아이린은 그 보병대에 대해서 특히 위험하다고 말하지 않았어야 했다. 지금 3주 동안 편지가 없었고, 이것이 예외적인 일이 아니라고 해도 에빌린의 초조함을 가라앉게 하지는 못했다. 게임에서 얼마나 많은 클럽이 나왔는지 몰랐던 것이 당연했다.

해럴드가 위층으로 올라가자 에빌린은 신선한 공기를 마시러 현관으로 나갔다. 밝고 화려한 달빛이 보도와 잔디에 퍼졌다. 에빌린은 하품을 하면서 웃음을 짓고, 젊은 시절에 달빛 아래에서 오랫동안 벌였던 애정 행각을 떠올렸다. 삶이 한때는 에빌린의 흘러가는 연애 사건의 총체였다고 생각하니 놀라웠다. 그 삶이 이제는 에빌린의 흘러가는 문제들의 총체가 되었다.

줄리가 문제였다. 줄리는 13세였고 최근에 자신의 장애에 더욱더 민감해졌다. 항상 방 안에서 책만 읽으려고 했다. 몇 년 전에는 학교에 가야 한다는 생각에 두려워했었다. 에빌린은 줄리를 학교에 보낼 수 없었다. 그래서 줄리는 엄마 에빌린의 품에서 자랐다. 의수를 착용한 측은한 작은 모습으로, 그 손을 쓰려는 시도는 하지 않고 쓸쓸히 주머니 속에 넣고 있었다. 최근에 줄리에게 의수를 사용하는 교습을 시켰다. 에빌린은 줄리가 팔까지 들지 않게 될까 두려웠기 때문이었다. 그러나 교습이 끝나면, 엄마 에빌린이 시키는 대로 열의 없이 움직일 때를 제외하고, 줄리는 작은 손을 드레스 주머니에 다시 슬그머니 넣었다. 당분간 줄리는 주머니가 없는 드레스를 입었다. 그러나 줄리는 한 달 내내 우울하게 어쩔 줄 몰라 하며 집 안을 서성거렸다. 그래서 에빌린은 마음이 약해져서 다시는 그런 실험을 하지 않았다.

도널드의 문제는 처음부터 달랐다. 에빌린은 줄리에게는 엄마에게 덜 기대도록 가르치면서도 괜스레 아들 도널드는 엄마 가까이에 있게 하려고 했다. 최근에 도널드에게 일어난 문제는 에빌린의 손에서 벗어난 것이었다. 도널드가 속한 사단은 3달 동안 해외 파병 중이었다.

에빌린은 다시 하품을 했다. 삶은 젊은이들을 위한 것이었다. 에빌린은 얼마나 행복한 젊은 시절을 보냈던가! 에빌린은 조랑말, 보석, 그리고 18세 때 어머니와 함께 떠난 유럽 여행 등을 떠올렸다.

"정말, 정말 복잡해."

에빌린은 달을 향해 큰 소리로 매섭게 말했다. 그리고 집 안으로 들어가 문을 닫으려고 하는데 서재에서 소리가 나는 것을 듣고 가 봤다.

중년의 가정부 마사였다. 이제 가정부는 마사 한 명밖에 없었다.

"아니, 마사!"

에빌린이 놀라서 말했다. 마사가 재빨리 몸을 돌렸다.

"오, 위층에 계신 줄 알았어요. 저는 그냥……."

"무슨 문제가 있나요?"

마사가 머뭇거렸다.

"아니에요. 저는……."

마사가 안절부절못하며 서 있었다.

"편지 때문인데요, 파이퍼 사모님. 어딘가에 두었는데."

"편지요? 당신 편지요?"

에빌린이 물었다.

"아니에요. 사모님 편지였어요. 오늘 오후 마지막 우편물로 왔어요. 우체부가 저에게 주는데 뒷문 초인종이 울렸어요. 그 편지를 손에 들고 있어서 어딘가에 두었을 텐데. 이제 생각이 나서 찾고 있어요."

"어떤 편지인데요? 도널드가 보낸 편지인가요?"

"아니에요. 광고지나 업무 편지였던 것 같아요. 길고 좁았던 것으로 기억해요."

둘은 음악실 안에서 쟁반과 벽난로 위 선반을 살펴봤다. 그리고 서재로 들어가 책들 위를 찾아봤다. 마사가 체념하며 행동을 멈추었다.

"어디인지 생각이 나지 않아요. 바로 부엌으로 갔어요. 식당에 있을지도 모르겠네요."

마사는 희망을 갖고 식당으로 향했다. 그러나 뒤에서 헉헉거리는 소리를 들고 몸을 재빨리 돌렸다. 에빌린이 모리스식 안락 의자에 털썩 주저앉았다. 눈썹 사이가 매우 가까워지도록 찌푸리고 눈은 몹시 멍한 상태였다.

"어디 아프신가요?"

잠시 동안 대답이 없었다. 에빌린은 여전히 의자에 앉아 있었고 마사는 에빌린의 가슴이 굉장히 빠르게 오르락내리락하는 것을 볼 수 있었다.

"어디 아프신가요?"

마사가 다시 물었다.

"아니에요."

에빌린이 천천히 말했다.

"그런데 편지가 어디에 있는지 알겠어요. 가 보세요, 마사. 제가 알아요."

마사는 궁금하게 생각하며 물러났다. 에빌린은 여전히 의자에 앉아 있었다. 눈 주위 근육만이 움직이고 있었다. 눈 주위 근육이 수축되었다 이완되었다가 다시 수축되었다. 이제는 그 편지가 어디에 있는지 알 수 있었다. 자신이 직접 그 편지를 놓은 것처럼 알 수 있었다. 그리고 그것이 무슨 편지인지 본능적으로 확실히 알 수 있었다. 광고지처럼 길고 폭이 좁은 봉투일 것이고 위쪽 한 구석에는 큰 글씨로 '미육군성'이라고 쓰여 있을 것이다. 그리고 아래쪽에 작은 글씨로 '공무'라고 쓰여 있을 것이다. 바깥쪽에는 잉크로 에빌린의 이름이 적혔고 속에는 그녀의 영혼의 죽음이 적힌 편지가 큰 그릇 속에 들어가 있는 것을 에빌린은 알았다.

에빌린은 불안하게 일어나서 식당을 향해 걸어가며 책장과 문을 더듬었다. 잠시 후에 전등을 찾아 불을 켰다.

그릇이 있었다. 진홍색 사각형에 검고 노란 사각형이 둘려 있고 다시 파란색 사각형으로 둘려서 묵직하고 화려하게 전등 빛을 반사하여, 기이하고 의기양양하게 불길함을 드러내고 있었다. 에빌린은 한 발 걷고 다시 멈추었다. 다른 한 발을 내딛으면 그 상부와 내부가 보일 것이다. 또 한 걸음을 걸으면 흰색 모서리가 보일 것이다. 그리고 또 한 걸음을 걸으면……. 에빌린의 손이 거칠고 찬 표면에 닿았다…….

에빌린은 바로 봉투를 뜯어서 열었다. 빡빡하게 접힌 종이를 더듬더듬 펼쳐 잡아서 보니 타자로 친 지면이 눈에 확 들어왔다. 그다음 종이가 새처럼 펄럭이며 바닥에 떨어졌다. 잠시 윙윙거리는 것 같던 집이 갑자기 조용해졌다. 산들바람이 지나가는 자동차 소리를 품고 열린 현관으로 살금살금 불어왔다. 에빌린은 위층에서 희미한 소리를 들었다. 책장 뒤쪽 수도관에서 삐걱거리는 소리가 들렸다. 남편 해럴드가 수도꼭지를 돌리는 소리였다.

그리고 그 순간, 이는 결국 도널드를 떠올리는 시간이 아닌 것 같았다. 도널드는 다만 서서히 퍼진 다툼의 표식일 뿐이었다. 그 다툼은 에빌린과 이 차갑고 악의에 찬 아름다운 물건, 오래전에 잊었던 얼굴의 남자가 준 원한이 맺힌 물건 사이에 갑자기 밀려들었다가 길고 무기력하게 막간을 채우는 다툼이었다. 이 그릇은 거대하고 음울한 수동적인 모습으로 에빌린 집 중앙에 놓여 오랜 시간을 지내며 수천 개의 눈에서 얼음 같은 광선을 쏘고 있었다. 비뚤어진 반짝이는 빛들은 서고 섞이며 나이를 먹지도 않고 변하지도 않았다.

에빌린은 식탁 가장자리에 앉아 얼을 빼앗긴 채 그릇을 보고 있었다. 그 그릇은 이제 미소를, 매우 잔인한 미소를 지으며 이렇게 말하는 것 같았다.

"보다시피, 이번에는 너를 직접 다치게 할 필요가 없었다. 나는 신경 쓰

The Cut-Glass Bowl

지 않았다. 네 아들을 빼앗아 간 게 나라는 것을 알 거다. 내가 얼마나 차갑고 얼마나 단단하며 얼마나 아름다운지 알 거다. 한때는 너도 그렇게 차갑고 단단하고 아름다웠으니까."

그릇이 갑자기 뒤집히더니 팽창하여 불룩해지는 것 같았다. 그리고 거대한 덮개가 되어 방과 집에 빛을 내며 흔들리는 것 같았다. 벽이 천천히 녹아 안개가 되는 동안, 에빌린은 그릇이 계속해서 움직이며 자신에게서 멀어져가는 것을 봤다. 그래서 그릇을 통해 희미하게 보이는 잉크 얼룩을 제외하면, 그릇이 먼 지평선과 태양과 달과 별을 가리는 모습이 보였다. 그리고 그릇 밑에서 모든 사람들이 걸어가고 있었다. 그리고 그릇을 통해 사람들에게 비치는 빛은 굴절되고 뒤틀렸다. 그래서 그림자는 빛처럼 보였고 빛은 그림자처럼 보였다. 그래서 반짝이는 그릇의 하늘 아래에서 세상의 모든 것들이 변하고 왜곡되었다.

그때 멀리에서 낮지만 분명히 종소리 같은 목소리가 들렸다. 그 소리는 그릇의 중앙에서 나와 거대한 그릇 옆면을 따라 바닥으로 내려와 에빌린을 향해 매섭게 울려 왔다.

"보다시피, 나는 운명이다."

그 목소리가 크게 외쳤다.

"그리고 너의 보잘것없는 계획들보다 강하다. 나는 사건의 귀추다. 나는 너의 작은 꿈들과는 다르다. 나는 흘러가는 시간이고 아름다움의 끝이며 채우지 못한 소망이다. 모든 사건과 무지각과 중대한 시간을 형성하는 짧은 순간들이 나의 것이다. 나는 어떤 규칙도 증명할 수 없는 예외이다. 나는 너의 통제력을 제한하는 존재이다. 나는 삶이라는 요리의 양념이다."

울려 퍼지던 목소리가 멈췄다. 메아리가 넓은 대지 너머로 울려 퍼지다가 세상을 가둔 그릇의 가장자리로 돌아오더니 거대한 옆면을 타고 올라가 그릇의 중앙으로 되돌아가서 잠시 윙윙거리다가 소멸되었다. 그다음 거대한 벽들이 천천히 에빌린을 향해 다가가기 시작했고 점차 작아지며 에빌린을 으스러뜨릴 듯 점점 가깝게 다가갔다. 에빌린은 두 손을 맞잡고 자신에게 빠르게 상처를 입힐 차가운 유리를 기다리고 있었는데, 그 그릇이 갑자기 확 비틀거리며 뒤집어졌다. 그리고 찬장에 놓였다. 반짝거리며 헤아릴 수 없는 모습으로 수백 개의 프리즘으로 무수히 많은 색의 빛을 반사했고 그 빛들은 서로 교차하여 얽혔다.

현관문을 통해 다시 차가운 바람이 불었다. 에빌린은 필사적으로 미친 듯이 힘을 내 두 팔을 뻗어 그릇을 감쌌다. 에빌린은 빨라야 했다…… 에빌린은 강해야 했다. 에빌린은 아플 정도로 팔에 힘을 주었고 부드러운 살 속 근육의 미세한 조직이 얽힐 정도로 힘을 주었다. 그래서 굉장한 노력으로 그릇을 들어 올려 잡았다. 힘을 쓰다가 드레스가 찢어져 드러난 등으로 불어오는 차가운 바람이 느껴졌다. 에빌린은 바람을 느끼고 바람이 불어오는 쪽으로 몸을 돌렸다. 거대한 무게에 눌려 비틀거리며 서재를 통해 나가 현관으로 향해서 갔다. 에빌린은 빨라야 했다…… 에빌린은 강해야 했다. 팔의 핏줄이 무지근하게 욱신거렸고 무릎에 힘이 빠지고 있었지만 차가운 유리의 느낌은 좋았다.

에빌린은 현관문 밖으로 나와 비틀거리며 돌계단으로 갔다. 그리고 마지막 힘을 내기 위해 몸과 영혼의 모든 기질을 모아서 몸을 반쯤 휘둘렀다. 에빌린이 그릇을 놓으려는 순간 감각이 없는 손가락들이 그릇의 거친 표면에 붙었다. 그래서 그 잠깐 동안에 에빌린은 미끄러져 균형을 잃었다. 에빌린은 절망적인 비명을 지르며 앞으로 넘어졌다. 두 팔은 여전히 그릇을 안고…… 아래로…….

 길 건너편에 불이 켜졌다. 멀리 아래쪽까지 요란하게 깨지는 소리가 들렸다. 그리고 보행자들이 걱정스럽게 달려왔다. 위층에서는 피곤한 남자가 잠이 들다 깨었고 어린 소녀는 불길한 꿈을 꾸며 훌쩍거렸다. 그리고 달빛이 비치는 보도 위에서는 검은 형체 주위로 수백 개의 프리즘과 정육면체와 유리 파편이 불빛에 희미하게 반사되어 파란색, 노란색이 감도는 검은색, 노란색, 검은색이 감도는 진홍색으로 반짝였다.

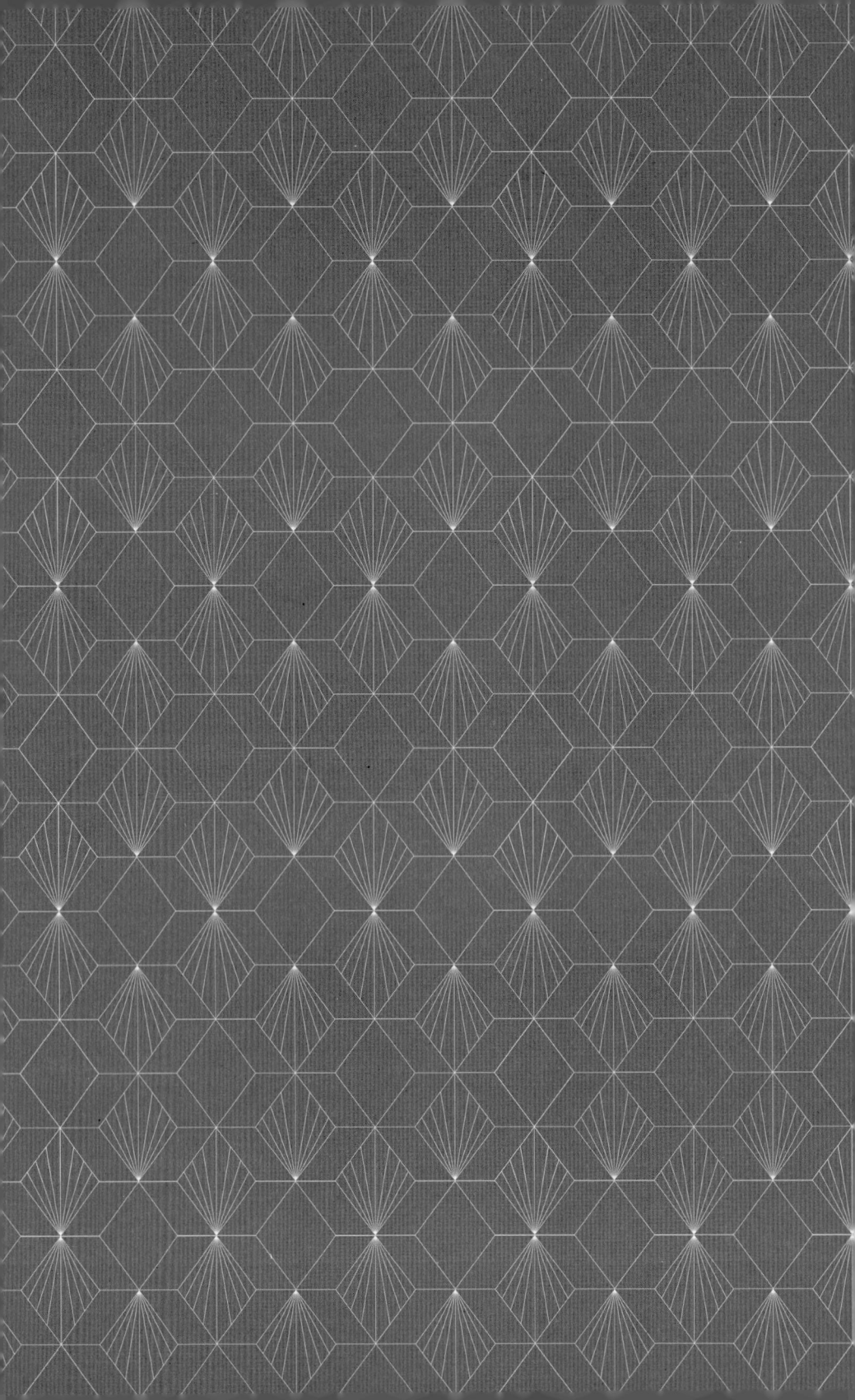

버니스가 단발머리를 하다

Bernice Bobs Her Hair

1장

토요일 밤 날이 어두워진 후 골프 코스의 첫 번째 티 그라운드에 서면 파도가 일렁이는 검은 바다 너머로 노랗게 펴져 있는 컨트리클럽의 창문들이 보인다. 이 바다의 파도는 달리 표현하자면 호기심 있는 많은 캐디들과 재간이 많은 운전기사들 몇 명과 골프 선수의 귀머거리 여동생의 머리들이었다. 그리고 보통 이리저리 떠도는 무리들이 있었는데 원했다면 안으로 밀려들었을 다른 물결들이었다. 이들은 골프 관중들이었다.

발코니석은 안쪽에 있었다. 발코니석은 클럽실 겸 무도회장으로 쓰이는 방의 벽을 따라 둥글게 놓인 고리버들 의자로 되어 있었다. 이런 토요일 밤 댄스파티에는 대부분 여자들이 있었다. 오페라글라스와 큰 가슴 뒤로 날카로운 눈과 차가운 심장을 지닌 대단히 왁자지껄한 중년 여성들이었다. 발코니석의 주요 기능은 비평이었다. 때때로 마지못해 칭찬을 해도 절대로 괜찮게 생각하지는 않았다. 35세가 넘은 여자들 사이에서, 더 젊은 사람들이 여름 댄스파티에 참석한다면 그것은 세상에서 가장 나쁜 의도가 있기 때문이라고 알려졌기 때문이다. 냉랭한 시선을 쏟지 않으면 자리를 벗어난 커플들이 구석에서 기묘하고 교양 없는 막간 댄스를 출 것이기 때문이다. 그리고 인기가 더 많고 더 위험한 여자들은 의심하지 않는 재산 많은 노부인들이 주차한 리무진 안에서 때때로 키스를 받을 것이기 때문이다.

그러나 어쨌든 이 비평하는 무리의 위치는 배우들의 얼굴을 보고 미묘한 지엽적인 연기를 볼 수 있을 정도로 무대와 충분히 가깝지는 않았다. 단지 눈살을 찌푸리고 기대어 질문을 하고 일련의 가정으로 만족스러운 추론을 할 수 있을 뿐이었다. 이를테면 수입이 많은 젊은 남자들은 쫓기는 자고새와 같은 삶을 사는 상태에 놓이게 된다는 것이다. 이 비평하는 무리는 변하기 쉽고 어느 정도 잔인한 청소년기 세계의 드라마를 절대로 인정하지 않는다. 절대로. 특별석, 관현악단, 주연배우들과 합창단은 다이어가 이끄는 댄스 오케스트라의 구슬픈 아프리카 리듬에 따라 동요되는 표정과 목소리의 혼합 메들리에 의해 연출된다.

힐 학교에 2년은 더 다녀야 하는 16세의 오티스 오몬드에서부터 집의 책상 위에 하버드 법대 졸업장을 걸어 둔 G. 리스 스토다드까지, 정수리의 머리카락이 여전히 이상하고 불편하게 느껴지는 어린 매들린 호그에서부터 너무 긴 세월 동안, 10년 이상 파티에 몰입해 살아온 베시 맥레이까지, 메들리는 무대의 중심뿐만 아니라 방해받지 않고 무대를 볼 수 있는 사람들까지 포함하고 있었다.

팡파르 소리와 쾅 소리와 함께 음악이 끝났다. 커플들은 인위적이면서 자연스러운 미소를 나누고 익살맞게 "라디다다덤덤."이라고 계속 말했다. 그때 터져 나오는 박수 소리 위로 젊은 여자들이 수다를 떠는 목소리가 울렸다.

낙담한 몇 명의 남자들은 기가 죽어 무기력하게 벽 쪽으로 돌아가려고 새치기를 하다가 플로어 중간에 갇혔다. 이것은 시끌벅적한 크리스마스 댄스파티와 같지 않았다. 이 여름의 댄스파티는 그냥 기분 좋게 포근하고 흥미로운 파티로 여겨졌다. 이 파티에서는 젊은 부부들조차 자리에서 일어나서 구식 왈츠나 가공할 만한 폭스트롯 댄스를 추면서 젊은 남동생과 여동생들에게 관대한 재미를 주었다.

예일대학교에 건성으로 다니는 워런 매킨타이어도 그 운이 없는 남자들 중 한 명이었다. 그는 야회복 주머니 안에서 담배를 더듬어 찾으며 넓고 어둑어둑한 베란다로 걸어 나갔다. 베란다에서는 커플들이 흩어진 탁자에 앉아 등불이 켜진 밤을 모호한 말과 모호한 웃음으로 채우고 있었다. 워런은 이쪽저쪽으로 고개를 끄덕이며 분위기에 덜 몰입된 커플들에게 인사를 했다. 각 커플들을 지나치면서 반쯤 잊었던 이야기의 단편이 마음속에 떠올랐다. 그곳은 대도시가 아니었고 모든 사람들은 과거에 누가 누구와 만났는지 알고 있었기 때문이었다. 예를 들어 짐 스트레인과 에델 데모레스트는 비밀리에 약혼한 지 3년이 되었다. 짐이 2개월 이상 직업을 유지한다면 에델이 그와 결혼할 것이라는 사실을 모두 알고 있었다. 그런데도 둘은 매우 지루해 보였고 에델은 때때로 지친 듯 짐을 바라봤다. 마치 자신이 애정이라는 덩굴을 왜 바람에 흔들리는 포플러 나무 같은 곳에 뻗게 했는지 의아하게 여기는 듯했다.

워런은 19세였고 동부로 대학을 가지 않은 친구들을 측은히 여겼다. 그러나 대부분의 청년들처럼 자기가 살던 도시에서 멀리 떨어져 있을 때는 고향의 여자들에 대해서 엄청나게 자랑했다. 제너비브 오몬드는 댄스 파티와 하우스 파티, 그리고 프린스턴대학, 예일대학, 윌리엄스대학, 코넬대학의 미식축구 경기에 자주 참석했다. 눈동자가 검은 로버타 딜런은 그 세대에서는 주지사인 하이램 존슨이나 야구 선수인 타이 콥만큼 유명했다. 물론 마저리 하비도 있었다. 마저리는 요정 같은 얼굴과 현란하고 당황스러운 언변 외에도 지난번에 뉴헤이븐에서 열린 펌프 앤드 슬리퍼 댄스파티에서 구르기를 5번 성공하여 이미 유명했다.

마저리가 사는 집 길 건너편에서 자란 워런은 오랫동안 '마저리에게 미친 듯이 빠져' 있었다. 때때로 마저리는 약간 고마워하며 워런의 감정에 화답하는 듯했다. 그러나 마저리는 자신만의 확실한 방법으로 워런을 시험해 본 후 그를 사랑하지 않는다고 진지하게 알렸다. 마저리의 시험은, 그녀가 워런과 떨어져 있을 때 워런을 잊고 다른 남자들과 연애를 한 것이었다. 이것을 알고 워런은 좌절했다. 특히 마저리는 여름 내내 짧은 여행을 했는데 집에 돌아온 후 이삼 일이 지나면 남자 글씨체로 쓰인 다양한 편지들이 마저리 앞으로 배달되어 마저리 하비 집 현관 탁자에 수북하게 쌓여 있는 것을 봤을 때 워런은 좌절했다. 엎친 데 덮친 격으로 오클레어에서 온 사촌 버니스가 8월 내내 마저리 집에 머물고 있어서 마저리를 단독으로 만나는 것이 불가능해 보였다. 주변을 찾아서 버니스를 챙겨 줄 누군가를 찾을 필요가 있었다. 8월이 끝나가면서 이것은 점점 더 어려워지고 있었다.

워런은 마저리를 흠모하기는 하지만 그녀의 사촌 버니스에게서는 매력 같은 것을 느낄 수 없었다. 버니스는 예뻤고, 머리카락이 검고 혈색도 좋았지만 파티에서 재미가 없었다. 토요일 밤마다 워런은 마저리를 기쁘게 해 주려고 오랫동안 고생스럽게 의무적으로 버니스와 춤을 추었지만 버니스와 함께 있으면 지루할 뿐이었다.

"워런."

가까이에서 들린 부드러운 목소리에 워런은 생각에서 벗어났다. 그리고 몸을 돌리니 마저리가 보였다. 평소처럼 안색이 발그레하고 눈이 부셨다. 마저리는 워런의 어깨에 손을 올리니 워런의 몸 위에서 희미한 빛이 났다.

"워런."

마저리가 속삭였다.

"좀 도와줘…… 버니스와 춤을 춰 줘. 버니스가 거의 한 시간 가까이 오티스 오몬드 곁에 있어."

워런에게서 빛은 사라졌다.

"뭐…… 그렇게 할게."

워런은 성의 없이 대답했다.

"꺼리는 건 아니지, 그렇지? 네가 붙들리지 않게 보고 있을게."

"괜찮아."

마저리가 미소를 지었다. 그 미소로 감사 인사는 충분했다.

"워런, 너는 천사야. 신세를 졌네. 정말 고마워."

천사 워런은 한숨을 내쉬며 베란다를 힐끗 둘러봤다. 그런데 버니스와 오티스가 보이지 않았다. 안으로 천천히 걸어서 들어가니 여자 탈의실 앞에서 오티스가 포복절도하는 남자들 사이에 둘러싸여 있었다. 오티스는 주운 막대 조각을 휘두르며 입심 좋게 이야기를 하고 있었다.

"버니스는 머리카락을 정리하러 들어갔어."

오티스가 우악스럽게 알려 주었다.

"또 한 시간을 버니스와 춤추려고 기다리는 중이야."

남자들이 다시 웃었다.

"너희들이 끼어드는 게 어때?"

오티스가 원망스러운 듯이 외쳤다.

"저 여자는 다양한 사람들을 좋아해 봐야 해."

"아니, 오티스."

한 친구가 말했다.

"이제 막 저 여자에게 익숙해졌잖아."

"막대 조각은 왜 들고 있어, 오티스?"

워런이 웃으면서 물었다.

"막대 조각이라고? 오, 이거? 이거 곤봉이야. 저 여자가 나오면 머리를 때려서 다시 들어가게 하려고."

워런은 긴 안락의자에 주저앉으며 크게 폭소를 터뜨렸다.

"신경 쓰지 마, 오티스."

마침내 워런이 또렷이 말했다.

"이번에는 내가 네 부담을 덜어 줄게."

오티스는 갑자기 실신하는 흉내를 내며 막대 조각을 워런에게 주었다.

"이게 필요하면, 친구."

오티스는 쉰 목소리로 말했다.

여자가 아무리 아름답고 눈부셔도, 춤을 추자고 빈번히 끼어들지 않는다는 평판이 생기면 댄스파티에서 그 여자의 지위는 암울해진다. 남자들은 자신들과 하루에 열두 번이나 춤을 추는 사교성이 좋은 여자보다 아름답고 눈부신 여자와 함께 있는 것을 선호할지도 모른다. 그러나 재즈로 길러진 이 젊은 세대는 기질적으로 가만히 못 있고, 같은 여자와 한 곡 이상 폭스트롯 댄스를 추는 것은, 싫은 것은 말할 것도 없고 혐오스러운 것이었다. 몇 번 춤을 추다가 중간 휴식 시간이 되어 풀려난 젊은 남자는 상대 여자의 제멋대로 움직이는 발가락을 다시는 밟을 일이 없을 것이 확실했다.

워런은 그다음 곡이 나오는 동안에도 버니스와 춤을 추었다. 마침내 중간 휴식 시간이 온 것에 감사하며 워런은 버니스를 베란다 탁자로 데려갔다. 잠시 조용해진 동안 버니스는 특별할 것 없이 부채질을 했다.

"오클레어보다 여기가 더 덥네요."

버니스가 말했다.

워런은 한숨이 나오려는 것을 참고 고개를 끄덕였다. 그것이 워런이 알고 있거나 신경 쓰는 전부일지 모른다. 워런은 버니스가 주목을 받지 못해서 의사소통 능력이 떨어지는 것인지 아니면 의사소통 능력이 떨어져서 주목을 받지 못하는 것인지 실없이 생각했다.

"이곳에 오래 머물 예정입니까?"

워런이 묻다가 얼굴이 붉어졌다. 그렇게 물어본 이유를 버니스가 의심할지도 몰랐다.

"일주일 더 있을 거예요."

버니스가 대답했다. 그리고 워런이 다음 말을 하려고 입술을 떼는 순간 바로 달려들 것처럼 그를 응시했다.

워런은 안절부절못했다. 그때 갑자기 자선을 베풀자는 충동이 생겨 자신이 잘 쓰는 구절 중 하나를 버니스에게 말하기로 결심했다. 워런은 몸을 돌려 버니스의 눈을 봤다.

"정말 키스하고 싶은 입술을 가지셨네요."

워런이 조용히 말했다.

이 발언은 워런이 대학 무도회에서 지금보다 반 정도 어두운 곳에서 대화를 할 때 여자들에게 가끔 하던 말이었다. 버니스는 갑자기 움찔했다. 얼굴이 볼품없이 붉어졌고 부채질이 어색해졌다. 전에 버니스에게 그런 발언을 한 사람은 아무도 없었다.

"풋풋하네요!"

버니스가 인지하기도 전에 말이 흘러 나왔고 버니스는 입술을 깨물었다. 재미로 한 말로 여기기에는 너무 늦어서 워런에게 당황스러운 미소를 지었다.

워런은 짜증이 났다. 그 말을 진지하게 받아들이는 것이 익숙하지는 않았지만 그 말은 웃음이나 감정적인 농담 몇 마디를 유발했다. 그리고 워런은 농담으로 하는 것을 제외하고 풋풋하다는 말을 듣기가 싫었다. 자선을 베풀려던 충동은 사라졌고 워런은 대화의 주제를 바꾸었다.

"짐 스트레인과 에델 데모레스트가 평소처럼 밖에 앉아 있네요."

워런이 말했다.

버니스의 입장에서는 이 편이 나았다. 그러나 화제가 바뀌어서 안도하는 마음에 약간의 후회가 뒤섞였다. 남자들은 버니스에게 키스하고 싶은 입술을 가졌다고 말하지 않았다. 그러나 다른 여자들에게는 남자들이 그런 식으로 말한다는 것을 버니스는 알고 있었다.

"오, 그러네요."

버니스가 이렇게 말하며 웃었다.

"저 사람들은 돈도 없이 수년 동안 주위를 얼쩡거리고 있다고 들었어요. 어리석지 않나요?"

워런은 더욱더 혐오스러웠다. 짐 스트레인은 워런의 형과 친한 친구였다. 그리고 어쨌든 돈이 없다고 사람을 비웃는 것은 잘못된 행동이라고 생각했다. 그러나 버니스는 비웃으려는 의도는 없었다. 버니스는 단지 초조했을 뿐이었다.

르장

　마저리와 버니스는 밤 12시 30분쯤에 집에 돌아와 계단 맨 위에서 잘 자라고 인사를 했다. 둘은 사촌이기는 했지만 친하지는 않았다. 사실 마저리는 친한 여자 친구가 없었다. 마저리는 여자들을 어리석다고 생각했다. 반면 버니스는 부모가 주선한 이 방문 기간 내내 마저리와 비밀을 주고받으며 같이 키득거리고 눈물을 흘리기를 바랐다. 버니스는 여자들의 관계에는 그런 요소가 필수적이라고 생각했다. 그러나 이 점에 있어서 버니스는 마저리가 다소 냉소적이라는 것을 알게 되었다. 마저리와 대화하는 것은 남자들과 대화하는 것만큼 어렵게 느껴졌다. 마저리는 키득거리는 적이 없었고 겁을 먹지도 않았고 쑥스러워하는 경우도 거의 없었다. 사실 버니스가 적당하게 축복받은 여성스러움이라고 생각하는 특성이 마저리에게는 거의 없었다.

　버니스는 그날 밤에 바삐 칫솔질을 하면서 집을 떠난 후로 왜 아무도 자신에게 관심을 주지 않는지 백 번째 생각했다. 버니스의 가족은 오클레어에서 가장 부유했다. 버니스의 어머니는 엄청나게 손님들을 접대했다. 모든 댄스파티가 열리기 전에 버니스를 위해 작은 만찬을 준비해 주었고 버니스가 운전하고 다닐 수 있도록 자동차를 사 준 것이 고향 사교계에서 성공할 수 있었던 요소라는 생각은 하지 못했다. 대부분의 여자들처럼 버니스는 아동 문학 작가 애니 펠로우즈 존스턴이 준비해 주는 따뜻한 우유를 먹고 자랐다. 작가의 소설들에서 여자 주인공들은 항상 언급만 되고 드러내 보이지 않는 어떤 신비한 여성스러운 특성 때문에 사랑을 받았다.

버니스는 자신이 현재 인기가 없다는 사실에 막연한 고통을 느꼈다. 마저리가 주선하지 않았다면 저녁 내내 자신이 한 남자와만 춤을 추었을 것이라는 사실을 버니스는 몰랐다. 그러나 오클레어에서도 자신보다 지위가 낮거나 덜 아름다운 여자들이 더 인기가 있었다는 사실을 버니스는 알고 있었다. 버니스는 그 여자들에게 미묘하게 부도덕한 면이 있기 때문에 자신보다 더 인기가 있었을 것이라고 생각했다. 버니스는 그 문제로 걱정한 적이 없었다. 그리고 버니스가 그 문제로 걱정했더라도 그녀의 어머니가 그런 여자들은 스스로 격을 떨어뜨리고 있으며 남자들은 버니스 같은 여자를 진정으로 존경한다며 버니스를 안심시켜 주었을 것이다.

버니스는 욕실의 불을 껐다. 그리고 조세핀 이모와 잠깐 대화를 해야겠다는 충동이 일었다. 이모 방에는 아직 불이 켜져 있었다. 버니스는 부드러운 슬리퍼를 신고 양탄자가 깔린 복도를 조용히 지나가다가 방 안에서 들려오는 목소리를 듣고 약간 열린 문 가까이에서 멈추었다. 그때 버니스는 자기 이름이 거론되는 것을 들었다. 멈춰서 엿들으려는 특별한 의도는 없었다. 그런데 방 안에서 들려오는 대화의 맥락이 바늘로 찌르는 것처럼 버니스의 의식을 날카롭게 찔렀다.

"버니스는 전혀 가망이 없어요!"

마저리의 목소리였다.

"오, 엄마가 뭐라고 말할지 알아요! 많은 사람들이 엄마에게 버니스가 얼마나 예쁘고 다정하고 요리를 잘 하는지 얘기했겠죠! 그것이 뭐 어떻단 말이에요? 버니스와 있으면 실망스러워요. 남자들은 버니스를 좋아하지 않아요."

"그런 값싼 인기가 뭐 그렇게 대단하니?"

하비 부인이 짜증스럽게 말했다.

"18세 때에는 그게 전부예요."

마저리가 힘을 주어 말했다.

"저는 최선을 다했어요. 예의 바르게 행동했고 남자들이 버니스와 춤을 추게 해 주었어요. 그러나 남자들은 지루한 것을 못 참아요. 그런 바보가 그렇게 화사한 피부색을 지닌 것을 생각하면, 그리고 마사 캐리가 그런 피부를 가졌다고 가정할 때 할 수 있는 일을 생각하면…… 오!"

"요즘 사람들은 예우를 갖추지 않네."

하비 부인의 목소리는 요즘 세상의 상황이 자신에게는 너무 버겁다고 암시하는 듯했다. 하비 부인이 젊었을 때에는 좋은 가문에 속한 여자들은 모두 영화로운 시간을 보냈었다.

"음."

마저리가 말했다.

"남의 도움이 필요한 손님을 영원히 치받들 여자는 없어요. 요즘에는 모든 여자들이 자기 자신을 위해서 사니까요. 의상 같은 것에 대해 버니스에게 조언을 해 주었더니 화를 냈어요. 그러면서 저를 이상하다는 듯 쳐다봤어요. 버니스는 자신이 인기가 많지 않다는 것을 감지할 정도의 감각은 있어요. 그러나 버니스는 자신은 정숙한데 저는 너무 명랑하고 변덕스러워서 결국 제 말로가 좋지 않을 것이라고 생각하면서 위안을 할 거예요. 모든 인기 없는 여자들이 그렇게 생각해요. 억지를 부리는 거예요! 사라 홉킨스는 제너비브와 로버타와 저를 치자나무 같은 여자들이라고 말해요! 치자나무 같은 여자가 되어서 자신에게 반한 서너 명의 남자가 댄스파티에서 몇 걸음만 걸어도 같이 춤을 추자고 끼어든다면, 사라 홉킨스는 자기 10년의 인생과 유럽에서 받은 교육까지 바칠 거라고 장담해요."

"내가 보기에는."

하비 부인이 다소 지친 듯 말을 가로막았다.

"네가 버니스를 위해 무언가를 해 줄 수 있으면 좋겠다. 버니스가 매우 명랑하지 않다는 것은 나도 안다."

마저리가 탄성을 질렀다.

"명랑이요! 맙소사! 저는 버니스가 남자에게 날씨가 덥다거나 무도장이 사람으로 붐빈다거나 내년에 뉴욕에 있는 학교에 다닐 거라는 말 외에 다른 이야기를 하는 것을 들어본 적이 없어요. 가끔 버니스는 남자들에게 어떤 자동차를 갖고 있는지 물어보고 자기가 어떤 자동차를 갖고 있는지 말해요. 참 신나기도 하겠어요!"

잠시 침묵이 흐른 후 하비 부인이 자주 하던 말을 했다.

"내가 아는 것은 버니스의 반만큼도 다정하거나 매력적이지 않은 다른 여자들도 상대 남자가 있다는 사실이야. 예를 들어 마사 캐리는 뚱뚱하고 시끄러워. 그리고 마사 캐리의 엄마는 아주 저속해. 로버타 딜런은 올해 살이 너무 많이 빠져서 애리조나에 가서 쉬어야 할 것처럼 보여. 그런 정도인데 죽을 정도로 춤을 추고 있어."

"그렇지만 엄마."

마저리가 참지 못하고 이의를 말했다.

"마사는 쾌활하고 정말 재치 있고 반드러워요. 그리고 로버타는 기막히게 춤을 잘 춰요. 오랫동안 인기를 유지하고 있어요!"

하비 부인이 하품을 했다.

"버니스에게는 미친 인디언의 피가 흐르는 것 같아요."

마저리가 말을 이었다.

"버니스는 성향이 과거로 회귀한 것 같아요. 인디언 여자들은 모두 둘러앉아서 아무 말도 안 하잖아요."

"자러 가거라. 어리석은 이야기 하지 말고."

하비 부인이 웃으며 말했다.

"네가 기억할 거라고 생각했다면 네게 그런 이야기는 하지 않았을 거다. 그리고 네 생각은 완전히 바보 같은 발상이라고 생각한다."

하비 부인은 졸린 듯 말을 마쳤다.

다시 침묵이 흘렀다. 마저리는 어머니를 설득하는 것이 가치가 있는지 없는지 고민했다. 40세가 넘은 사람들은 무엇이든 거의 설득시키기 어렵다. 18세에게 신념은 그들이 올라가 세상을 바라보는 언덕이다. 45세에게 신념은 그들이 몸을 숨기는 동굴이다.

이렇게 결론을 내리고 마저리는 잘 자라는 인사를 했다. 마저리가 복도로 나왔을 때 복도에는 아무도 없었다.

3장

다음 날 마저리가 늦은 아침 식사를 하고 있는데 버니스가 식당으로 들어와서 다소 형식적으로 아침 인사를 했다. 그리고 반대편에 앉아서 마저리를 빤히 바라보며 입술을 침으로 살짝 적셨다.

"무슨 생각을 하고 있니?"

마저리가 다소 얼떨떨한 듯이 물었다.

버니스는 잠시 머뭇거리다가 수류탄을 던졌다.

"어젯밤에 네가 이모에게 나에 관해서 얘기 하는 걸 들었어."

마저리를 깜짝 놀랐다. 그러나 얼굴만 약간 상기되었을 뿐 말할 때 목소리는 무던했다.

"어디에 있었니?"

"복도에 있었어. 들으려는 의도는 아니었어…… 처음에는."

마저리는 자기도 모르게 괄시하는 표정을 짓다가 눈을 내리깔고 떨어진 콘플레이크 하나를 손가락 위에 올리는 데 집중했다.

"나는 오클레어로 돌아가는 게 낫겠어…… 내가 그렇게 애물단지라면."

버니스의 아랫입술이 극심하게 떨렸다. 그리고 떨리는 음성으로 말을 이었다.

"나는 친절하게 대하려고 노력했어. 그런데…… 그런데 처음에는 무시를 당했고 그다음에 모욕을 당했어. 나를 찾아오는 사람에게 나는 그런 대우를 한 적이 없어."

마저리는 조용히 있었다.

"그런데 나는 방해가 되는 것 같아. 알았어. 나는 너를 거추장스럽게 하고 있어. 네 친구들은 나를 좋아하지 않잖아."

버니스는 잠시 말을 멈추었다. 그때 다른 불만 중 하나가 떠올랐다.

"지난주에 네가 나에게 그 드레스가 어울리지 않는다고 암시를 주었을 때 나는 물론 몹시 화가 났어. 내가 옷 입는 법도 모른다고 생각한 거니?"

"그래. 넌 옷 입는 법도 몰라."

마저리가 작은 목소리로 중얼거렸다.

"뭐라고?"

"나는 아무런 암시도 주지 않았어."

마저리가 간략하게 말했다.

"내가 기억하기로는, 나는 엉망인 옷 두 벌을 번갈아 입는 것보다 어울리는 옷 한 벌을 세 번 연속해서 입는 게 낫다고 말했어."

"그게 매우 친절한 말이었다고 생각하니?"

"나는 친절하게 하려고 하지 않았어."

그 후 잠시 조용해졌다.

"언제 가고 싶니?"

버니스가 날카롭게 숨을 들이마셨다.

"오!"

버니스가 반쯤 외치듯이 말했다.

마저리가 놀라서 올려다봤다.

"갈 거라고 말하지 않았니?"

"갈 거라고 말했어. 하지만……."

"오, 허세를 부렸네!"

둘은 식탁에서 잠시 서로를 마주봤다. 버니스의 눈에서 엷은 눈물이 비쳤다. 반면 마저리의 얼굴은 약간 술에 취한 대학생과 사랑을 나눌 때 짓던 다소 굳은 표정이었다.

"그러니까 허세를 부렸네."

마저리는 예상했다는 듯이 반복해서 말했다.

버니스는 눈물을 터뜨리며 그것을 인정했다. 마저리는 지루한 눈빛을 보였다.

"너는 내 사촌이잖아."

버니스가 흐느끼며 말했다.

"나는 너를 방, 방, 방문한 거야. 나는 한 달 동안 머무르기로 했어. 내가 집에 가면 엄마가 아실 거고 그러면 궁, 궁금하게 생각……."

마저리는 기다렸고 자꾸 끊어져 쏟아지는 말은 낮은 훌쩍거림으로 바뀌었다.

"내 한 달 용돈을 너에게 줄게."

마저리가 차갑게 말했다.

"그리고 너는 이 마지막 주를 네가 원하는 곳에서 보내. 매우 괜찮은 호텔이……."

버니스는 플루트 소리처럼 크게 흐느꼈다. 그리고 갑자기 일어나 식당을 나갔다.

한 시간 후 마저리는 서재에서 젊은 여자만 쓸 수 있는 기묘하게 이해하기 어려운 편지를 쓰는데 열중하고 있었다. 그때 버니스가 빨갛게 충혈된 눈으로 의식적으로 침착한 척하며 다시 나타났다. 버니스는 마저리를 쳐다보지 않고 선반에서 무작위로 책 한 권을 꺼내 읽으려는 듯 자리에 앉앉다. 마저리는 편지 쓰는 것에 몰입한 듯 계속 글을 쓰고 있었다. 시계가 정오를 알리자 버니스는 책을 딱 하고 덮었다.

"기차표를 사러 가야겠어."

이 말은 버니스가 위층에서 연습했던 발언의 첫 마디가 아니었다. 그러나 마저리는 버니스의 신호를 눈치 채지 못했고, 버니스에게 이성적으로 행동하라고 설득하며 실수였다고 말하지 않았기 때문에 이 말은 버니스가 꺼낼 수 있는 최상의 첫 마디였다.

"이 편지를 다 쓸 때까지 기다려."

마저리는 쳐다보지도 않고 말했다.

"다음 우편물에 이 편지를 같이 보내고 싶어."

잠시 펜으로 바쁘게 글을 쓴 후 마저리는 몸을 돌려 '무엇이든 도와주겠다.'라고 하는 듯이 편하게 자세를 취했다. 버니스가 다시 말을 해야 했다.

"내가 집으로 돌아가기를 원하니?"

"음."

마저리가 숙고하며 말했다.

"네가 즐거운 시간을 보내고 있지 않다면 집으로 돌아가는 게 낫다고 생각해. 비참한 기분을 느낄 필요가 없잖아."

"너는 일반적인 친절이라도 생각해 본 적이……."

"오, 제발 『작은 아씨들』은 인용하지 마!"

마저리가 참지 못하고 말했다.

"그건 유행에 뒤떨어진 표현이야."

"그렇게 생각하니?"

"세상에, 그래! 어떤 현대 여성이 그런 어리석은 여자들처럼 살 수 있겠니?"

"그 주인공들은 우리 어머니들의 본보기였잖아."

마저리가 웃었다.

"그래, 그랬나…… 아니! 우리의 어머니들은 그들 방식대로 잘 살았어. 그러나 자기 딸들이 겪는 문제에 대해서는 거의 모르고 있어."

버니스가 몸을 곧게 세웠다.

"우리 엄마에 대해서 말하지 마."

마저리가 웃었다.

"네 엄마는 언급하지 않은 것 같은데."

버니스는 이야기 주제가 다른 데로 흘러가고 있다고 생각했다.

"네가 나에게 잘 대해 줬다고 생각하니?"

"나는 최선을 다했어. 너는 함께 지내기에 다소 어려운 유형이야."

버니스의 눈꺼풀이 붉어졌다.

"나는 네가 모질고 이기적이라고 생각해. 그리고 너는 여성스러운 특성이 없어."

"오, 이런!"

마저리가 자포자기하며 외쳤다.

"이 바보야! 너 같은 여자들은 지루하고 재미없는 결혼 생활에 책임이 있어. 여성스러운 특성이라고 하며 지나가는 그 끔찍한 무능력 때문이야. 상상력 있는 남자가 상상 속에 그리던 아름다운 옷을 입은 여자와 결혼했는데, 그 여자가 그저 약하고 투덜대고 비겁한 가식덩어리라는 것을 알게 되면 얼마나 큰 충격을 받겠니!"

버니스의 입이 반쯤 벌어졌다.

"여성스러운 여자라고?"

마저리가 말을 이었다.

"그런 여자들은 정말 즐거운 시간을 보내는 나 같은 여자들에 대해서 투덜대고 비판하면서 젊은 시절 대부분을 보내지."

마저리의 목소리가 높아지면서 버니스의 턱은 점점 더 벌어졌다.

"못생긴 여자들이 투덜대는 이유가 있어. 내가 되돌릴 수 없을 정도로 못생긴 여자라면 나를 세상에 태어나게 한 부모님을 절대로 용서하지 않았을 거야. 하지만 너는 불리한 조건 없이 태어났잖아."

마저리는 작은 주먹을 꽉 쥐었다.

"내가 너와 같이 흐느낄 줄 기대했다면 너는 실망할 거야. 떠나든 머무르든 네가 원하는 대로 해."

마저리는 편지를 들고 방에서 나갔다.

버니스는 머리가 아프다고 하며 점심 식사 때 참석하지 않았다. 오후에 주간 공연 만남이 있었지만 두통이 지속되었고, 마저리는 그다지 풀이 죽지 않은 남자에게 해명을 했다. 그런데 오후 늦게 돌아온 마저리는 자신의 방에서 묘한 표정으로 기다리고 있는 버니스를 발견했다.

"결정했어."

버니스가 단도직입적으로 말하기 시작했다.

"네가 옳을지도 몰라…… 아닐지도 모르고. 그런데 왜 네 친구들이…… 나에게 관심이 없는지 말해 주면 네가 원하는 대로 할 수 있을지 생각해 볼게."

마저리는 거울 앞에서 머리카락을 흔들어 내리고 있었다.

"진심으로 하는 말이니?"

"그래."

"무조건? 내가 말하는 대로 할 거니?"

"글쎄, 나는……."

"글쎄고 뭐고! 내가 말하는 대로 할 거니?"

"분별 있는 행동이라면."

"그렇지는 않아! 분별 있는 행동 사례에는 해당하지 않아."

"네가…… 추천하려는 게……."

"그래, 모두 추천할 거야. 내가 권투를 배우라고 하면 너는 그렇게 해야 해. 집에 편지를 보내서 네 어머니에게 2주 더 있을 거라고 전해."

"혹시 나에게 말해 줄 수 있으면……."

"그래. 지금 몇 가지 예를 들게. 첫째 너는 태도가 자연스럽지 않아. 왜 그럴까? 너는 외모에 확신이 없기 때문이야. 여자는 완벽하게 치장하고 옷을 입었다고 느끼면 외모에 대한 부분은 잊어도 돼. 그게 매력이야. 네가 잊어도 되는 부분이 많아질수록 매력이 강해지는 거야."

"내가 괜찮아 보이지 않니?"

"괜찮아 보이지 않아. 예를 들면 너는 눈썹을 다듬지 않아. 눈썹은 검고 윤기가 흐르지만 제멋대로 놔두면 흠이 돼. 네가 아무것도 하지 않는 시간의 십 분의 일만 투자해서 눈썹을 관리하면 눈썹이 아름다워질 거야. 눈썹을 쓸어 주어서 똑바로 자라게 해야 해."

버니스는 의심스러운 듯 눈썹을 치켜올렸다.

"남자들이 눈썹을 주목한다는 뜻이니?"

"그래…… 잠재의식적으로. 그리고 집에 돌아가면 치아 교정을 해. 눈에 거의 보이지는 않지만 그래도……."

"하지만."

당황한 버니스가 말을 가로막았다.

"나는 네가 그런 섬세한 여성스러운 것들을 경멸한다고 생각했는데."

"나는 조심스러운 마음은 싫어."

마저리가 대답했다.

"그러나 여자는 개인적으로 섬세해야 해. 여자가 백만 달러의 가치만큼 아름답다면 그 여자가 러시아든 탁구든 국제 연맹이든 어떤 얘기도 할 수 있고 그냥 넘어갈 수 있어."

"그 외에 또 무엇이 있니?"

"오, 이제 시작이야! 네 춤도 있어."

"내가 춤을 괜찮게 추지 않니?"

"아니, 네 춤은 괜찮지 않아…… 너는 남자에게 의지해. 그래, 너는 그런다고…… 아주 약간이라도 그래. 어젯밤에 우리가 함께 춤을 출 때 목격했어. 그리고 너는 몸을 약간 숙여야 하는데 너무 곧은 자세로 서서 춤을 춰. 아마도 옆에서 있던 노부인들이 네게 그렇게 춤을 춰야 품위 있어 보인다고 말해 주었겠지. 그런데 키가 매우 작은 여자를 제외하고 그런 자세는 상대 남자를 더 힘들게 해. 헤아려야 하는 건 남자라고."

"계속 말해."

버니스의 마음은 동요하고 있었다.

"음, 너는 슬픈 새가 된 남자들에게 친절히 대하는 것을 배워야 해. 너는 인기 있는 남자들이 아닌 다른 남자를 만나면 모욕당한 듯 보이잖아. 아, 버니스, 나는 춤을 출 때 몇 발자국을 움직일 때마다 남자들이 끼어들어. 대부분이 누구인지 아니? 어, 그 슬픈 새들이야. 어떤 여자도 그 남자들을 무시하면 안 돼. 어떤 무리든 상당수가 그런 남자들이야. 너무 부끄러움이 많아서 말을 못하는 어린 남자들은 최고의 대화 연습 상대야. 동작이 어설픈 남자들은 최고의 춤 연습 상대이고. 네가 그런 남자들과 어울리면서도 우아해 보일 수 있으면 너는 작은 탱크를 타고 철조망을 두른 고층 건물도 가로질러 갈 수 있어."

버니스는 깊이 한숨을 내쉬었다. 하지만 마저리의 말은 끝나지 않았다.

"네가 댄스파티에 갔는데 너와 춤을 춘 슬픈 새 세 명과 정말 즐겁게 보냈다고 해 보자. 네가 그 남자들과 대화를 정말 잘 해서 그들이 너에게 붙들려 있다는 생각을 하지 않게 된다면 너는 해낸 거야. 그 남자들은 다음에 다시 찾아올 것이고 점차 많은 슬픈 새들이 너와 춤을 추게 될 것이고 매력적인 남자들은 너에게 붙들릴 위험이 없다는 것을 알게 될 거야. 그러면 매력적인 남자들이 너와 춤을 추게 되겠지."

"그렇겠네."

버니스가 약하게 동의했다.

"이제 알 수 있을 것 같아."

"그리고 마지막으로."

마저리가 결론을 지었다.

"품위와 매력은 그냥 따를 거야. 어느 날 아침 일어나면 너는 품위와 매력이 생겼다는 것을 알게 되고 남자들도 그것을 알게 될 거야."

버니스가 자리에서 일어났다.

"너 정말 친절하구나…… 그런데 전에는 나에게 이런 말을 해 준 사람이 없었어. 그래서 조금 놀라워."

마저리는 대답하지 않고 깊은 생각에 잠긴 채 거울에 비친 자기 모습을 바라봤다.

"도와줘서 정말 고마워."

버니스가 말을 이었다.

마저리는 여전히 대답하지 않았다. 그리고 버니스는 자신이 너무 과하게 고맙다고 했는지 생각했다.

"너는 감상적인 것을 좋아하지 않는다는 사실을 알고 있어."

버니스가 소심하게 말했다.

마저리가 재빨리 몸을 돌렸다.

"오, 나는 그 생각을 하고 있지 않았어. 나는 네가 머리카락을 자르는 게 낫지 않은지 생각하고 있었어."

버니스는 뒤에 있는 침대로 쓰러졌다.

4장

다음 주 수요일 저녁에 컨트리클럽에서 만찬 댄스파티가 있었다. 손님들이 서성거렸고 버니스는 자신의 좌석표를 보고 약간 짜증이 났다. 버니스의 오른쪽에 가장 매력적이고 출중한 젊은 남자인 G. 리스 스토다드가 앉았지만 가장 중요한 왼쪽에는 고작 찰리 폴슨만 앉아 있었다. 찰리는 키도 작고 외모도 볼품없고 사회적 기민성도 부족했다. 버니스는 새롭게 깨우친 대로 자신에게 붙들린 적이 없으면 파트너로서 자격을 갖춘 것으로 결정하기로 했다. 그런데 이 짜증스러운 감정은 마지막 수프 접시와 함께 사라졌고 마저리의 구체적인 지시가 떠올랐다. 버니스는 자존심을 억누르고 찰리 폴슨에게 고개를 돌려 적극적으로 접근했다.

"제가 단발머리를 해야 한다고 생각하시나요, 찰리 폴슨 씨?"

찰리는 깜짝 놀라 고개를 들어 쳐다봤다.

"왜요?"

"단발머리를 할까 고민 중이기 때문이에요. 주의를 끌기에 확실하고 쉬운 방법이잖아요."

찰리가 유쾌하게 웃었다. 찰리는 이것이 예행연습인 것을 몰랐다. 찰리는 단발머리에 대해 잘 모른다고 대답했다. 그러나 버니스는 말을 이었다.

"저는 사교계에서 흡혈귀가 되고 싶어요."

버니스가 차분하게 단언했다. 그리고 단발머리가 그에 필요한 전주곡이라고 찰리에게 알려 주었다. 버니스는 찰리의 조언을 원했다. 찰리가 여자들에 대해 비판적이라는 말을 들었기 때문이었다.

명상을 하는 불교도의 정신 상태에 대해서만큼 여자들의 심리에 대해서도 잘 알고 있었던 찰리는 약간 우쭐해졌다.

"그래서 결심했어요."

버니스가 말을 이었다. 목소리는 약간 높아졌다.

"다음 주 초에 시비어 호텔 이발소에 가서 첫 번째 의자에 앉아서 머리카락을 자르기로 결심했어요."

버니스는 주변 사람들이 대화를 멈추고 자신의 이야기를 듣고 있다는 사실을 알고 머뭇거렸다. 그러나 당황한 순간이 지나자 마저리가 지시한 대로 주변 사람들에게 자기가 하던 이야기를 마저 끝냈다.

"물론 입장료를 받겠어요. 하지만 여러분들이 모두 와서 저를 격려해 준다면 안쪽 좌석 출입증을 발부해 드릴게요."

감탄하는 웃음소리가 울려 퍼졌다. 그리고 그 웃음소리 속에서 G. 리스 스토다드가 재빨리 몸을 기울이며 버니스의 귀에 대고 말했다.

"지금 바로 귀빈석을 예약할게요."

버니스는 G. 리스와 눈을 마주치며 그가 놀랄 만큼 기발한 말을 했다는 듯 웃었다.

"단발머리가 괜찮다고 믿으세요?"

G. 리스가 동일하게 낮은 음성으로 물었다.

"그건 도덕과 관계없다고 생각해요."

버니스가 진지하게 단언했다.

"그러나 물론 사람들을 즐겁게 해 주거나 사람들에게 먹잇감을 주거나 사람들을 놀라게 해야 하겠죠."

마저리가 오스카 와일드의 글에서 발췌한 말이었다. 남자들이 반응하며 웃음을 터뜨렸고 연이어 여자들이 관심을 보이며 바라봤다. 그때 버니스는 재치 있는 말 같은 것은 한 적이 없다는 듯 찰리에게 다시 고개를 돌리고 그의 귀에 대고 은밀히 말했다.

"사람들 몇 명에 대한 당신의 의견을 듣고 싶어요. 당신은 사람들의 특징을 판단하는 훌륭한 능력이 있다고 생각해요."

찰리는 약간 신이 나서 버니스의 물까지 엎지르며 미묘한 찬사를 보냈다.

두 시간 후 워런 매킨타이어는 남자들 틈에서 소극적인 태도로 서서 춤을 추는 사람들을 멍하게 바라보며 마저리가 누구와 어디로 사라졌는지 궁금해하고 있었다. 그런데 관련이 없는 장면이 머릿속에 맴돌기 시작했다. 지난 5분 동안 마저리의 사촌인 버니스가 추는 춤에 남자들이 끼어든 장면이었다. 워런은 눈을 감았다가 뜨고 다시 살펴봤다. 몇 분 전에 버니스는 손님으로 온 남자와 춤을 추었다. 쉽게 설명할 수 있는 상황이었다. 손님으로 온 남자는 버니스를 잘 몰랐을 것이기 때문이었다. 그런데 지금 버니스는 다른 사람과 춤을 추고 있었고 찰리 폴슨이 열정적인 투지를 드러내는 눈빛으로 버니스에게 다가가고 있었다. 재미있었다. 찰리는 하루 저녁에 세 명 이상의 여자와 춤을 춘 적이 거의 없었다.

버니스의 춤 상대가 바뀔 때 풀려난 남자가 그 누구도 아닌 G. 리스 스토다드인 것을 알고 워런은 깜짝 놀랐다. 게다가 G. 리스는 풀려난 것이 전혀 기쁘지 않은 것 같았다. 다음번에 버니스가 가까이에서 춤을 출 때 워런은 관심을 갖고 바라봤다. 그렇다. 버니스는 예뻤다. 확실히 예뻤다. 그리고 오늘 밤 버니스의 얼굴은 정말 생기발랄해 보였다. 아무리 연기력이 뛰어난 여자라도 절대로 따라할 수 없는 표정을 버니스는 짓고 있었다.

버니스는 정말 즐거운 시간을 보내고 있는 듯 보였다. 워런은 버니스의 머리 모양이 마음에 들었다. 머릿기름을 발라서 머리카락이 반짝거리는지 궁금했다. 그리고 드레스도 버니스의 그늘진 눈동자와 밝은 피부 색깔을 돋보이게 하는 검붉은 색이었다. 워런은 버니스가 처음 이 도시에 왔을 때 그녀가 예쁘다고 생각했던 것이 기억났다. 버니스가 지루한 사람이라는 것을 알기 전에는 그랬다. 버니스는 지루해서 좋지 않았다. 지루한 여자들은 견디기 어려웠다. 하지만 확실히 예뻤다.

워런은 이 생각 저 생각을 하다가 다시 마저리를 떠올렸다. 이번에 사라진 것도 다른 때와 비슷하게 전개될 것 같았다. 마저리가 다시 나타나면 워런은 마저리에게 어디에 있었는지 물을 것이다. 그리고 상관하지 말라는 단호한 대답을 들을 것이다. 마저리가 워런을 그렇게 확신하고 있다니 안타까웠다! 마저리는 이 도시의 어떤 여자도 워런에게 관심이 없다는 사실을 느끼고 있었다. 마저리는 제너비브나 로버타와 사귀어 보라고 워런에게 맞섰다.

워런은 한숨을 내쉬었다. 마저리의 애정을 향한 길은 정말 미로 같았다. 워런은 고개를 들어 쳐다봤다. 버니스가 손님으로 온 남자와 또 춤을 추고 있었다. 반쯤 무심결에 워런은 버니스를 향해 한 걸음 내디뎠다. 그리고 망설였다. 그때 워런은 자선을 베푸는 것이라고 자신에게 말했다. 워런은 버니스를 향해 걸어갔다. 그러다가 갑자기 G. 리스 스토다드와 부딪혔다.

"미안해."

워런이 말했다.

그러나 G. 리스는 사과하려고 멈추지 않았다. G. 리스는 버니스에게 다시 끼어들었다.

그날 밤 1시에 마저리는 한 손을 복도에 있는 전등 스위치에 올린 채 고개를 돌려 버니스의 반짝이는 눈을 마지막으로 봤다.

"그래서 성공했니?"

"오, 마저리, 성공했어!"

버니스가 외쳤다.

"네가 유쾌한 시간을 보내는 것 봤어."

"유쾌한 시간을 보냈지! 유일한 문제는 자정쯤에 할 말이 떨어졌다는 거야. 나는 한 말을 되풀이해야 했어. 물론 다른 남자와 말했어. 남자들이 서로 나눈 말을 비교해 보지 않았으면 좋겠어."

"남자들은 그러지 않아."

마저리가 하품을 하며 말했다.

"그리고 남자들이 서로 나눴던 말을 비교한다고 해도 상관없어. 남자들은 네가 교묘하다고 생각할 거야."

마저리는 스위치를 탁 눌러 불을 껐다. 둘이 계단을 올라갈 때 버니스가 고맙게도 난간을 붙잡았다. 난생처음 지칠 정도로 춤을 추었다.

"있잖아."

계단 꼭대기에 올라가자 마저리가 말했다.

"남자는 다른 남자가 끼어드는 것을 보면 그 여자에게 무언가가 있다고 생각해. 음, 내일은 새로운 것을 마련해 보자. 잘 자."

"잘 자."

버니스는 머리카락을 풀면서 저녁에 있던 일을 되새겨 보았다. 버니스는 마저리가 지시한 것들을 정확하게 따랐다. 찰리 폴슨이 여덟 번째 춤에 끼어들었을 때 기쁜 척을 했는데 분명히 흥미롭고 우쭐했다. 버니스는 날

씨나 오클레어나 자동차나 학교에 대한 이야기는 하지 않았고 대화 내용을 나와 너와 우리로 한정했다.

그런데 잠들기 몇 분 전 반항적인 생각이 버니스의 머릿속에 나른하게 휘돌았다. 결국 성공한 것은 버니스였다. 분명히 마저리가 대화 소재를 알려 주었지만 그때 마저리도 많은 대화 소재를 자신이 책에서 읽은 내용에서 얻은 것이다. 버니스 자신이 빨간 드레스도 샀다. 비록 마저리가 버니스의 여행 가방에서 빨간 드레스를 헤집어 꺼내기 전까지는 버니스가 그 드레스를 높이 평가하지 않았지만 그 드레스를 산 것은 버니스였다. 그리고 버니스 자신의 목소리로 말을 했고, 버니스 자신의 입술로 미소를 지었고, 버니스 자신의 두 발로 춤을 추었다. 마저리는 좋은 아이였다…… 그러나 자만심이 강했다…… 멋진 저녁이었다…… 멋진 남자들이었다…… 워런처럼…… 워런…… 워런…… 그의 이름이 무엇이었나…… 워런…….

버니스는 잠이 들었다.

5장

그다음 주 버니스에게 뜻밖의 일이 벌어졌다. 사람들이 버니스를 보고 버니스의 이야기를 들으며 정말 즐거워한다는 느낌은 버니스가 자신감을 느끼게 하는 기반이 되었다. 물론 처음에는 많은 실수를 저질렀다. 예를 들어 버니스는 드레이콧 데요가 성직자가 되기 위해서 공부하고 있다는 사실을 몰랐다. 버니스가 정숙하고 내성적이라고 생각해서 그가 춤을 추자고 끼어들었다는 사실을 버니스는 알지 못했다. 이 사실을 알았었다면 버니스는 "안녕하세요, 전쟁 공포증 환자님!"이라는 말로 시작해서 욕조 이야기로 이어가면서 그를 대하지 않았을 것이다. "여름에 머리카락을 다 듬으려면 대단한 노력이 필요해요…… 해야 할 것이 정말 많아요…… 그래서 저는 항상 머리를 먼저 다듬고 얼굴에 분을 바르고 모자를 써요. 그다음 욕조에 들어갔다가 나중에 옷을 입어요. 그게 가장 좋은 방안이라고 생각하지 않으세요?"

드레이콧 데요가 침례와 관련해서 극심한 고통을 겪고 있어서 무언가 연관 있는 이야기라고 들어줄 수도 있겠지만, 그렇게 받아들이지는 않은 것 같았다. 그는 여성의 목욕이 부도덕한 주제라고 생각했다. 그래서 버니스에게 현대 사회의 타락에 대한 그의 생각을 말해 주었다.

그러나 대단하게도 버니스는 불운한 상황을 상쇄할 몇 가지 귀중한 성공을 거두었다. 오티스 오몬드는 동부 여행을 하지 않겠다고 하더니 대신 애송이 같은 열성으로 버니스를 따라다니기로 결심했다. 이에 오티스 오몬드의 주변 사람들은 재미있어 했고 G. 리스 스토다드는 짜증을 냈다. 오티스가 혐오스러울 정도로 다정한 눈빛으로 버니스에게 열중하며 G. 리스의 오후를 완전히 망쳤기 때문이다. 오티스는 버니스에게 보여 주려고 탈의실 앞에서 두께 5센티미터 폭 10센티미터인 막대 조각을 들고 서 있었던 이야기까지 하면서 자신과 다른 사람들이 버니스를 처음 보고 대단한 판단 실수를 한 것에 대해서 이야기 했다. 버니스는 그 일에 대한 이야기에 웃었지만 약간 가라앉는 듯한 느낌이 들었다.

버니스의 모든 대화 중에서 가장 잘 알려지고 널리 인정받은 것은 단발머리에 대한 이야기였을 것이다.

"오, 버니스. 언제 단발머리로 자를 거예요?"

"모레쯤에 자를 거예요."

버니스가 웃으며 대답했다.

"오셔서 저를 보실 건가요? 아시다시피 저는 당신을 믿고 있거든요."

"그럴까요? 있잖아요! 하지만 서두르는 게 나을 거예요."

머리카락을 자르겠다는 의사는 엄밀하게 수치스러웠지만 버니스는 다시 웃었다.

"곧 자를 거예요. 놀라실 거예요."

그러나 버니스의 성공을 나타내는 가장 의미 있는 상징은 흑평을 하던 워런 매킨타이어의 회색 차였을 것이다. 그 차는 매일 하비 집 앞에 세워져 있었다. 처음에 하비 집의 하녀는 워런이 마저리 대신 버니스를 불러 달라는 부탁에 획연히 놀랐다. 그 일이 일어난 지 일주일 후에 하녀는 요리사에게 버니스 양이 마저리 양의 가장 친한 남자를 잡았다고 말했다.

그리고 실제로 버니스는 워런을 잡았다. 아마도 처음에 워런은 마저리의 질투심을 유발하기 위한 바람에서 시작했을 것이다. 아마도 버니스의 대화에서 인지하지 못했던 마저리의 친숙한 성격이나 태도의 요소를 느꼈기 때문인지도 몰랐다. 아마도 이 두 가지에 진심으로 끌리는 매력이 더해졌기 때문인지도 몰랐다. 그런데 어찌된 셈인지 주변 젊은이들 집단은 일주일도 안 되어 마저리의 가장 의지할 만한 남자 친구가 갑작스런 의견의 변화로 마저리의 손님인 버니스에게 반론의 여지가 없이 돌진하고 있다는 사실을 알게 되었다. 직면한 문제는 마저리가 그 사실을 어떻게 받아들일지에 대한 것이었다. 워런은 하루에 두 번 버니스에게 전화를 걸고 편지를 보냈다. 두 사람이 워런의 로드스터 자동차에 함께 탄 모습이 종종 보였다. 분명히 두 사람은 워런이 진심인지 아닌지에 대한 중요한 대화에 긴박하게 몰두하고 있었다.

마저리는 비웃음을 들어도 웃기만 했다. 마저리는 워런이 마침내 자신의 진가를 알아보는 사람을 찾아서 대단히 기쁘다고 말했다. 그래서 젊은이들도 따라 웃으며 마저리가 두 사람에 대해서 신경 쓰지 않고 그냥 놔둔다고 생각했다.

어느 날 오후, 마저리 집에 머무를 날이 3일 밖에 안 남았을 때 버니스가 복도에서 워런을 기다리고 있었다. 버니스는 워런과 브리지 게임 파티에 갈 예정이었다. 버니스는 더없이 행복한 기분이었다. 역시 그 파티에 갈 예정인 마저리가 버니스 옆에 나타나 거울을 보며 모자를 매만졌다. 버니스는 충돌 같은 것이 일어날 거라고는 전혀 예상하지 못했다. 마저리는 매우 냉정하고 간결하게 짧은 문장으로 말을 끝냈다.

"워런을 잊는 게 나을 거야."

마저리가 냉정하게 말했다.

"뭐라고?"

버니스는 몹시 놀랐다.

"워런 매킨타이어 때문에 어리석은 짓은 하지 않는 게 나을 거야. 워런은 너에게 조금도 관심이 없어."

긴장된 순간 둘은 서로를 바라봤다. 마저리는 조소적이고 냉담했다. 버니스는 몹시 놀랐고 반쯤 화났고 반쯤 두려웠다. 그때 자동차 두 대가 집 앞에 서서 요란하게 경적을 울렸다. 마저리와 버니스는 약간 숨을 들이쉬고 몸을 돌려 나란히 서둘러 밖으로 나갔다.

브리지 게임 파티가 진행되는 내내 버니스는 커지는 불안감을 다스리려고 분투했지만 소용이 없었다. 버니스는 마저리를 불쾌하게 한 것이다. 마저리는 스핑크스 중의 스핑크스이다. 세상에서 가장 건전하고 순수한 의도였을지라도 버니스는 마저리의 소유물을 훔친 것이다. 버니스는 갑자기 끔찍한 죄책감을 느꼈다. 브리지 게임이 끝난 후 사람들이 편안하게 둘러 앉아 일상적인 대화를 나누고 있을 때 폭풍이 서서히 일기 시작했다. 어린 오티스 오몬드가 우연히 사건을 촉발시켰다.

"유치원에 언제 돌아갈 거야, 오티스?"

어떤 사람이 물었다.

"저요? 버니스가 단발머리로 자르는 날이요."

"그럼 학교는 영영 못 가겠네."

마저리가 재빨리 말했다.

"그건 그냥 버니스의 허세였어. 네가 알고 있을 거라고 생각했는데."

"사실인가요?"

오티스가 책망하는 듯한 눈빛으로 버니스를 보며 물었다.

버니스는 귀가 새빨개졌고 적절한 응답을 생각하려고 애썼다. 공격을 직접적으로 받아서 버니스의 상상력은 마비되었다.

"세상에는 허세를 부리는 사람들이 많아."

마저리가 매우 유쾌하게 말을 이었다.

"네가 그 정도는 알 만큼 충분히 젊다고 생각했어, 오티스."

"음."

오티스가 말했다.

"아마 그럴지도 모르죠. 그런데 이런! 버니스의 말을 들으면……."

"정말로?"

마저리가 하품을 하며 말했다.

"최근에 버니스가 한 기지 넘치는 발언은 뭐였는데?"

아무도 모르는 것 같았다. 사실 버니스는 사색에 잠긴 남자 친구와 사사로운 대화를 하느라 최근에는 기억에 남을 만한 말을 하지 않았다.

"정말 그게 다 대사였어요?"

로버타가 궁금하다는 듯이 물었다.

버니스는 망설였다. 어떤 형태로든 재치 있는 말을 해야 한다는 느낌이 들었다. 하지만 갑자기 냉랭해진 사촌 마저리 때문에 버니스는 완전히 옴짝달싹하지도 못했다.

"모르겠어요."

버니스는 시간을 벌려고 대답을 회피했다.

"어서!"

마저리가 말했다.

"인정해!"

버니스는 워런이 만지작거리던 우쿨렐레에서 시선을 옮겨 미심쩍다는 듯이 버니스 자신을 보고 있다는 것을 느꼈다.

"오, 모르겠어!"

버니스는 변함없이 되풀이했다. 버니스의 양 볼이 상기되었다.

"어서!"

마저리가 다시 말했다.

"말해 보세요, 버니스."

오티스가 다그쳤다.

"마저리에게 가만 내버려 두라고 말하세요."

버니스는 다시 주위를 둘러봤다. 버니스는 워런의 시선에서 벗어날 수 없을 것 같았다.

"저는 단발머리가 좋아요."

버니스는 서둘러 말했다. 마치 워런이 버니스에세 질문이라도 한 것처럼 대답했다.

"저는 단발머리로 자를 거예요."

"언제 자를 거야?"

마저리가 물었다.

"언제든 자를 거야."

"지금이 제일 좋아요."

로버타가 제안했다.

오티스가 벌떡 일어났다.

"잘 되었네!"

오티스가 외쳤다.

"여름 단발머리 파티를 해요. 시비어 호텔 이발소에서 자른다고 말했던 것 같은데요."

순간 모두 자리에서 일어났다. 버니스의 심장이 극심하게 두근거렸다.

"뭐라고요?"

버니스의 숨이 턱 막혔다.

사람들 속에서 마저리의 목소리가 들렸다. 매우 뚜렷하고 경멸하는 목소리였다.

"걱정하지 마…… 버니스는 발뺌할 거야."

"어서요, 버니스!"

오티스가 외치면서 문 쪽으로 걸어가기 시작했다.

네 개의 눈, 워런의 눈과 마저리의 눈이 버니스를 응시하였다. 버니스에게 도전해 보고 맞서 보라는 듯했다. 잠시 버니스는 극도로 떨렸다.

"좋아."

버니스가 재빨리 말했다.

"단발머리로 깎아도 상관없어."

끝이 없을 것 같은 몇 분이 흐른 후 버니스는 워런과 함께 자동차에 앉아 깊어 가는 오후에 번화가로 향했다. 다른 사람들은 로버타의 자동차를 타고 따라왔다. 버니스는 사형수 호송차를 타고 단두대로 향하던 마리 앙투아네트와 같은 기분을 느꼈다. 버니스는 왜 모든 것이 실수였다고 외치지 않았는지 막연히 생각했다. 갑자기 적대적으로 변한 세상으로부터 방어하고 두 손으로 머리카락을 움켜잡는 상황을 방지하기 위한 방법은 그것뿐이었다. 그러나 버니스는 아무것도 하지 않았다. 어머니를 떠올려도 지금은 억제할 수 없었다. 이것이 버니스의 정정당당함을 보여줄 수 있는 최고의 시험이었다. 별이 반짝이는 하늘을 거침없이 걸어 다니는 인기 있는 여자의 권리를 얻기 위한 시험이었다.

워런은 침울하게 조용히 있었다. 호텔에 도착하자 워런은 도로변에 차를 세우고 버니스에게 먼저 내리라고 고개를 끄덕였다. 로버타의 차에서 왁자지껄 웃어 대는 무리가 내려서 이발소로 들어갔다. 이발소는 두 개의 선명한 판유리 창문이 거리 쪽으로 설치되어 있었다.

버니스는 도로변에 서서 '시비어 이발소'라고 쓰인 간판을 봤다. 그것은 정말 단두대였다. 교수형 집행인은 첫 번째 자리에 있는 이발사였다. 이발사는 흰색 가운을 입고 담배를 피우며 첫 번째 의자에 무심히 기대고 있었다. 그 이발사는 버니스에 관한 이야기를 들었을 것이다. 그 이발사는 일주일 내내 기다리며 불길하고 너무 자주 언급되는 첫 번째 의자 옆에서 끊임없이 담배를 피우고 있었을 것이다. 사람들이 버니스의 눈을 가려 줄까? 아니다. 사람들은 흰색 천을 버니스의 목에 감아서 피가 새어나오지 않도록 할 것이다…… 말이 안 된다…… 머리카락이 버니스의 옷에 떨어지지 않도록 할 것이다.

"됐나요, 버니스."

워런이 재빨리 말했다.

버니스는 턱을 치켜들고 보도를 건너 흔들리는 망사문을 밀어 열었다. 대기용 의자에 앉아 시끌벅적하게 떠드는 무리에게는 눈길도 주지 않고 첫 번째 이발사에게 갔다.

"단발머리로 자르고 싶어요."

첫 번째 이발사의 입이 약간 벌어졌다. 이발사는 담배를 바닥에 떨어뜨렸다.

"뭐라고요?"

"제 머리카락이요…… 단발로 잘라 주세요!"

더 이상의 서론은 끝내고 버니스는 높은 의자에 앉았다. 버니스의 옆 의자에 앉아 있던 남자가 비누 거품이 묻은 채 놀란 표정으로 몸을 돌려 버니스를 힐끗 봤다. 어떤 이발사는 놀라서 어린 윌리 슈네만이 한 달에 한 번 깎는 머리를 망쳤다. 맨 끝 쪽 의자에 앉은 오라일리 씨는 면도칼에 뺨을 베이자 끙 앓는 소리를 내며 기교 있게 고대 게일어로 욕설을 했다. 구두닦이 두 명이 눈을 크게 뜨고 버니스의 발치로 달려갔다. 그러나 버니스는 구두의 광을 내는 데는 신경을 쓰지 않았다.

이발소 밖에서 행인이 걸음을 멈추고 지켜보고 있었다. 한 쌍의 남녀도 멈추어 지켜봤다. 작은 소년들 여섯 명이 얼굴을 들이대고 나타나서 유리창에 코를 대고 보느라 코가 납작해졌다. 대화의 단편들이 여름 산들바람을 타고 망사문을 통해 들려왔다.

"머리카락이 긴 아이를 봐요!"

"어디서 그런 생각을 떠올렸나요? 저 사람은 수염이 난 여자인데 이발사가 방금 면도를 끝낸 거라고요."

그러나 버니스에게는 아무것도 보이지 않았고 아무 말도 들리지 않았다. 버니스는 유일하게 생생한 감각으로 흰 가운을 입은 이발사가 자신의 머리에서 거북딱지로 만든 빗을 하나 그리고 또 하나 빼고 있는 것을 느꼈다. 이발사가 손가락으로 생소한 머리핀을 머뭇거리며 어설프게 만지고 있는 것을 버니스는 느꼈다. 이 머리카락, 아름다운 머리카락이 사라지고 있는 것을 버니스는 느꼈다. 버니스는 빛나는 짙은 갈색 머리카락을 등에 늘어뜨렸을 때 그 길고 관능적인 머리카락의 매력을 다시는 느끼지 못할 것이다. 잠시 버니스는 거의 쓰러질 뻔했다. 그런데 그때 버니스의 시야에

한 영상이 무의식적으로 떠올랐다. 마저리가 입꼬리를 올리고 약간 비꼬는 듯한 웃음을 지으며 이렇게 말하는 듯했다.

'포기하고 내려와! 네가 나에게 대들려고 해서 네가 허세를 부리도록 해 봤어. 바라는 대로 안 된다는 것 알잖아.'

버니스의 몸 안에서 마지막 힘이 솟았다. 버니스는 흰색 천 밑에 있는 두 주먹을 쥐었다. 그리고 기이하게 눈을 찌푸렸는데 마저리가 오랜 시간이 흐른 후 누군가에게 그 상황을 언급했다.

20분이 지난 후 이발사는 버니스가 앉은 의자를 돌려 거울을 볼 수 있도록 했다. 버니스는 마무리가 된 전체적으로 손상된 모습에 움찔했다. 곱슬곱슬한 머리카락은 잘렸고 생기 없는 머리카락 덩어리가 갑자기 창백해진 얼굴 양 옆으로 쭉 뻗어 있었다. 몹시 추해 보였다. 버니스는 단발머리가 몹시 추해 보일 것이라는 사실을 알고 있었다. 버니스 얼굴의 주요 매력은 성모 마리아 같은 소박함이었다. 이제 그 매력은 사라지고 버니스는…… 끔찍하게 평범해져 있었다. 안경을 집에 두고 온 그리니치빌리지 주민처럼 현실적으로 우스꽝스럽게 보일 뿐이었다.

버니스는 의자에서 내려오면서 웃으려고 했지만 처참하게 실패했다. 두 여자가 눈빛을 주고받는 모습이 보였다. 마저리의 입꼬리가 비웃듯이 약간 올라가 있었다. 그리고 워런의 눈빛이 갑자기 매우 차가워졌다.

"보다시피."

버니스는 어색하게 말을 멈추었다.

"내가 해냈어."

"그래요, 당신이…… 해냈네요."

워런이 인정했다.

"마음에 들어요?"

두세 명이 성의 없이 "물론이죠."라고 말했다. 다시 어색하게 조용해졌다. 그때 마저리가 뱀 같이 강렬하게 워런을 향해 재빨리 고개를 돌렸다.

"세탁소까지 태워 줄 수 있니?"

마저리가 물었다.

"저녁 식사 전에 세탁소에서 드레스를 가져와야 하거든. 로버타는 바로 집으로 갈 거니까 로버타가 다른 사람들을 태우고 가면 되잖아."

워런은 창문 밖 먼 곳의 작은 점을 멍하게 바라봤다. 그러더니 차가운 눈빛으로 버니스를 잠깐 본 다음 마저리를 향해 몸을 돌렸다.

"기꺼이 그렇게 하지."

워런이 천천히 말했다.

6장

버니스는 저녁 식사를 하기 바로 전에 이모의 놀란 눈빛을 보기 전까지는 자기에게 놓인 충격적인 덫에 대해서 완전히 깨닫지 못했다.

"아니, 버니스."

"단발머리로 잘랐어요, 조세핀 이모."

"아니, 얘야!"

"마음에 드세요?"

"이런, 버니스!"

"놀라셨나 봐요."

"아니야, 그런데 내일 밤 데요 부인이 어떻게 생각하실까? 버니스야, 데요 부인의 댄스파티가 끝날 때까지 기다렸으면 좋았을 텐데. 단발머리로 자르고 싶었어도 좀 기다렸어야지."

"급작스럽게 머리를 깎게 되었어요, 조세핀 이모. 어쨌든 그게 데요 부인과 특별하게 상관이 있나요?"

"이런, 얘야."

하비 부인이 외쳤다.

"지난 목요 클럽 모임에서 데요 부인이 직접 쓴 '젊은 세대의 결점'에 대한 논문을 읽었는데 15분이나 할애해서 단발머리에 대해서 언급했어. 데요 부인이 혐오스러워 하는 게 단발머리야. 그리고 그 댄스파티는 너와 마저리를 위해 열리는 거란다!"

"죄송해요."

"오, 버니스. 네 엄마가 뭐라고 말하겠니? 내가 너를 그냥 놔두었다고 생각할 텐데."

"죄송해요."

저녁 식사는 괴로웠다. 버니스는 식사 전에 급하게 고데기로 머리를 손질하려고 했지만 손가락을 데고 머리카락이 상당히 손상되었다. 이모가 걱정하고 상심하는 모습이 보였다. 이모부는 기분이 상하셔서 약간 거북한 어조로 "이런, 어허 참!"이라고 계속 말씀하셨다. 그리고 마저리는 약한 미소와 희미하게 조롱하는 웃음을 배후에 깊이 품은 채 조용히 앉아 있었다.

버니스는 어떻게든 저녁 시간을 참아 냈다. 세 남자가 전화를 했다. 마저리는 그중 한 명과 사라졌다. 버니스는 나머지 두 명과 즐기려고 그저 그렇게 시도해 봤지만 즐기지 못했다. 10시 30분에 버니스는 계단을 올라 방으로 가면서 다행이라는 듯 한숨을 내쉬었다. 정말 힘든 하루였다!

잠을 자기 위해 버니스가 옷을 벗고 있을 때 문이 열리며 마저리가 들어왔다.

"버니스."

마저리가 말했다.

"데요 부인의 댄스파티에 관해서 정말 미안해. 내 명예를 걸고 말하는데 나는 그 일을 잊고 있었어."

"괜찮아."

버니스가 짧게 말했다. 버니스는 거울 앞에 서서 짧은 머리카락을 천천히 빗질하고 있었다.

"내일 번화가로 데려다줄게."

마저리가 말을 이었다.

"미용사가 다듬으면 매끄러워질 거야. 네가 그걸 해낼 거라고는 상상도 못했어. 정말 미안해."

"오, 괜찮아!"

"그래도 너의 마지막 밤이니 큰 상관은 없을 거라고 생각해."

그때 버니스는 움찔하고 놀랐다. 마저리가 머리카락을 어깨 너머로 넘기더니 긴 금발을 천천히 꼬아서 두 갈래로 땋기 시작했기 때문이었다. 마저리는 크림색 실내 가운까지 입고 있어서 고대 색슨 족 공주를 묘사한 섬세한 그림처럼 보였다. 버니스는 그 모습에 매료되어 땋은 머리가 길어지는 모습을 지켜봤다. 무겁고 고급스러워 보이는 땋은 머리는 유연한 손가락 밑에서 가만히 못 있는 뱀처럼 움직였다. 그리고 버니스에게는 이 유물 같은 머리와 고데기와 내일 받게 될 모든 시선만이 남았다. 버니스는 자신을 좋아했던 G. 리스 스토다드가 하버드대학생 같은 태도로 저녁 만찬 동반자에게 버니스가 영화관에 자주 가도록 하지 말았어야 한다고 말하는 모습이 떠올랐다. 버니스는 드레이콧 데요가 자기 어머니와 눈빛을 교환하고 양심상 버니스에게 자선을 베푸는 장면도 떠올랐다. 그러나 아마도 내일쯤이면 데요 부인이 버니스와 관련한 소식을 듣게 될 것이다. 그리고 버니스가 파티에 나타나지 않게 하라고 요구하는 냉혹한 쪽지를 보낼 것이다. 그리고 버니스의 등 뒤에서 모두 비웃으며 마저리가 버니스를 웃음거리로 만든 것을 알게 될 것이다. 버니스가 아름다워질 수 있는 기회를 이기적인 여자의 질투심 때문에 놓치게 된 것을 알게 될 것이다. 버니스는 거울 앞에서 갑자기 주저앉아 볼 안쪽을 깨물었다.

"나는 단발머리가 마음에 들어."

버니스가 애써 말했다.

"단발머리가 나에게 어울리게 될 거라고 생각해."

마저리가 웃었다.

"괜찮아 보인다. 아무쪼록 그것 때문에 걱정하지 마!"

"걱정 안 할 거야."

"잘 자, 버니스."

그러나 문이 닫히자 버니스의 감정이 폭발했다. 버니스는 벌떡 일어나 두 주먹을 쥐고 재빨리 소리 없이 침대로 가서 침대 밑에서 여행 가방을 꺼냈다. 여행 가방 안에 화장품과 갈아입을 옷 한 벌을 넣었다. 그다음 큰 가방이 있는 곳으로 가서 재빨리 서랍 두 개 분량의 속옷과 드레스를 넣었다. 버니스는 조용히 그러나 효율적으로 움직여서 45분 만에 가방을 잠그고 끈으로 묶었다. 그리고 마저리가 도와주어서 골랐던 새 여행복으로 완벽하게 갈아입었다.

버니스는 책상에 앉아 하비 부인에게 짧은 쪽지를 썼다. 그 쪽지에는 버니스가 떠나는 이유가 간단하게 요약되어 있었다. 버니스는 쪽지를 봉인하고 받을 사람의 이름을 쓰고 베개 위에 놓았다. 버니스는 손목시계를 힐끗 봤다. 기차가 출발하는 시각은 1시였고 두 블록 거리에 있는 마버러 호텔까지 걸어가면 쉽게 택시를 잡을 수 있었다.

버니스는 갑자기 숨을 들이쉬었다. 그리고 어떤 감정을 드러내는 눈빛이 반짝였는데 사람의 특징을 판독하는 데 숙련된 사람이라면 그 표정이 버니스가 이발소 의자에서 지었던 표정과 희미하게 연결되어 있다는 사실을 알 것이다. 어떤 까닭인지 진전된 표정이었다. 버니스에게는 꽤 새로운 표정이었다. 그리고 그 표정에는 중요한 영향력이 깃들어 있었다.

버니스는 살금살금 책상으로 가서 책상에 놓인 물건 하나를 집었다. 모든 불을 끄고 눈이 어둠에 적응될 때까지 조용히 서 있었다. 그리고 버니스는 마저리의 방문을 조심스럽게 밀어서 열었다. 버니스는 양심의 가책조차도 느끼지 않고 잠든 마저리의 조용한 숨소리를 들었다.

이제 버니스는 침대 옆에 서 있었다. 매우 신중하고 침착했다. 버니스는 재빠르게 행동했다. 버니스는 몸을 숙여 마저리의 땋은 머리 한 갈래를 찾아내서 머리에 가장 근접한 지점까지 손을 쓸어 올렸다. 그리고 그 부분을 약간 느슨하게 잡아서 마저리가 당겨지는 느낌을 느끼지 않도록 했다. 버니스는 큰 가위를 들고 손을 뻗어 그 갈래머리를 잘랐다. 버니스는 갈래머리를 손에 들고 숨을 죽였다. 마저리가 잠결에 중얼거렸다. 버니스는 다른 쪽 갈래머리도 날렵하게 잘랐다. 그리고 잠시 멈추었다가 재빠르고 조용하게 자기 방으로 돌아갔다.

버니스는 아래층으로 내려가 큰 현관문을 열고 나가서 조심스럽게 문을 닫았다. 이상하게 행복하고 활기 넘치는 기분으로 현관 계단을 내려와 달빛 속으로 들어섰다. 무거운 가방을 잡고 장바구니처럼 흔들었다. 잠시 활발하게 걷던 버니스는 왼손에 두 개의 땋은 갈래머리를 들고 있는 것을 알게 되었다. 버니스는 갑자기 웃음을 터뜨렸다. 끝이 없이 터져 나오는 웃음소리를 막으려고 입을 꽉 다물어야 했다. 이제 버니스는 워런의 집을 지나고 있었다. 버니스는 충동적으로 짐을 내려놓고 갈래머리를 밧줄 토막처럼 흔들다가 나무 현관 쪽으로 내던졌다. 갈래머리는 현관에 가벼이 툭 떨어졌다. 버니스는 다시 웃음이 터졌고 더 이상 터져 나오는 웃음을 억누르지 않았다.

"하."

버니스는 걷잡을 수 없이 킥킥 웃었다.

"이기적인 것들은 머리 가죽을 벗겨야 해!"

그다음 버니스는 여행 가방을 들고 달빛이 비치는 거리를 거의 달리다시피 걷기 시작했다.

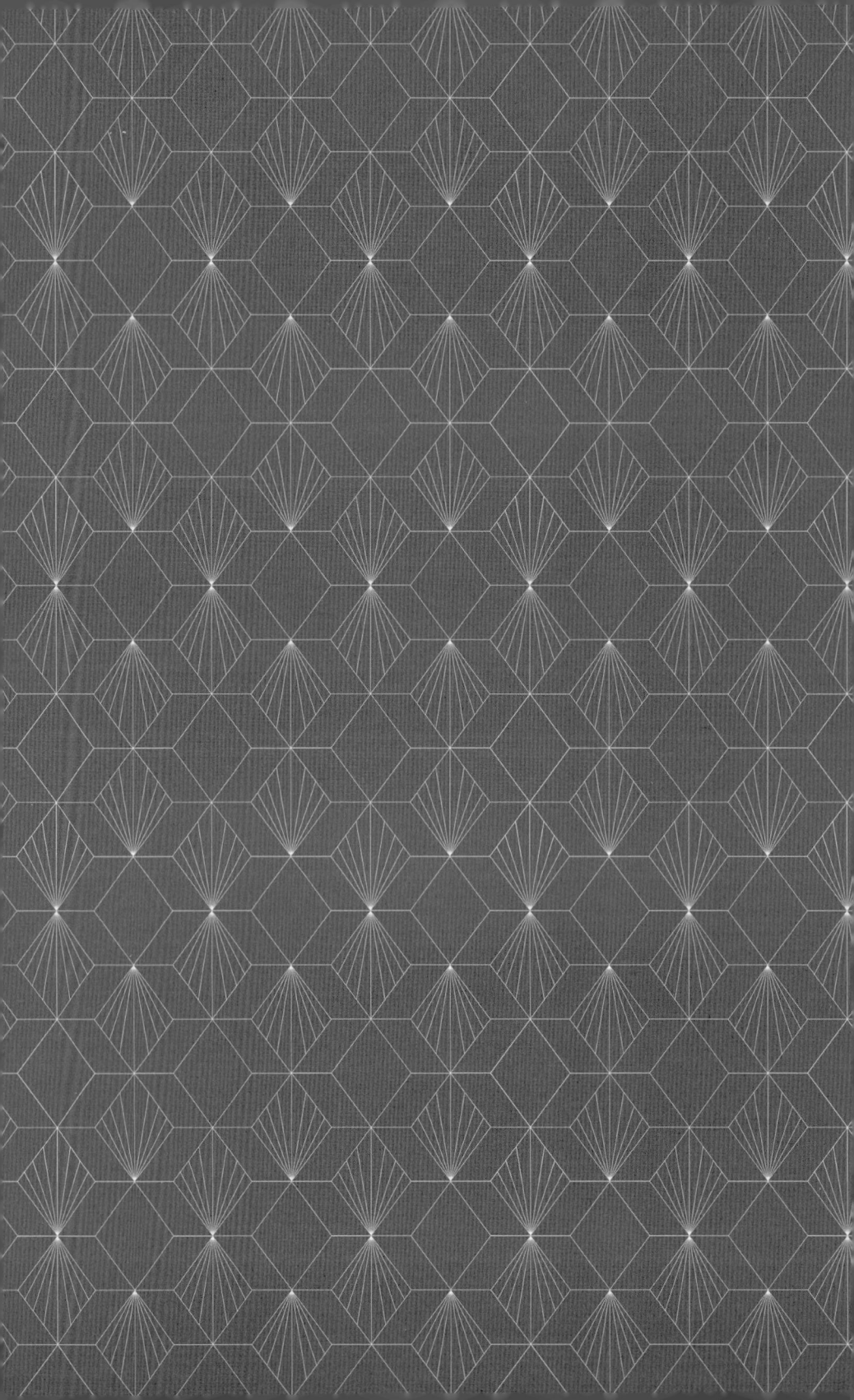

성체강복식

Benediction

1장

볼티모어 기차역은 덥고 혼잡했다. 로이스는 전보를 보내는 접수대 옆에서 지겹고 짜증날 만큼 길고 후덥지근한 몇 초 동안 기다려야 했다. 앞니가 큰 직원이 몸집이 큰 여자의 당일 발신 전보 단어 개수를 세고 또 세며 그 전보가 무해한 49단어인지 치명적인 51단어인지 헤아리고 있었기 때문이었다.

로이스는 기다리면서 주소가 확실하지 않다고 생각하여 가방에서 편지를 꺼내 다시 훑어봤다.

사랑하는 당신에게 (편지는 이렇게 시작되었다.).

나는 이해해요. 지금까지의 삶이 내게 의미했던 것보다 나는 더 행복해요. 당신에게 항상 잘 어울렸던 것들을 내가 줄 수 있다면…… 하지만 나는 그렇게 할 수 없어요, 로이스. 우리는 결혼할 수도 없고 서로를 잃을 수도 없어요. 그리고 눈부시게 아름다운 이 모든 사랑을 무의미하게 끝낼 수도 없어요.

사랑하는 당신의 편지가 오기 전까지, 나는 어둑어둑한 이곳에 앉아서 어디로 갈 수 있을지 그리고 당신을 잊을 수 있을지 생각하고 있었어요. 혹시 해외로 가서 이탈리아나 스페인을 떠돌아다니면 당신을 잃은 고통을 꿈처럼 잊을 수 있지 않을까 생각했어요. 그러나 허물어져 가는 오래된 폐허를 보면 원숙한 문

명이 고적한 내 마음을 비추는 것 같겠죠…… 그리고 그때 당신의 편지가 왔어요.

 가장 사랑스럽고 용감한 여인이여, 당신이 나에게 전보를 보내면 윌밍턴으로 가서 당신을 만날게요. 그때까지 이곳에서 기다리면서 당신을 그리는 오랜 꿈이 실현되기를 희망하고 있을게요.

 하워드.

 로이스는 그 편지를 너무 많이 읽어서 단어 하나하나의 의미까지 알 정도였지만 여전히 그 편지는 로이스를 놀라게 했다. 편지에서 로이스는 글을 쓴 그 남자의 어렴풋한 모습을 많이 찾아냈다…… 그의 검은 눈동자 속에 어우러진 다정함과 슬픔. 때때로 그가 말할 때 로이스가 느끼는 은밀하고 들썩이는 흥분. 로이스의 마음을 잠들게 하도록 진정시키는 그의 몽환적인 감각. 로이스는 19세였고 매우 낭만적이었고 호기심이 많고 용감했다.

 몸집이 큰 여자와 직원이 50단어로 절충했고, 로이스는 백지를 가져와 전보 내용을 썼다. 로이스의 최종 결정에 함축된 의미는 없었다.

 그것은 단지 운명일 뿐이라고 로이스는 생각했다. 이 빌어먹을 세상에서 일이 진행되는 방식일 뿐이라고 로이스는 생각했다. 감정을 억누르게 했던 것이 비겁함이라면 더 이상 감정을 억누르지 않을 것이다. 그냥 일들이 진행되는 방향으로 가도록 놔둘 것이고 결코 후회하지 않을 것이다.

 직원이 전보를 훑어봤다.

Benediction

볼티모어에 오늘 도착함 오빠와 하루를 지냄 윌밍턴에서 수
요일 오후 3시에 만나요 내 사랑

로이스

"54센트입니다."
직원이 감탄한 듯이 말했다.
결코 후회하지 않을 것이라고 로이스는 생각했다. 결코 후회하지 않을
것이라고.

르장

　　나무들 사이로 투과된 빛이 얼룩얼룩한 풀에 내리쬐었다. 깃털 부채를 들고 있는 키 크고 느릿느릿한 여자들처럼 보이는 나무들이 수도원의 추한 지붕에 공허하게 드리워져 있었다. 집사 같은 나무들이 평온한 산책로와 오솔길 위에 온후하게 가지를 드리우고 있었다. 언덕 양옆으로 무더기로 흩어져 있거나 줄지어 선 나무들이 메릴랜드 동부 지역까지 이어졌다. 그 나무들은 수많은 노란 들판의 자락을 섬세하게 수놓았고, 꽃이 핀 덤불이나 야생 언덕 뜰의 어둡고 불투명한 배경이 되었다.

　　어떤 나무들은 매우 화사하고 싱그러웠다. 그러나 수도원의 나무들은 수도원보다 오래된 것이었다. 진정한 수도원의 기준에서 이 수도원은 전혀 오래된 수도원이 아니었다. 그리고 사실 엄밀히 말하면 이곳은 수도원이라고 불리지도 않았다. 단지 신학교일 뿐이었다. 그럼에도 불구하고 여기에서는 수도원이라고 칭하겠다. 빅토리아 시대 건축 양식이나 에드워드 7세 때 증축한 건물과 우드로 윌슨 시대의 전매특허인 100년 동안 지속될 지붕까지 갖추고 있기는 하지만 수도원이라고 부르겠다.

　　뒤쪽에 농장이 있었는데 그곳에서 평수사 여섯 명이 대단히 효율적으로 활기차게 채소밭을 돌아다니면서 땀을 흘리고 있었다. 왼쪽에는 줄지어 선 느릅나무 뒤로 비격식 야구장이 있었다. 그곳에서 수련 수사 세 명이 네 번째 수련 수사가 친 공을 재빠르게 뒤쫓으며 숨을 헐떡이고 있었다. 앞쪽에서 크고 은은한 종소리가 울리며 30분을 알리자 검은 옷을 입은 무리들, 인간 나뭇잎들이 온후한 나무 아래 체커판 같은 오솔길로 날리

듯 모여들었다.

이 검은 나뭇잎들 중 일부는 매우 늙어서 웅덩이가 철벅 튀길 때 생기는 첫 잔물결처럼 볼이 주름져 있었다. 그다음 여기저기에 중년 나뭇잎들이 흩어져 있었는데 그들의 형태를 옆에서 보면 드러나 보이는 수도복은 희미하게 대칭성이 없어지기 시작했다. 이들은 토마스 아퀴나스, 헨리 제임스, 메르시에 추기경, 임마누엘 칸트 등이 저술한 두꺼운 책과 강의 자료로 채워진 불룩한 수첩을 들고 있었다.

그러나 젊은 나뭇잎들이 가장 많았다. 표정이 매우 근엄하고 신중한 19세의 금발 소년들이 있었다. 5년 동안 속세를 떠나 가르침을 받은 자기 확신을 열망하는 20대 후반의 남자들도 있었다. 그중 몇 백 명은 메릴랜드, 펜실베이니아, 버지니아, 웨스트버지니아, 델라웨어 등의 도시와 마을과 시골에서 온 사람들이었다.

미국인이 많았고 아일랜드인이 몇 명 있었고 거친 아일랜드인이 몇 명 있었으며 프랑스인도 약간 있었다. 이탈리아인과 폴란드인도 몇 명 있었다. 그들은 두세 명씩 또는 긴 줄을 이루어 격식에 얽매이지 않고 팔짱을 낀 채 걷고 있었는데 거의 대부분 곧은 입매와 무던한 턱 모양을 하여 대체적으로 기품 있어 보였다. 이곳은 예수회였기 때문이었다. 예수회는 500년 전 스페인에서 어느 강인한 군인에 의해 설립되었다. 그 군인은 남자들이 돌파구나 상점을 지키거나 설교를 하거나 조약을 작성하고 지시에 따르며 논쟁을 벌이지 않도록 훈련을 시켰다.

로이스는 버스에서 내려 바깥문 옆에서 햇빛을 받으며 있었다. 로이스는 19세였고 머리카락은 노랗고 눈은 사람들이 눈치껏 초록색이라고 표현하지는 않을 정도의 빛을 띠고 있었다. 재주 있는 남자들은 전차에서 로이스를 보면 종종 작은 몽당연필과 봉투를 살며시 꺼내 봉투 뒷면에 로이스의 옆얼굴이나 눈썹이 만들어 내는 눈의 모습을 요약해서 그려 냈다. 나중에 그 남자들은 결과물을 보고 의아한 한숨을 내쉬며 찢었다.

로이스는 값비싸고 적당한 여행용품들로 매우 의기양양하게 복장을 했지만 자신의 옷에 묻은 먼지를 툭툭 털어 내는 데 오랜 시간을 보내지 않았다. 그리고 호기심어린 눈빛으로 양쪽을 힐끗거리며 중앙 보도로 걸어가기 시작했다. 로이스는 진지하고 기대에 찬 표정을 했지만 프린스턴대학이나 뉴헤이븐에 있는 대학의 졸업반 무도회에 도착했을 때 여자들이 짓는 빛나는 표정은 아니었다. 어쨌든 이것은 졸업반 무도회가 아니었으므로 표정은 중요하지 않을 것이다.

로이스는 그가 어떻게 생겼을지 궁금했고 사진만으로 그를 알아볼 수 있을지 걱정이 되었다. 집에 있는 어머니의 책상 위에 걸린 사진에서 그는 매우 젊어 보였고 볼이 홀쭉했으며 다소 측은해 보였다. 유일하게 입매는 잘 발달했고 몸에 안 맞는 수련 수도복은 그가 이미 삶에 대해 중대한 결정을 했음을 보여 주었다. 물론 당시 그는 단지 19세였고 이제 그는 36세인데 전혀 그 나이대로 보이지 않았다. 최근에 찍은 스냅 사진에서 그는 어깨가 훨씬 넓어졌고 머리카락은 숱이 조금 적어진 것 같았다. 그러나 로이스가 항상 간직해 온 오빠의 인상은 그 큰 사진 속의 모습이었다. 그래서 로이스는 항상 오빠를 조금 측은하게 생각했다. 정말 남자다운 삶인가! 17년 동안 준비했는데 오빠는 아직 사제가 되지 못했다. 1년 더 있어도 안 될 것이다.

로이스는 그냥 있으면 상황이 다소 엄숙해질 것 같다고 생각했다. 그러나 로이스는 최선을 다해서 더없이 행복한 모습을 흉내 내기로 했다. 머

Benediction

리가 깨질 듯이 아플 때나 어머니가 신경 쇠약 증상을 보일 때나 로이스가 특히 낭만과 호기심을 느끼고 용기를 낼 때 할 수 있는 흉내를 내기로 했다. 로이스의 오빠는 분명히 격려가 필요할 것이다. 오빠가 좋아하든지 좋아하지 않든지 격려를 받게 될 것이다.

로이스가 거대하고 아늑한 정문에 다다르자 어떤 남자가 갑자기 무리에서 이탈해 수도복 자락을 끌어 올리면서 로이스를 향해 달려갔다. 그 남자가 미소를 짓는 모습이 보였다. 그 남자는 체격이 매우 크고 믿음직해 보였다. 로이스는 멈춰서 기다렸다. 로이스는 심장이 몹시 빠르게 뛰는 것을 느꼈다.

"로이스!"

그 남자가 외쳤다. 순식간에 로이스는 그 남자의 품에 안겨 있었다. 로이스는 갑자기 떨렸다.

"로이스!"

그 남자가 다시 외쳤다.

"와, 정말 좋다. 로이스, 내가 이 순간을 얼마나 기다렸는지 말로 다 표현할 수 없구나, 와, 로이스. 정말 아름답구나!"

로이스는 숨이 턱 막혔다.

그 남자의 목소리는 차분했지만 활기가 넘쳤다. 그리고 로이스가 가족들 중에서 자신만이 지니고 있다고 생각했었던, 상대를 감싸는 일종의 유별난 성격이 엿보였다.

"나도 정말 기뻐요, 카이스 오빠."

오빠의 이름을 처음 부를 때 로이스는 얼굴이 상기되었지만 기분이 안 좋아서 붉어진 것은 아니었다.

"로이스…… 로이스…… 로이스."

카이스는 감탄하며 계속 불렀다.

"얘야, 잠깐 들어가자. 주임 신부님을 소개해 주고 싶어. 그다음 주변을 둘러보자. 너와 하고 싶은 이야기가 정말 많아."

카이스의 목소리가 진지해졌다.

"어머니는 어떠시니?"

로이스는 카이스를 잠깐 봤다. 그리고 말할 의도가 전혀 없었던, 언급을 피해야겠다고 결심했던 이야기를 했다.

"오, 카이스 오빠…… 어머니는…… 어머니는 모든 면에서 점점 악화되고 있어요."

카이스는 이해한다는 듯이 천천히 고개를 끄덕였다.

"신경 문제지. 음…… 그 이야기는 나중에 말해 줘. 지금은……."

로이스는 큰 책상이 있는 작은 서재에 들어갔다. 그리고 자신의 손을 잠시 잡아 준 작고 쾌활한 백발의 신부에게 무언가를 이야기했다.

"그러니까 이분이 로이스구나!"

신부는 오랫동안 로이스의 이름을 들어본 것 같이 말했다.

신부는 로이스에게 자리에 앉을 것을 권했다.

다른 신부 두 명이 열광하며 들어와서 로이스와 악수를 했다. 그리고 '카이스의 여동생'이라며 로이스에게 말을 걸었는데, 로이스는 조금도 개의치 않았다.

신부들은 자신감이 있어 보였다. 로이스는 이들이 부끄러워하거나 적어도 유보적인 태도를 취할 것이라고 생각했었다. 신부들은 로이스가 이해할 수 없는 농담들을 건넸는데 그 농담에 모두 즐거워하는 것 같았다.

체구가 작은 주임 신부가 세 사람을 '막연한 늙은 수도사'라고 불렀는데, 물론 그 세 사람은 수도사가 아니었기 때문에 로이스도 그 말의 의미를 이해할 수 있었다. 그들이 카이스를 특히 좋아한다는 생각이 로이스의 머릿속에 번개 같이 떠올랐다. 주임 신부가 로이스의 오빠를 '카이스'라고 불렀고 다른 신부들 중 한 명은 대화를 나누는 내내 카이스의 어깨에 손을 얹고 있었다. 그다음 로이스는 다시 악수를 나누고 조금 후에 아이스크림을 먹으러 다시 돌아오겠다고 약속하며 미소를 짓고 또 지었다. 엄청나게 행복했다. 로이스는 카이스가 여동생인 자신을 자랑하는 것을 정말 기뻐했기 때문이라고 속으로 생각했다.

그다음 로이스와 카이스는 팔짱을 끼고 오솔길을 거닐었다. 카이스는 주임 신부가 얼마나 중요한 사람인지 로이스에게 알려 주었다.

"로이스."

카이스가 하던 이야기를 멈추고 불쑥 로이스를 불렀다.

"더 멀리 걸어가기 전에 네가 여기에 온 것이 나에게 얼마나 큰 의미인지 말해 주고 싶어. 너는 정말…… 다정하다고 생각해. 네가 그동안 얼마나 즐겁게 지냈는지 알아."

로이스는 숨이 턱 막혔다. 이런 말은 예상하지 못했다. 처음에 볼티모어까지의 더운 여정을 마치고 친구와 밤을 보낸 후 오빠를 보러 오기로 계획했을 때 로이스는 자신이 의식적으로 정숙하다고 생각했었다. 그동안 이곳에 찾아오지 않았다는 것에 대해서 오빠가 융통성 없이 분해하지 않기를 바랐다. 그런데 나무 아래에서 오빠와 함께 걷는 것이 사소해 보이지만 놀랍도록 행복했다.

"아, 카이스 오빠."

로이스가 재빨리 말했다.

"나는 하루도 더 기다릴 수 없었어요. 오빠를 다섯 살 때 봤어요. 물론 기억나지는 않아요. 어떻게 하나뿐인 오빠를 실제로 만나지 않고 그동안 지낼 수 있었을까요?"

"너는 정말 다정하구나, 로이스."

카이스가 다시 말했다.

로이스의 얼굴이 상기되었다. 카이스는 인품이 있었다.

"너에 대해서 모두 말해 주면 좋겠다."

카이스가 잠시 조용히 있다가 말했다.

"물론 14년 동안 너와 어머니가 유럽에서 어떻게 지냈는지 대략 알고 있어. 그리고 우리 모두 정말 걱정했었어, 로이스. 네가 폐렴에 걸려서 어머니와 함께 오지 못했을 때……. 그러니까 그게 2년 전이었네. 그리고 그 후에 음, 네 이름을 신문에서 봤지만 만족할 수는 없었어. 너를 알 수 없었기 때문이야, 로이스."

로이스는 자신이 만나는 모든 남자의 성격을 분석하듯이 카이스 오빠의 성격을 분석하고 있다는 것을 느꼈다. 로이스는 오빠가 보여 주는 친밀감의…… 효과가 자신의 이름을 계속해서 불러 주는 데서 생긴 것인지 궁금했다. 카이스는 그 단어를 사랑하는 듯이, 그 단어가 카이스에게 내재하는 의미가 있다는 듯이 로이스의 이름을 불렀다.

"그 후에 너는 학교에 다녔지."

카이스가 말을 이었다.

"네, 파밍턴에서 다녔죠. 어머니는 나를 수녀원에 보내고 싶어 하셨어요…… 그런데 나는 수녀원에 가고 싶지 않았어요."

로이스는 카이스를 힐끗 보면서 자신의 말에 오빠가 기분이 상했는지 살폈다.

그러나 카이스는 천천히 고개만 끄덕였다.

"해외에도 수녀원이 많이 있니?"

"네…… 그런데 카이스 오빠, 어쨌든 그곳의 수녀원은 달라요. 심지어 가장 훌륭한 수녀원에도 평범한 여자들이 정말 많아요."

카이스는 다시 고개를 끄덕였다.

"그래."

카이스가 동의했다.

"해외 수녀원에는 평범한 사람들이 많은 것 같다. 그리고 네가 수녀원을 어떻게 생각하는지 알겠다. 나도 처음에는 이곳에 있는 것이 짜증났어, 로이스. 너 말고 다른 사람에게는 말하지 않겠지만 짜증이 났어. 우리, 너와 나는 이런 상황에 다소 민감하잖아."

"이곳 사람들을 뜻하는 거예요?"

"그래. 물론 몇 명은 좋아. 나는 항상 그런 사람들과 어울려 왔어. 그러나 다른 부류도 있지. 예를 들어 리건이라는 남자가 있었는데 나는 그 동료가 싫었어. 그런데 지금은 나와 가장 친한 친구가 되었어. 성품이 훌륭해, 로이스. 나중에 만나게 될 거야. 다툼이 있을 때 네가 함께 하면 좋을 사람이야."

로이스는 다툼이 있을 때 함께 하면 좋을 부류의 사람은 카이스라고 생각했다.

"어떻게…… 어떻게 처음에 그렇게 하게 되었나요?"

로이스가 다소 수줍게 물었다.

"제 말은, 여기에 오게 된 것이요. 물론 어머니가 풀먼식 객차와 관련된 이야기는 해 주셨어요."

"오, 그거……."

카이스는 다소 난처해 보였다.

"말해 주세요. 오빠가 얘기해 주는 것을 듣고 싶어요."

"오, 아마도 네가 알고 있는 것을 제외하면 아무것도 아니야. 저녁이었어. 나는 하루 종일 기차를 타면서 생각을 했어…… 수백 가지 생각을 했지. 로이스. 그때 갑자기 맞은편에 누군가 앉아 있는 느낌이 들었어. 그 사람이 꽤 오랜 기간 동안 그곳에 있었던 것 같아서 다른 여행객이라는 막연한 생각을 했어. 갑자기 그가 나를 향해 몸을 기울이며 말하는 소리가 들렸어. '나는 네가 사제가 되기를 원한다. 그게 내가 원하는 것이다.' 음, 나는 일어나서 외쳤어. '오, 하느님. 그럴 수 없습니다!' 20명 정도 되는 사람들 앞에서 어리석은 짓을 했지. 맞은편에는 아무도 앉아 있지 않았단다. 일주일 후에 나는 필라델피아에 있는 예수회 대학에 갔고 총장실로 향하는 마지막 계단을 엎드려서 기어올랐어."

잠시 침묵이 흘렀고 로이스는 오빠가 먼 곳을 보는 듯한 표정으로, 햇빛이 비치는 들판을 멍하게 바라보고 있는 모습을 봤다. 로이스는 달라진 오빠의 목소리에 동요되었다. 오빠가 말을 마칠 때 그 속에서 흘러나오는 듯한 갑작스러운 침묵에 동요되었다.

로이스는 오빠의 눈빛이 자신의 눈동자와 같은 옅은 초록색인 것을 이제야 주목했다. 그리고 오빠의 입매가 사진보다 훨씬 온화해 보인다고 느꼈다. 얼굴이 최근에 커져서 그렇게 보일까? 오빠의 정수리 부분은 약간 탈모가 진행되고 있었다. 모자를 너무 자주 써서 그렇게 되었는지 궁금했다. 남자가 대머리가 되는데 신경 써 줄 사람이 없다는 것이 매우 끔찍하게 느껴졌다.

"오빠는…… 어렸을 때 신앙심이 깊었나요?"

로이스가 물었다.

"내 말의 뜻을 알 거예요. 독실했나요? 이런 개인적인 질문이 괜찮으시다면."

"그래."

카이스는 여전히 먼 곳을 바라보며 말했다. 로이스는 오빠가 진지하게 정신이 딴 데 팔려 있는 모습도 집중할 때와 같은 오빠 성격의 일부라고 생각했다.

"그래, 그랬던 것 같아. 내가…… 술에 취하지 않았을 때는."

로이스는 몸이 약간 떨렸다.

"술을 마셨어요?"

카이스는 고개를 끄덕였다.

"나는 엉망이 되어가고 있었어."

카이스는 웃으며 회색 눈동자로 로이스를 바라보며 주제를 바꾸었다.

"얘야, 어머니에 대해 말해 줘. 네가 최근에 거기에서 얼마나 힘들게 보냈는지 알고 있다. 네가 많이 희생해야 했고 많을 것을 참고 견뎌야 했다는 것을 알고 있어. 내가 너를 얼마나 훌륭하게 생각하는지 알고 있으면 좋겠다. 내가 생각하기에는 로이스, 네가 그곳에서 우리 둘의 역할을 다 맡고 있는 것 같다."

로이스는 희생은 거의 하지 않았다고 불현듯이 생각했다. 신경 쇠약으로 반쯤 병약자가 된 어머니를 최근에 지속적으로 피했다는 생각도 스치

듯 지나갔다.

"젊은 사람이 나이 든 사람 때문에 희생을 해서는 안 돼요, 카이스 오빠."

로이스가 침착하게 말했다.

"나도 알아."

카이스가 한숨을 내쉬었다.

"그리고 네가 어깨에 무거운 짐을 져도 안 된다, 얘야. 내가 거기에서 너를 도울 수 있으면 좋겠지만."

로이스는 카이스가 얼마나 빨리 여동생의 화제를 전환시켰는지 보았다. 그리고 즉시 이 자질이 오빠가 발산하는 특징이라는 것을 알았다. 카이스 오빠는 다정했다. 로이스는 다른 생각을 하다가 이상한 말로 침묵을 깼다.

"다정함은 단단해요."

로이스가 갑자기 말했다.

"뭐라고?"

"아니에요."

로이스가 당황해서 부인했다.

"크게 말할 생각은 없었어요. 다른 생각을 하고 있었어요. 프레디 케블이라는 남자와 나눈 대화를 생각하고 있었죠."

"모리 케블의 동생이지?"

"네."

로이스는 카이스가 모리 케블을 안다는 사실에 다소 놀라며 말했다. 그러나 이상할 것은 없었다.

"음, 몇 주 전에 프레디 케블과 나는 다정함에 대해 이야기했어요. 오, 나는 모르겠어요…… 나는 하워드라는 남자가…… 내가 아는 하워드가 다정하다고 말했어요. 그런데 프레디 케블은 동의하지 않았어요. 우리는 남자의 다정함이 무엇인지에 대해서 이야기하기 시작했어요. 프레디 케블은 내가 몹시 감상적인 부드러움을 생각한다고 말했지만 나는 그런 뜻을 의미하지 않았어요…… 하지만 그 의미를 정확히 어떻게 표현해야 할지 몰랐어요. 이제는 알겠어요. 나는 정 반대로 생각했던 거예요. 나는 진정한 다정함은 일종의 단단함이고…… 견고함이라고 생각해요."

카이스가 고개를 끄덕였다.

"네 뜻을 알겠다. 나는 그런 노신부님들을 알고 있어."

"나는 젊은 사람들에 대해서 말하는 거예요."

로이스가 다소 반항적으로 말했다.

둘은 사람이 없는 야구장에 도착했다. 카이스는 로이스에게 나무로 만든 긴 의자를 가리키며 앉기를 권했고 자신은 풀밭에 팔다리를 쭉 펴고 누웠다.

"여기에 있는 젊은 남자들은 행복해 하나요, 카이스 오빠?"

"그들이 행복해 보이지 않니, 로이스?"

"행복해 보여요. 하지만 그 젊은 사람들, 우리가 방금 지나친 두 사람은…… 그들은…… 그들은……."

"그들이 서원을 했냐고?"

카이스가 웃었다.

"아니야, 하지만 다음 달에 할 거야."

"영원히요?"

"그래…… 그들이 정신적으로나 육체적으로 무너지지 않는 한 그럴 거야. 물론 우리 같은 수련 과정에 있는 사람들 중 많은 수가 도중에 그만두지."

"하지만 그 사람들은 소년 같이 어리잖아요. 외부 사회에서의 좋은 기회들을 포기하는 건가요…… 오빠가 그랬던 것처럼?"

카이스가 고개를 끄덕였다.

"그들 중 일부는 그렇지."

"그런데 카이스 오빠, 그 사람들은 자신들이 무엇을 하고 있는지 모르잖아요. 자신들이 놓치고 있는 것들을 경험하지도 못했잖아요."

"그래, 그럴 것 같다."

"공평해 보이지 않아요. 삶이 처음부터 저 사람들에게 겁 같은 것을 준 거예요. 모두 저렇게 어린 나이에 들어오나요?"

"아니, 어떤 사람들은 이리저리 돌아다니면서 매우 방탕한 삶을 살다가 오기도 했지…… 예를 들면, 리건이 그랬어."

"나는 그 편이 더 나을 것 같은데요."

로이스가 골똘히 생각하며 말했다.

"삶을 맛본 사람들이니까요."

"아니."

카이스가 진지하게 말했다.

"방황한 것이 다른 사람과 의사소통하는 경험을 준다고 확신하지는 않아. 내가 아는 가장 너그러운 사람들 중 몇 명은 자신에 대해서는 굉장히 엄격해. 그리고 교화된 난봉꾼들은 너그럽지 못한 부류로 악명이 높단다. 그렇게 생각하지 않니, 로이스?"

로이스는 고개를 끄덕였지만 여전히 골똘히 생각하고 있었다. 그리고 카이스는 말을 이었다.

"약한 사유를 가진 사람이 다른 사람에게 접근할 때는 도움이 필요해서 그런 것이 아니라고 나는 생각한다. 일종의 죄책감을 공유하기 위해서야, 로이스. 네가 태어난 후 어머니는 신경 쇠약 증세를 보이기 시작하면서 콤스톡 부인이라는 사람을 찾아가서 함께 울곤 했어. 맙소사, 그 때문에 나는 몸을 떨곤 했어. 어머니는 콤스톡 부인과 함께 울면 위안이 된다고 말씀하셨어, 불쌍한 어머니. 아니, 나는 다른 사람을 돕기 위해 자신의 모습을 보여 주어야 한다고는 생각하지 않는다. 진정한 도움은 우리가 존경하는 더 강한 사람에게서 받을 수 있어. 그리고 개인적인 사정이 개입되지 않아서 강한 사람들의 연민이 더 깊어."

"하지만 사람들은 다른 사람들의 공감을 원해요."

로이스가 반대했다.

"사람들은 다른 사람들도 유혹을 받았다고 느끼고 싶어 해요."

"로이스, 사람들이 마음속으로 느끼고 싶어 하는 것은 다른 사람들도 약하다는 거야. 그게 사람들이 인간에 대해 생각하는 거야."

"이 오래된 수도원에서는, 로이스."

카이스가 미소를 지으며 말을 이었다.

"수도원에서는 제일 먼저 우리의 의지 속에 있는 자기 연민과 자존심을 떨쳐 버리도록 해 준다. 수도원에서는 우리가 마루를 문질러 닦도록 시켜…… 그리고 다른 것들도 시킨다. 목숨을 내놓음으로써 삶을 구한다는 발상과 같아. 인간에 대한 너의 의식으로 미루어 볼 때, 덜 인간다운 사람일수록 인류를 더 훌륭하게 섬길 수 있다고 우리는 생각한다. 그리고 우리는 인류를 섬기는 일을 끝까지 수행한다. 우리 중 누군가 사망하면 그 사람의 가족은 시신도 가져갈 수 없어. 그 사람은 수천 명의 동료들과 함께 이곳 평범한 나무 십자가 아래에 묻힌다."

카이스는 갑자기 말투를 바꾸며 굉장히 반짝이는 희색 눈동자로 로이스를 봤다.

"하지만 사람의 마음속을 보면 제거할 수 없는 것들이 있단다…… 그중 하나는 내가 내 여동생을 몹시 사랑하고 있다는 거야."

로이스는 갑작스러운 충동으로 카이스 옆 잔디에 무릎을 꿇고 앉아서 몸을 숙여 오빠의 이마에 키스를 했다.

"오빠는 단단한 사람이에요, 카이스 오빠."

로이스가 말했다.

"그것 때문에 오빠를 사랑해요…… 그리고 오빠는 다정해요."

3장

로이스는 응접실로 돌아가서 카이스의 특별한 친구들 6명 정도를 만났다. 그중 자비스라는 젊은 남자가 있었는데 다소 창백하고 연약해 보였다. 로이스는 그가 고향에 있는 자비스 부인의 손자일 것이라고 생각하면서, 이 수사와 그의 방종한 두 삼촌을 마음속으로 비교했다.

그리고 리건이 있었다. 리건의 얼굴에는 흉터가 있었다. 그는 찌르는 듯한 강한 눈빛으로 방에 있는 로이스를 바라보다가 종종 숭배 같은 감정을 느끼며 카이스를 봤다. 그때 로이스는 '다툼이 있을 때 함께 하면 좋을 사람'이라고 한 카이스 말의 의미를 알게 되었다.

리건은 선교사 같은 유형이었다. 로이스는 리건이 중국 같은 곳에 어울린다고 막연하게 생각했다.

"시미 춤이 무엇인지 카이스의 여동생이 우리에게 보여 주면 좋겠어요."

한 젊은 남자가 활짝 웃으며 말했다.

로이스는 웃었다.

"주임 신부님께서 제게 시미 춤을 추면서 수도원 문밖으로 나가라고 하실까 걱정이네요. 게다가 저는 전문가가 아니에요."

"어쨌든 지미의 영혼을 위해서는 춤을 추는 게 최선은 아닐 것이라고 생각한다."

카이스가 엄숙하게 말했다.

"지미는 시미 춤 같은 것을 계속해서 곰곰이 생각하는 경향이 있어. 사람들 사이에…… 머시셔 춤이 유행하기 시작했다는데. 그렇지 않나, 지미? 지미가 수도사가 되었을 때 첫 1년 동안 지미의 머릿속에서 춤에 대한 생각이 떠나지 않았지. 감자 껍질을 벗길 때 양동이를 팔로 안고 발을 불경하게 움직이는 모습을 보고는 했지."

사람들이 웃었고 로이스도 함께 웃었다.

"미사를 드리러 여기 오는 어느 노부인이 카이스에게 이 아이스크림을 보내셨어요."

자비스가 웃는 와중에 속삭였다.

"당신이 여기에 온다는 소식을 들으셨기 때문이에요. 정말 좋죠, 그렇지 않아요?"

로이스의 눈에 눈물이 맺혔다.

4장

그런데 30분 후 예배당에서 모든 일이 갑자기 엉망으로 틀어졌다. 로이스는 몇 년 만에 성체강복식에 참석했다. 그래서 처음에는 중앙에 흰 점이 있고 반짝이는, 성광을 올려놓는 성체 현시대를 보고 흥분이 되었다. 향을 피우는 냄새가 진하게 났다. 성 프랜시스 사비에르가 그려진 위쪽 색유리 창문으로 햇빛이 들어와 로이스 앞에 있는, 성직자가 입는 카속 의상을 입고 있는 남자의 몸에 붉은 장식 무늬가 드리워졌다. 그러나 '오 살루타리스 호스티아(구원을 위한 희생)'의 첫 곡보에서 무거운 느낌이 로이스의 영혼에 내려앉는 기분이었다. 카이스는 로이스의 오른쪽에 있었고 젊은 자비스는 로이스의 왼쪽에 있었는데 로이스는 불안한 눈길로 두 사람을 힐끗 훔쳐봤다.

내게 어떤 문제가 생긴 걸까? 로이스는 초조하게 생각했다.

로이스는 다시 두 사람을 봤다. 두 사람의 옆얼굴에는 확실히 차가운 기운이 감돌았다. 로이스가 전에는 못 보던 모습이었다. 입가는 창백하고 눈에는 기이한 빛이 비치는 것이 아닌가? 로이스는 몸이 약간 떨렸다. 두 사람은 죽은 사람 같았다.

로이스는 갑자기 카이스로부터 영혼이 멀어지는 느낌이 들었다. 이 사람이 로이스의 오빠였다…… 이렇게, 이렇게 부자연스러운 사람이 로이스의 오빠였다. 로이스는 작게 웃고 있는 자신을 발견했다.

"내게 어떤 문제가 있는 건가?"

로이스가 손으로 눈을 가리자 중압감은 커졌다. 향을 피우는 냄새 때문에 속이 메스꺼웠고 성가대 테너 중 한 명의 빗나가고 고르지 못한 음조가 석필을 긋는 소리처럼 로이스의 귀에 거슬렸다. 로이스는 안절부절못했다. 머리로 손을 들어 이마를 만져 보니 땀으로 축축했다.

"이 안이 더워서 그래. 지독하게 더워서 그래."

로이스는 다시 희미하게 나오는 웃음을 억눌렀다. 다음 순간 가슴을 압박하던 중압감이 갑자기 냉혹한 두려움으로 번졌다…… 제단 위에 있는 양초 때문이었다. 모두 잘못되었다…… 완전히 잘못되었다. 왜 아무도 그것을 보지 않았을까? 그 속에 무언가가 있었다. 그 속에서 무언가가 나와서 위에 형상을 만들고 있었다.

로이스는 커져 가는 공포심을 억누르려고 애를 쓰며 스스로에게 그것은 양초의 심지라고 말했다. 심지가 바로 세워져 있지 않다면 양초에 무슨 일이 벌어진 것이다…… 하지만 양초에는 아무 일도 벌어지지 않았다! 로이스의 몸속에서 헤아릴 수 없이 빠른 속도로 어떤 힘이 모이고 있었다. 로이스의 모든 감각과 뇌의 모든 구석을 끌어당기는 거대한 동화력이 몸속에서 커지자 로이스는 엄청나게 끔찍한 혐오감을 느꼈다. 로이스는 카이스와 자비스에게서 떨어져서 양팔을 옆구리에 끌어당겨 붙였다.

저 양초에는 무언가가 있다…… 로이스는 몸을 앞쪽으로 기울였다…… 다음 순간 로이스는 자신이 양초를 향해 다가가는 느낌이 들었다…… 아무도 그것을 보지 않았을까? 아무도?

"으악!"

로이스는 옆쪽에 빈 공간이 느껴졌고 자비스가 숨을 헐떡이며 갑자기 자리에 앉았다는 생각이 들었다…… 그다음 로이스는 무릎을 꿇었다. 불꽃이 이는 성체 현시대가 신부의 손에 들려 제단에서 벗어날 때 로이스는

Benediction

엄청난 소음을 들었다…… 종소리는 망치질을 하는 소리처럼 들렸다…… 그다음 영원처럼 느껴지는 짧은 순간 거대한 급류가 로이스의 가슴에 밀려왔다…… 고함 소리와 휘몰아치는 파도들…….

로이스는 카이스를 부르고 있었다. 카이스의 이름을 부르는 것을 느끼며 입 모양으로 카이스의 이름을 부르려고 했으나 말이 나오지 않았다.

"카이스 오빠! 오, 이런! 카이스 오빠!"

로이스는 갑자기 새로운 존재를 느끼게 되었다. 외적인 존재로서 로이스의 앞에서 따뜻하고 붉은 장식 무늬로 완성되어 나타났다. 그때 로이스는 알았다. 그것은 성 프랜시스 사비에르가 그려진 창문이었다. 로이스의 마음이 그 창문에 쏠렸다. 마침내 마음속으로 그 창문에 매달렸다. 그리고 로이스는 자신이 다시 끊임없이 무력하게 카이스 오빠를 부르고 있음을 느꼈다. 카이스 오빠…… 카이스 오빠!

그때 엄청난 정적을 깨고 목소리가 들렸다.

"주님, 축복을 받으소서."

점차 웅웅거리며 응답하는 소리가 예배당 전체에 울려 퍼졌다.

"주님, 축복을 받으소서."

그 말은 즉시 로이스의 마음속에 울렸다. 향냄새가 신비롭고 달콤하고 평화롭게 공중에 퍼졌고 제단 위에 있는 촛불은 꺼졌다.

"주님의 거룩한 이름을 축복하리라."

"주님의 거룩한 이름을 축복하리라."

모든 것이 흔들리는 안개처럼 뿌옇게 흐려졌다. 로이스는 반쯤 헐떡이고 반쯤 우는 소리를 내며 일어서서 휘청거리다가 갑자기 두 팔을 뻗은 카이스의 품에 비틀거리며 쓰러졌다.

5장

"가만히 누워 있어라, 얘야."

로이스는 다시 눈을 감았다. 로이스는 바깥 풀밭에서 카이스의 팔을 베고 누워 있었다. 그리고 리건이 찬 수건으로 로이스의 머리를 살며시 쓸어 주고 있었다.

"저는 괜찮아요."

로이스가 조용히 말했다.

"알아. 하지만 조금 더 누워 있어라. 예배당 안이 너무 더웠어. 자비스도 덥다고 생각했대."

리건이 다시 조심스럽게 로이스의 이마에 수건을 대자 로이스는 미소를 지었다.

"저는 괜찮아요."

로이스가 다시 말했다.

하지만 따뜻한 평화가 로이스의 정신과 마음에 깃들었음에도 로이스는 이상하게 상처를 받고 벌을 받은 기분이 들었다. 마치 누군가 로이스의 영혼을 빼앗고 웃는 것 같은 느낌이 들었다.

6장

30분 후 로이스는 카이스의 팔에 기댄 채 긴 중앙 통로를 따라서 출입구를 향해 걸었다.

"정말 짧은 오후였어."

카이스가 한숨을 내쉬었다.

"네가 아파서 정말 안타깝다, 로이스."

"카이스 오빠, 나는 이제 괜찮아요. 정말이에요. 걱정하지 않기를 바라요."

"가련하다. 더운 날씨에 여기까지 온 너에게 성체강복식이 너무 긴 예배라는 것을 미처 알지 못했구나."

로이스가 쾌활하게 웃었다.

"사실은 내가 성체강복식에 익숙하지 않아서 그런 것 같아요. 제 종교적 행사의 최대치는 미사인가 봐요."

로이스는 잠시 말을 멈추었다가 재빨리 말을 이었다.

"오빠를 놀라게 하고 싶지 않아요, 카이스 오빠. 하지만 가톨릭교도가 되는 것이 얼마나…… 얼마나 불편한지 이루 말할 수가 없어요. 정말로 더 이상은 빠져들지 못 할 것 같아요. 도덕에 관한 한, 내가 아는 가장 야성적인 남자들 중 몇 명도 가톨릭교도예요. 그리고 가장 똑똑한 남자들…… 다시 말해서 생각을 많이 하고 책을 많이 읽는 남자들은 더 이상 아무것도 믿지 않는 것 같아요."

"그것에 대해 말해 줘. 버스는 30분 후에 올 거야."

둘은 길가 의자에 앉았다.

"예를 들어 제럴드 카터는 소설을 출간했어요. 그는 사람들이 불멸이라는 말을 언급하면 굉장히 으르렁거려요. 그리고 하워라고…… 음, 최근에 알게 된 다른 남자가 있어요. 그는 하버드대학의 우등생 친목 모임인 파이 베타 카파회의 구성원인데, 총명한 사람은 초자연적인 기독교를 믿을 수 없다고 말해요. 그는 그리스도가 대단한 사회주의자라고 말해요. 내가 오빠를 놀라게 했나요?"

로이스가 갑자기 말을 멈추었다.

카이스는 미소를 지었다.

"수도사를 놀라게 할 수는 없어. 수도사는 전문적인 충격 흡수 장치란다."

"음."

로이스가 말을 이었다.

"대충 그래요. 너무…… 너무 편협해 보여요. 예를 들면 교회 학교가 있어요. 가톨릭교도들이 보지 못하는 자유가 있는데…… 피임 같은 거요."

카이스는 움찔하고 놀랐다. 거의 알아차릴 수는 없을 정도였다. 하지만 로이스는 그 모습을 포착했다.

"오."

로이스가 재빨리 말했다.

"요즘에는 사람들이 모든 것에 대해 이야기해요."

"아마 그런 방식이 더 나을 거야."

"오, 네, 더 나아요. 음, 그게 다예요, 카이스 오빠. 그냥 내가 지금 왜 약간 미온적으로 행동하는지 오빠에게 말하고 싶었어요."

Benediction

"놀라지는 않았어, 로이스. 네가 생각하는 것보다 더 잘 이해하고 있어. 우리 모두 그런 시기를 겪는단다. 그러나 괜찮아질 거야, 얘야. 우리에게는, 너와 나에게는 믿음이라는 선물이 있어. 그 믿음이 우리를 안 좋은 순간에서 벗어나게 할 거야."

카이스는 말을 하면서 일어섰다. 그리고 둘은 다시 길을 따라 걷기 시작했다.

"나는 네가 가끔 나를 위해 기도해 주면 좋겠다, 로이스. 네 기도는 내가 필요로 하는 내용일 것이라고 생각한다. 지난 몇 시간 동안 우리가 매우 가까워졌으니까. 나는 그렇게 생각한다."

로이스의 눈이 갑자기 빛나고 있었다.

"오, 그래요, 그래!"

로이스가 외쳤다.

"이제 세상 누구보다 오빠가 더 가깝게 느껴져요."

카이스는 갑자기 걸음을 멈추고 길옆을 가리켰다.

"우리…… 잠시만……."

그것은 피에타였다. 반원 모양의 바위 안에 세워져 있는 실제 크기의 성모 마리아 상이었다.

로이스는 약간 겸연쩍어하며 카이스 옆에 무릎을 꿇고 앉아 기도를 하려고 했으나 그러지 못했다.

로이스가 기도를 반 정도밖에 못했는데 카이스가 일어났다. 카이스가 다시 로이스의 팔을 잡았다.

"오늘 우리가 함께 있도록 해 주어서 감사 인사를 드리고 싶었다."

카이스가 짧게 말했다.

로이스는 갑자기 목이 메었다. 자신에게도 얼마나 의미 있는 시간이었는지 카이스에게 뭐라고 말하고 싶었다. 하지만 적당한 말을 떠올리지 못했다.

"항상 오늘을 기억할게."

카이스가 말을 이었는데 목소리가 약간 떨리고 있었다.

"너와 함께 한 이 여름날을 기억할게. 바로 내가 기대했던 거야. 너는 바로 내가 기대했던 모습이야, 로이스."

"정말 기뻐요, 카이스 오빠."

"있잖아, 네가 어렸을 때 부모님이 네 사진을 계속 보내 주셨어. 처음에는 아기 때였고 그다음은 양말을 신고 양동이와 삽을 들고 바닷가에서 놀던 아이 때였어. 그리고 그다음에는 갑자기 경이롭고 순순한 눈을 한 아련한 작은 소녀 때였어…… 나는 네 꿈을 꾸곤 했었다. 남자는 붙잡고 살 무언가가 있어야 한단다. 내가 생각하기에는, 로이스. 내가 가까이 두고 싶었던 것은 네 작고 하얀 영혼이었던 것 같다…… 삶이 아무리 시끄럽고 하느님에 대한 지적인 생각이 순전히 엉터리 같았을 때에도, 욕구와 사랑과 수백만 것들이 나에게 몰려와 '여기 나를 봐라! 봐라, 내가 인생이다. 너는 그 인생에 등을 돌리고 있다!'라고 말했을 때에도 너는 내가 가까이 두고 싶었던 영혼이었던 것 같아. 그 어둠을 헤쳐 나가는 내내, 로이스, 나는 항상 네 아기 같은 영혼이 내 위에서 떠다니는 모습을 볼 수 있었어. 매우 연약하고 맑고 눈부셨어."

로이스는 눈물을 지르르 흘렸다. 둘은 문에 도착했고 로이스는 팔꿈치를 문에 기댄 채 정신없이 눈을 눌러 비비며 눈물을 닦았다.

"그리고 그 후에, 애야. 네가 아팠을 때에는 하룻밤을 꼬박 새워 나를 위해 너를 살려 달라고 하느님께 기도했어…… 그때 내가 더 많은 것을 원한다는 사실을 깨닫게 되었다. 하느님은 내가 더 많은 것을 원하도록 가르쳐 주셨다. 나는 네가 나와 같은 세상에서 움직이고 숨을 쉰다는 것을 알고 싶었어. 나는 네가 성장하는 모습을 봤어. 하얗고 순수한 네가 불꽃으로 변해서 다른 약한 영혼들에게 빛을 주기 위해 타오르는 모습을 봤어. 그리고 그때 나는 언젠가 너의 자녀들을 내 무릎에 앉히고 그 아이들이 기이한 늙은 수도사를 카이스 삼촌이라고 부르는 것을 듣고 싶었다."

카이스는 이제 말을 하면서 웃고 있는 듯했다.

"오, 로이스, 로이스. 그 후에도 나는 하느님께 더 많은 것을 기도했다. 네가 나에게 편지를 써 주기를 바랐고 우리가 같은 식탁에서 식사하기를 바랐어. 나는 엄청 많은 것을 바랐단다, 사랑하는 로이스."

"아이, 몰라요, 카이스 오빠."

로이스가 흐느꼈다.

"오빠는 알죠. 안다고 말해 줘요. 오, 내가 아기처럼 행동하고 있네요. 하지만 오빠가 그랬을 거라고 생각하지 못했어요. 그리고 나는…… 오, 카이스 오빠…… 카이스 오빠……."

카이스는 로이스의 손을 잡고 부드럽게 토닥였다.

"버스가 온다. 다시 올 거지, 그렇지?"

로이스는 두 손으로 카이스의 볼을 감싸고 오빠의 머리를 아래로 끌어당겨 눈물에 젖은 자신의 얼굴을 오빠의 볼에 대고 눌렀다.

"오, 카이스 오빠, 오빠. 언젠가 말해 줄게요."

카이스는 로이스가 버스에 타는 것을 도와주었고 로이스가 손수건을 내려놓고 자신을 향해 용감하게 웃는 모습을 봤다. 운전기사가 페달을 밟자 버스가 움직였다. 그다음 버스 주변으로 먼지 구름이 짙게 일었고 로이스는 떠났다.

잠시 동안 카이스는 문기둥에 손을 올린 채 길가에 서 있었다. 입술은 웃음을 짓느라 반쯤 벌어졌다.

"로이스."

카이스는 경이로운 감정이 담긴 목소리로 크게 말했다.

"로이스, 로이스."

나중에, 지나가던 수련 수사들이 피에타 앞에서 무릎을 꿇고 기도하는 카이스를 봤다. 그리고 얼마 있다가 다시 돌아오다가 여전히 피에타 앞에 있는 카이스를 봤다. 카이스는 해 질 녘이 되어 온후한 나무 그림자가 머리 위로 길게 드리워지고 귀뚜라미들이 어스름한 풀밭 속에서 몇 번이고 되풀이하여 울 때까지 그 자리에 있었다.

7장

볼티모어 기차역 전보 접수대에 있는 첫 번째 직원이 뻐드렁니를 통해 휘파람을 불어 두 번째 직원을 불렀다.

"무슨 일이야?"

"저 여자를 봐…… 아니, 크고 검은 점무늬 면사포를 쓴 예쁜 아가씨를 봐. 너무 늦었네…… 그 여자가 가 버렸어. 놓쳤네."

"그 여자가 어땠는데?"

"아무것도 아니야. 매우 예쁘긴 했어. 어제 여기에 와서 어떤 남자에게 어딘가에서 만나자고 전보를 보냈어. 그런데 조금 전에 미리 써 놓은 전보를 가지고 와서 나에게 주려고 서 있다가 마음이 변했는지 어떤 이유인지 갑자기 그 전보를 찢었어."

"흠."

첫 번째 직원은 접수대를 돌아서 바닥에 떨어진 종이 조각 두 개를 집어 들고 실없이 맞춰 봤다. 두 번째 직원은 어깨 너머로 그 전보를 읽으며 무의식적으로 단어 수를 세었다. 딱 열세 단어였다.

이 전보로 영원한 작별 인사를 대신할게요. 저는 당신에게 이탈리아를 권해야 할 것 같아요.

로이스.

"그 전보를 찢어 버렸어, 어?"

두 번째 직원이 말했다.

댈리림플이 잘못되다

Dalyrimple Goes Wrong

1장

새 천년에 한 교육의 천재가 환상에서 깨어나는 날 모든 젊은이에게 줄 책을 쓰게 될 것이다. 그 책은 몽테뉴의 에세이와 새뮤얼 버틀러의 노트에서 느끼는 정취를 자아낼 것이며 톨스토이와 마르쿠스 아우렐리우스의 정취도 약간 드러낼 것이다. 그 책은 흥겹거나 즐겁지는 않지만 인상적인 유머가 담긴 수많은 구절을 담고 있을 것이다. 최상류층 사람들은 경험하기 전까지는 어느 것도 굳게 믿지 않기 때문에 그 책의 가치는 순전히 상대적일 것이다…… 30세가 넘은 사람들은 모두 그 책이 '우울하다'고 언급할 것이다.

이 서막은 당신과 나처럼 그 책이 나오기 전에 살았던 어느 젊은이 이야기의 일부이다.

2장

　브라이언 댈리림플이 포함된 세대는 청소년기에서 벗어나 강력한 트럼펫 팡파르를 울리는 시기로 나아가고 있었다. 브라이언 댈리림플은 한 사건에서 주역을 맡았는데 그 사건은 루이스식 경기관총으로 9일 동안 후퇴하는 독일군을 쫓으며 승리한 것을 포함한다. 운이 매우 좋았는지 걷잡을 수 없는 정서 때문이었는지 브라이언 댈리림플은 훈장을 연이어서 받았고 귀국했을 때에는 퍼싱 장군과 요크 병장 다음으로 자신이 중요한 위치에 있었다는 말을 들었다. 매우 재미있는 경험이었다. 주지사와 떠돌이 하원 의원과 시민 위원회가 호보켄 부두에서 댈리림플에게 엄청난 미소를 지으며 "세상에 귀한 분."이라고 말했다. 신문 기자들과 사진사들은 "괜찮으시다면."이라고 말하거나 "가능하시면."이라고 말했다. 그리고 고향으로 돌아오니 노부인들이 눈가가 붉어진 채 댈리림플에게 말을 건넸고, 1912년 댈리림플의 아버지 사업이 흐지부지된 후로 댈리림플을 잘 기억하지 못했던 여자들도 그에게 말을 건넸다.

　그러나 함성이 사라지자 댈리림플은 자신이 한 달 동안 시장의 집에 손님으로 머물고 있었으며 수중에 가진 돈은 14달러가 전부였고 '이 주에 속한 지역의 연보와 전설에 영원히 남을 이름'은 매우 조용하고 희미한 기억 속으로 이미 사라져 버렸다는 것을 깨달았다.

　어느 날 아침 댈리림플은 늦게까지 침대에 누워있었다. 그리고 바로 문밖에서 2층 담당 하녀가 요리사에게 이야기하는 소리를 들었다. 2층 담당 하녀는 시장의 아내인 호킨스 부인이 일주일 동안 댈리림플에게 집에서 나가 달라는 신호를 보냈다고 말했다. 댈리림플은 참을 수 없이 당황하여 11시에 집을 나서며 자신의 짐 가방을 비브 부인의 하숙집으로 보내 달라고 부탁했다.

댈리림플은 23세였고 일을 해 본 경험이 없었다. 아버지는 댈리림플이 2년 동안 주립 대학에 다니게 해 주었고 댈리림플이 9일 동안 전쟁에서 승리를 거둘 시기에 사망하였고 아들에게 빅토리아 시대 중기의 가구들과 접혀진 얇은 종이 묶음을 남겼는데 그 종이 묶음은 식료품 계산서였다. 젊은 댈리림플의 눈은 매우 예리한 회색이었다. 댈리림플은 군 심리 검사관들을 즐겁게 해 준 사고방식, 무엇이든 전에 미리 읽은 것 같이 보이게 하는 교묘함, 위기 상황에서 냉철하게 대처하는 능력을 갖고 있었다. 그러나 이런 것들이 궁극에 그를 구하지는 못했다. 댈리림플은 당장 일을 해야 한다는 사실을 깨닫고 가시지 않은 한숨을 내쉬었다.

이른 오후에 댈리림플은 테론 G. 메이시의 사무실로 들어갔다. 메이시는 도시에서 가장 큰 도매 식료품점을 소유하고 있었다. 통통하고 부유한 테론 G. 메이시가 유쾌하지만 사뭇 익살스럽지는 않은 미소를 지으며 댈리림플을 따뜻하게 맞이했다.

"음…… 어떻게 지내나요, 브라이언? 무슨 일인가요?"

댈리림플은 말을 하려니 긴장이 되었다. 말이 나오자, 아랍인 거지가 구호금을 달라고 우는 소리를 하는 것처럼 들린 것 같았다.

"음…… 일자리 문제입니다."

"일자리 문제입니다."라는 말은 그냥 "일자리"라는 말보다 더 격을 차린 표현 같았다.

"일자리요?"

거의 감지할 수 없는 바람이 메이시의 표정에 스쳤다.

"보시다시피, 메이시 씨."

댈리림플이 말을 이었다.

"저는 시간을 낭비하고 있는 것 같습니다. 무엇이든 시작하고 싶습니다. 한 달 전에 기회가 몇 가지 있었는데 모두…… 사라진 것 같습니다……."

"어디 한번 봅시다."

메이시가 말을 막았다.

"어떤 일들이었나요?"

"음, 처음에는 주지사가 실무팀에 공석이 있다고 말했습니다. 저는 그것에 잠시 기대를 하고 있었는데 그 자리를 앨런 그레그에게 주었다는 말을 들었습니다. 아시듯이 G. P. 그레그 씨의 아들입니다. 주지사는 제게 한 말을 잊은 것 같았습니다. 그냥 해 본 말이었다고 저는 생각합니다."

"적극적으로 밀어붙였어야죠."

"그 후에 토목 탐사 직원 자리가 있었는데 수력학을 아는 사람을 채용하기로 결정했다고 하면서 제가 경비를 지불하지 않으면 채용할 수 없다고 했습니다."

"대학은 1년만 다녔나요?"

"2년 다녔습니다. 그러나 과학이나 수학 수업은 듣지 않았습니다. 음, 대대 행진이 있던 날, 피터 조던 씨가 자기 상점에 일자리가 있다는 말을 했습니다. 오늘 그곳에 들렀는데 판매장 감독 자리였습니다. 그리고 메이시 씨가 전에 말씀하셨는데……."

댈리림플은 말을 멈추고 메이시가 말을 받아 주기를 기다렸다. 그러나 메이시가 잠시 움찔하기만 해서 댈리림플은 말을 이었다.

"일자리가 있다고 하셨습니다. 그래서 인사드리러 와야겠다고 생각했습니다."

"자리가 있었어요."

메이시가 마지못해 말을 했다.

"하지만 그 후에 빈자리가 채워졌어요."

메이시는 목소리를 다시 가다듬었다.

"꽤 오래 기다렸군요."

"네, 그런 것 같습니다. 모두 저에게 서두르지 않아도 된다고 했습니다…… 그리고 여러 곳에서 제의를 받았습니다."

메이시는 근래의 기회에 대해서 이야기를 하였지만 댈리림플은 전혀 귀담아듣지 않았다.

"업무 경험은 있나요?"

"2년 동안 여름에 목장에서 기수로 일했습니다."

"오, 그렇군요."

메이시는 그 말을 시원스레 무시하고 말을 이었다.

"당신은 어떤 강점을 갖고 있다고 생각하나요?"

"잘 모르겠습니다."

"음, 브라이언 씨. 말씀드릴게요. 기꺼이 양보해서 일할 기회를 줄게요."

댈리림플은 고개를 끄덕였다.

"봉급은 많지 않을 거예요. 재고품을 파악하는 것부터 시작할 거예요. 그다음에 잠시 사무실에서 근무할 거예요. 그 후에 정식으로 근무를 하게 될 거예요. 언제 시작할 수 있나요?"

"내일은 어떻습니까?"

"좋아요. 창고에 가서 핸슨 씨의 지시를 받으세요. 핸슨 씨가 당신이 일을 시작하도록 도와줄 거예요."

메이시는 한동안 댈리림플을 물끄러미 바라봤다. 댈리림플은 면담이 끝난 것을 알아차리고 어색하게 자리에서 일어났다.

"저, 메이시 씨. 정말 감사합니다."

"괜찮아요. 도움이 되어 기쁘네요, 브라이언 씨."

댈리림플은 잠시 머무적거리다가 복도로 나왔다. 방이 덥지도 않았었는데 이마는 땀으로 범벅이 되어 있었다.

"내가 도대체 왜 저런 사람에게 감사하다고 했지?"

댈리림플이 중얼거렸다.

3장

다음 날 아침 핸슨은 댈리림플에게 매일 아침 7시에 출근 시간기록계에 꼭 천공으로 표시를 해야 한다고 차갑게 알려 주었다. 그리고 안내를 해 줄 동료 직원 찰리 무어에게 댈리림플을 인계했다.

찰리는 26세였는데 그의 주변에서는 약한 사향 냄새가 났고 그 냄새는 종종 악의 향기라고 오해를 받았다. 심리 검사관이 아니라고 해도 찰리가 세상에 어쩌다가 온 것만큼 하고 싶은 대로 하며 게으르게 지내다가 떠날 것이라는 판단을 할 수 있을 것이다. 찰리는 얼굴이 창백하고 옷에서는 담배 냄새가 났다. 그는 통속적 희가극과 당구와 캐나다 작가인 로버트 서비스를 좋아했다. 그리고 항상 최근의 흥밋거리를 되돌아보거나 앞으로 일어날 흥밋거리를 기대했다. 어렸을 때에는 화려한 넥타이를 선호했지만 지금은 그의 활기와 함께 수그러든 듯했다. 그래서 연보라색 매듭 넥타이와 애매한 회색 옷깃으로 연출하는 것 같았다. 찰리는 중산층보다 낮은 위치에서 끊임없이 생기는 정신적, 도덕적, 육체적 결핍에 대항해 지는 싸움을 하며 무기력하게 고투하고 있었다.

첫날 아침 찰리는 줄지어 놓인 시리얼 상자 위에서 기지개를 펴며 테론 G. 메이시 회사의 한계를 면밀하게 짚고 넘어갔다.

"여기는 인색한 회사예요. 맙소사! 내 봉급이 얼마인지 봐요. 나는 두 달 정도 있다가 그만둘 거예요. 젠장! 내가 이런 무리들하고 같이 있다니!"

찰리 무어 같은 사람들은 늘 다음 달에 다른 일자리를 찾겠다고 한다. 이직을 하기는 하지만 직장 생활을 하는 동안 한두 번 정도이고, 이직을 한 후에는 전 직장과 현 직장을 비교하면서 현재 있는 직장을 끝없이 비하한다.

"얼마를 받는데요?"

댈리림플이 궁금해서 물었다.

"나요? 60달러요."

이 말이 다소 거만하게 들렸다.

"60달러로 시작했나요?"

"나요? 아니요. 35달러로 시작했어요. 제가 재고 파악을 배운 후에 본격적인 업무에 투입한다고 사장님이 말했어요. 사장님은 모두에게 그렇게 말해요."

"여기에서 얼마나 근무했나요?"

댈리림플은 가라앉은 기분으로 물었다.

"나요? 4년이요. 정말 장담하건대 올해가 마지막이에요."

댈리림플은 출근 시간기록계를 싫어하는 만큼 상점 경비원의 존재도 싫었다. 그런데 금연 규정 때문에 아주 가까이에서 경비원을 대하게 되었다. 금연 규정이 댈리림플에게는 골칫거리였다. 댈리림플은 오전에 담배 서너 대를 피우는 습관이 있었다. 그래서 금연한 지 3일 후 찰리 무어를 따라갔다. 길을 빙 돌아서 뒤쪽 계단을 올라가면 작은 발코니가 나오는데, 그곳에서 두 사람은 평화롭게 마음껏 담배를 피웠다. 그러나 이런 행위는 오래가지 못했다. 출근 2주째 어느 날 댈리림플은 계단을 내려가다가 계단 구석에서 경비원과 마주쳤고, 경비원은 다음번에는 메이시에게 보고하겠다고 엄격하게 말했다. 댈리림플은 불량한 학생이 된 기분이 들었다.

댈리림플은 불쾌한 사실을 깨달았다. 지하실에 '지하 거주자들'이 있었다. 그들은 한 달에 60달러씩 받으면서 10년에서 15년 동안 일했는데 시멘트 벽으로 된 축축한 복도를 따라 큰 통을 굴리고 상자를 옮겼으며 작업 소리가 울리는 거의 어두운 곳에 갇혀 지내면서 아침 7시부터 오후 5시 30분까지 일했다. 그리고 댈리림플처럼 한 달에 몇 번씩 밤 9시까지 일해야 했다.

월말에 댈리림플은 줄을 서서 40달러를 받았다. 댈리림플은 담뱃갑과 쌍안경을 전당포에 맡기고 이럭저럭 살면서 먹고 자고 담배를 피웠다. 하지만 간신히 살아가는 정도였다. 절약하는 수단과 방법은 댈리림플에게 생소했고 두 번째 달이 되었는데도 봉급이 인상되지 않자 댈리림플은 불안한 마음을 입 밖에 내었다.

"당신이 메이시 노인의 마음에 들었다면 봉급이 올라갈 수도 있어요."

기를 죽이는 찰리의 대답이었다.

"그런데 나는 여기에서 근무한 지 2년 가까이 되도록 봉급을 올려 받지 못했어요."

"나도 살아야 해요."

댈리림플이 짧게 말했다.

"철도 노동자가 되면 더 많은 돈을 벌 수 있을 것 같아요. 그런데 아, 나는 발전할 기회가 있는 곳에서 일한다는 기분을 느끼고 싶어요."

찰리는 회의적으로 고개를 저었다. 그리고 다음 날 메이시의 대답도 마찬가지로 불만족스러웠다.

댈리림플은 폐점 시간이 가까웠을 때 사무실로 갔다.

"메이시 씨, 드릴 말씀이 있습니다."

"아…… 그래요?"

메이시는 웃음기가 없는 미소를 지었다. 목소리는 약간 화가 난 것 같았다.

"봉급 인상 관련해서 말씀드리고 싶습니다."

메이시가 고개를 끄덕였다.

"음."

메이시가 석연치 않게 말했다.

"당신이 무슨 일을 하고 있는지 정확히 모르겠어요. 핸슨 씨와 얘기해 볼게요."

메이시는 댈리림플이 무슨 일을 하고 있는지 정확히 알고 있었다. 그리고 댈리림플도 메이시가 자신의 일에 대해 알고 있다는 사실을 알았다.

"저는 창고에서 일하고 있습니다. 그리고 사장님, 제가 여기 있는 동안 창고에서 얼마나 더 있어야 하는지 여쭤 보고 싶습니다."

"이런…… 나도 확실하게는 모르겠어요. 물론 재고 파악을 배우는 데는 시간이 걸려요."

"제가 근무를 시작할 때는 2달이라고 말씀하셨습니다."

"그래요, 음. 핸슨 씨와 얘기해 볼게요."

댈리림플은 머뭇적거리며 말을 멈추었다.

"고맙습니다, 사장님."

2일 후 댈리림플은 경리인 헤세가 요청한 계산 결과를 가지고 다시 사무실에 나타났다. 헤세는 바빴고 댈리림플은 기다리면서 속기사 책상 위에 놓인 장부를 하릴없이 손가락으로 만지작거리기 시작했다.

댈리림플은 무심결에 페이지를 반쯤 넘겼다. 자신의 이름이 눈에 띄었다. 봉급 목록이었다.

댈리림플

데밍

도나호

에버리트

댈리림플의 시선이 멈추었다.

에버리트…… 60달러

그러니까 메이시의 턱이 작은 조카인 톰 에버리트는 60달러로 일을 시작했고 3주 후에는 포장실에서 나와 사무실로 들어갈 것이다.

그런 거였다! 댈리림플은 주저앉아 한 사람 또 한 사람이 자기를 밀고 나가는 모습을 보게 될 것이다. 아들, 사촌, 친구의 아들이 능력과 상관없이 나아가는 동안 댈리림플은 눈앞에서 달랑거리는 '본격적인 업무에 투입될 것'이라는 문구를 보며 전당포에 잡힐 물건을 찾고 있을 것이다. 상투적인 말인 "알았어요, 알아볼게요."라는 변명으로 시일은 계속 연기될 것이다. 아마도 40세에는 늙은 헤세처럼 경리가 되어 있을지도 모른다. 주어진 일을 따분하게 반복하고 하숙집 대화의 지루한 배경이나 되어 주는 지치고 무기력한 헤세처럼 되어 있을 것이다.

천재가 환상에서 깨어난 젊은이들을 위해 책을 출간해야 하는 순간이었다. 그러나 그 책은 아직 쓰이지 않았다.

거대한 저항감이 댈리림플의 마음속에서 부풀어 올랐다. 반쯤 잊어버렸던 생각들이 혼란스럽게 인지되고 완전히 이해되면서 댈리림플의 머릿속을 채웠다. 헤쳐 나가라…… 그것이 인생의 규칙이었다. 그리고 그게 전부였다. 어떻게 할지는 중요하지 않았다. 헤세나 찰리 무어처럼 되지만 않으면 되었다.

"그렇게는 안 할 거야!"

댈리림플이 크게 외쳤다.

경리와 속기사가 놀라서 고개를 들었다.

"뭐라고요?"

댈리림플은 잠시 앞을 봤다. 그리고 책상으로 걸어갔다.

"자료가 여기 있습니다."

댈리림플이 무뚝뚝하게 말했다.

"더 이상 못 기다리겠습니다."

헤세가 놀란 표정을 지었다.

무슨 일을 하는지는 중요하지 않았다. 그냥 이 틀에 박힌 생활에서 벗어나야 했다. 댈리림플은 꿈결 같이 엘리베이터에서 나와 창고로 갔다. 사용하지 않는 통로로 걸어가서 상자 위에 앉아 두 손으로 얼굴을 감쌌다.

댈리림플은 자신의 진부함을 발견하고 끔찍한 충격에 머리가 윙윙거렸다.

"여기에서 나가야 해."

댈리림플은 큰 소리로 말하고 또다시 말했다.

"나가야 해."

이것은 단지 메이시의 도매상만을 뜻하는 것은 아니었다.

댈리림플이 5시 30분에 밖으로 나왔을 때 비가 퍼붓고 있었다. 그러나 댈리림플은 하숙집 반대로 방향을 틀어 걸어갔다. 낡은 정장에서 차가운 물기가 질척하게 배어 나오는 것을 느끼자 이상하게 몹시 기쁘고 상쾌했다. 댈리림플은 비록 먼 앞을 내다볼 수는 없더라도, 빗속을 걷는 것 같은 세상을 원했다. 그러나 운명은 댈리림플을 메이시의 악취가 나는 창고와 복도라는 세상으로 밀었다. 처음에는 단지 변화가 필요하다는 생각이 강했지만 그다음에는 댈리림플의 머릿속에 계획이 반쯤 구상되기 시작했다.

"동부로 갈 거다…… 대도시로…… 사람들을 만날 거다…… 더 큰 사람들…… 나를 도와줄 사람들을 만날 거다. 어딘가에 흥미로운 일이 있을 거다. 오, 반드시 있어야 한다."

역겨운 현실과 함께 댈리림플은 자신이 사람들을 만나는 능력이 제한되어 있다는 생각이 들었다. 모든 장소들 중에서 바로 이곳 댈리림플의 고향에서 이름을 알려야 했다. 망각의 물결이 그에게 밀려오기 전에는 댈리림플의 이름은 사람들에게 알려졌고 유명했었다.

지름길로 가야 한다. 그게 전부이다. 인연을 잡자…… 부자와 결혼하자…….

댈리림플은 계속해서 반복되는 이런 생각에 사로잡혀 몇 킬로미터를 걸었다. 그러다가 빗줄기가 굵어지고 짙은 회색빛 땅거미에 시야가 더 흐려졌으며 집들에서 점점 멀어지고 있다는 사실을 인지했다. 건물 단지를 지나서 큰 집들이 있었고 작은 집들이 흩어진 지역을 지나자 양쪽으로 흐릿한 전원 풍경이 거대하게 펼쳐졌다. 이곳은 걷기 힘들었다. 인도 대신 비포장도로가 나타났고 거세게 흐르는 갈색 개울은 댈리림플의 신발에 물을 튀겼다.

지름길로 간다……. 그 말은 점점 분해되어 기이한 문구를 만들어 내고 빛나는 작은 파편이 되었다. 그 파편은 문장으로 바뀌었는데 이상하게도 익숙하게 들렸다.

지름길로 간다는 것은 옛 어린 시절의 원칙들을 거부한다는 것을 의미했다. 그 원칙들은 의무에 충실할 때 성공한다는 것, 악은 반드시 벌을 받고 선은 마땅히 보상을 받는다는 것, 정직한 가난은 부패한 부귀보다 더 행복하다는 것이었다.

매정해야 한다는 의미였다.

댈리림플은 이 문구가 마음에 들어서 계속 되풀이했다. 왠지 메이시와 찰리 무어와 상관이 있는 것 같았다. 두 사람의 태도나 방식과 관련이 있는 것 같았다.

댈리림플은 걸음을 멈추고 옷을 만졌다. 몸까지 흠뻑 젖어 있었다. 댈리림플은 주위를 살펴보다가 나무가 비를 막아 주는 울타리를 골라 걸터앉았다.

내가 어수룩하던 시절에⋯⋯ 댈리림플은 생각했다. 사람들은 악이 일종의 더러운 색깔이라고 나에게 말했다. 때 묻은 옷깃처럼 뚜렷하다고 말했다. 하지만 지금에 와서 보니 악은 불운한 행동 방식일 뿐인 듯하다. 또는 유전과 환경에서 비롯된 태도, 또는 '발각되는' 태도일 뿐인 듯하다. 메이시의 편협함 속에도 악이 숨어 있듯이 찰리 무어 같이 서투른 사람의 우유부단 속에도 악은 숨어 있다. 악에 더 뚜렷한 실체가 생긴다면, 다른 사람의 삶에서 보이는 불쾌한 것들에 제멋대로 붙이는 꼬리표에 지나지 않을 것이다.

사실⋯⋯ 댈리림플은 결론을 내렸다. 무엇이 악이고 무엇이 악이 아닌지 고민하는 것은 가치가 없다. 선과 악은 나에게 아무런 기준이 되지 않는다. 내가 무언가를 원할 때 선과 악은 아주 골치 아픈 나쁜 걸림돌이 될 수 있다. 내가 무언가를 몹시 원할 때, 상식은 나에게 가서 원하는 것을 얻고 잡히지 말라고 말한다.

그리고 바로 그때 댈리림플은 자신이 첫 번째로 원하는 것이 무엇인지 갑자기 생각났다. 댈리림플은 연체된 하숙비로 지불할 15달러가 필요했다.

댈리림플은 맹렬한 기세로 울타리에서 뛰어내려 외투를 홱 벗고 칼로 외투의 검은 안감을 13센티미터 정도 되는 정사각형으로 잘랐다. 그 천의 모서리 쪽에 구멍 2개를 뚫어 얼굴에 밀착시키고 모자를 눌러써서 적당히 고정시켰다. 천은 기괴하게 펄럭이다가 물기에 젖어 댈리림플의 이마와 볼에 달라붙었다.

이제…… 땅거미는 비가 방울져 떨어지는 어둠으로 바뀌었다…… 칠흑같이 어두웠다. 댈리림플은 재빨리 마을로 돌아가기 시작했다. 복면을 벗지도 않고 들쭉날쭉하게 뚫린 구멍을 통해 어렵게 길을 쳐다보며 걷기 시작했다. 초조함을 의식하지도 못했다…… 유일한 긴장감은 가능한 한 빨리 일을 처리하고 싶은 갈망에서 연유했다.

댈리림플은 첫 번째 인도에 도착하여 계속 걸어가다가 여느 가로등과 멀리 떨어진 울타리를 봤다. 그래서 울타리 뒤로 돌아서 들어갔다. 잠시 후 발소리가 몇 차례 연이어 들렸다. 댈리림플은 기다렸다. 여자였다. 댈리림플은 여자가 지나갈 때까지 숨을 죽이고 있었다. 그다음에 남자 노동자가 지나갔다. 그다음에 행인이 다가오자 댈리림플은 자신이 찾던 사람이라는 느낌이 들었다. 노동자의 발소리가 비에 젖은 거리 멀리로 사라졌다. 행인의 발소리가 점점 가까워지면서 갑자기 크게 들렸다.

댈리림플은 마음을 가다듬었다.

"손들어!"

남자가 걸음을 멈추고 터무니없이 작은 불평을 내뱉으며 통통한 두 팔을 하늘 쪽으로 들어 올렸다.

댈리림플은 남자의 조끼를 더듬었다.

"자, 조그만 놈."

댈리림플은 바지 뒷주머니에 도발적으로 손을 넣으며 말했다.

"달려가라, 발을 구르면서…… 큰 소리가 나게! 발소리가 멈추면 쫓아가서 총을 쏠 거야!"

남자가 겁을 먹고 발소리가 들릴 정도로 어둠 속으로 도망가자 댈리림플은 그 자리에 서서 갑자기 주체하지 못하고 웃었다.

잠시 후 댈리림플은 지폐 뭉치를 주머니에 찔러 넣고 복면을 잡아채듯 벗었다. 그리고 재빨리 길을 건너 골목을 힘차게 뛰어갔다.

4장

댈리림플이 자신을 아무리 지적으로 정당화해도 그런 결정을 내린 후 몇 주 동안 안 좋은 순간들이 많이 있었다. 엄청난 정서적 압박감과 유전적으로 물려받은 야심이 그의 태도에 지속적으로 폭동을 일으켰다. 댈리림플은 도덕적으로 쓸쓸함을 느꼈다.

첫 번째 모험을 한 다음 날 정오에 댈리림플은 작은 구내식당에서 찰리 무어와 점심 식사를 했다. 찰리 무어가 신문을 접는 모습을 보며 전날에 있었던 총기 강도 사건에 대해 언급하기를 기다렸다. 그러나 총기 강도 사건이 신문에 언급되지 않았거나 찰리가 그 기사에 흥미가 없었던 것 같았다. 찰리는 무기력하게 스포츠 면으로 넘어가서 크레인 박사가 노련하게 서술한 진부한 글을 읽었고 입을 약간 벌린 채 야망에 대해 쓴 사설을 읽었다. 그다음 만화 〈머프와 제프〉로 건너뛰었다.

불쌍한 찰리…… 악의 분위기가 희미하게 감돌고 집중하기를 거부하는 마음으로, 찰리는 장난기까지 떨쳐 버린 채 활기 없이 카드놀이를 하고 있었다.

그렇지만 찰리는 상황이 달랐다. 찰리는 마음속에 정의의 불꽃과 성토를 불러일으킬 수 있을 것이다. 찰리는 무대의 여자 주인공이 선을 잃으면 눈물을 흘릴 것이고, 불명예에 대해 대범하게 경멸할 수 있을 것이다.

댈리림플은, 자신이 있는 이쪽에는 안식처가 없다고 생각했다. 강력 범죄를 저지른 사람은 다음에 약한 범죄도 저지르게 된다. 그래서 이쪽은 모든 것이 유격전이다.

이 모든 것이 나에게 무엇을 해 줄까? 댈리림플은 지속되는 피로감을 느끼며 생각했다. 이것이 명예로운 삶을 퇴색시킬까? 이것이 나의 용기를 흐트러뜨리고 정신을 둔하게 만들까? 나에게서 정신적인 것을 완전히 빼앗아서…… 궁극적인 무력함, 궁극적인 회한과 실패를 느끼게 할까?

댈리림플은 엄청난 분노가 치밀어 올라서 자신의 마음을 장벽 너머로 내던졌다. 그리고 자존심이라는 번쩍이는 총검을 들고 그 자리에 섰다. 정의와 자선의 법을 어긴 다른 사람들은 세상에 거짓말을 했다. 댈리림플은 적어도 자신에게 거짓말은 하지 않을 것이다. 댈리림플은 이제 바이런식의 비장하고 낭만적인 모습을 훨씬 넘어섰다. 돈 후안 같은 정신적 반항아도 아니었고 파우스트 같은 철학적 반항아도 아니었다. 댈리림플은 한 세기의 새로운 심리적 반항아였다. 자신의 마음속에 있는 선험적인 형태의 감상적인 것에 저항하는 반항아였다.

댈리림플이 원하는 것은 행복이었다. 평범한 욕구를 충족하고 그 만족감의 규모를 점차 늘려가는 것이었다. 댈리림플은 돈으로 행복의 영감은 못 산다고 해도 물질적인 것은 살 수 있을 것이라고 확신했다.

5장

댈리림플을 2번째 모험으로 이끈 밤이 다가왔다. 댈리림플은 어두운 거리를 걸으면서, 유연하고 나긋나긋하게 움직이는 고양이와 상당히 닮은 데가 있다는 것을 느꼈다. 근육이 잔물결을 이루듯 매끈했고 마르고 건강한 피부 밑에 번지르르하게 자리 잡고 있었다. 댈리림플은 길을 따라 껑충껑충 달리고 나무 사이를 요리조리 피하며 달리고 부드러운 풀밭에서 공중제비를 넘고 싶다는 터무니없는 욕구가 생겼다.

선선한 날씨는 아니었지만 공기가 약간 매서웠고, 으스스하기보다는 자극을 주었다.

"달이 졌어요. 시계 소리는 듣지 못했어요!"

댈리림플은 셰익스피어의 작품 맥베스에 나오는 대사를 읊으며 즐겁게 웃었다. 어린 시절의 기억이 그 대사에 내밀하고 근사한 아름다움을 부여해 주었다.

댈리림플은 한 남자를 지나쳤고 그 후 400미터 정도를 가서 또 한 남자를 지나쳤다.

댈리림플은 이제 필모어 거리에 있었고 날은 매우 어두웠다. 댈리림플은 최근 예산안에서 권고했지만 새 가로등을 설치하지 않은 시 의회에 감사했다. 대로의 시작을 알려 주는 스터너의 빨간 벽돌집이 있었다. 여기에는 조던의 집, 아이젠하워 부부의 집, 덴트 부부의 집, 마컴 부부의 집, 프레이저 부부의 집, 댈리림플이 손님으로 묵었던 호킨스의 집, 윌러비 부부의 집, 식민지 시대 양식으로 화려하게 장식된 에버리트의 집도 있었다.

와트 가문의 노처녀들이 살던 작은 집이 메이시 부부의 웅장한 저택과 크 룹스타트 부부의 집 사이에 있었다. 크레이그 부부의 집도 있었고…….

아…… 저기다! 댈리림플은 심하게 비틀거리며 걸음을 멈추었다. 저 멀리에서 점처럼 한 남자가 걷고 있었는데 경찰관일지도 몰랐다. 영원할 것 같은 순간이 지나고 댈리림플은 몸을 매우 낮게 숙인 채 희미하고 들쑥날쑥한 가로등 그림자를 따라 잔디밭을 가로질러서 달리고 있었다. 그 후에 댈리림플은 숨을 죽이고 아니, 숨을 쉴 필요도 느끼지 못하고 긴장한 채 석회석으로 만든 사냥감의 그림자 속에 서 있었다.

댈리림플은 끊임없이 귀를 기울였다. 1.6킬로미터 정도 거리에서 고양이가 우는 소리가 들렸다. 91미터 정도 거리에서 다른 고양이가 마귀 들린 것 같이 으르렁거리며 울었다. 댈리림플은 마음이 갑자기 가라앉았는데 그것이 정신적 충격을 흡수하는 역할을 해 주었다. 다른 소리도 들렸다. 멀리서 노래의 일부가 어렴풋하게 들려왔다. 귀에 거슬리는 험담하는 듯한 웃음소리가 골목을 대각선으로 가로지른 집의 현관문에서 흘러나왔다. 그리고 귀뚜라미 소리가 들렸다. 달빛이 이곳저곳에 비추어 무늬를 이루는 마당의 풀밭에서 귀뚜라미가 울고 있었다. 집 안에는 불길한 적막이 감도는 듯했다. 댈리림플은 이 집에 누가 사는지 몰라서 다행이라고 생각했다.

약간 떨리던 몸이 강철처럼 굳었다. 강철처럼 굳은 몸이 부드러워지면서 신경이 가죽처럼 유해졌다. 두 손을 움켜쥐었더니 다행히도 누긋했다. 그래서 댈리림플은 칼과 펜치를 꺼내 방충망으로 가서 작업을 시작했다.

댈리림플은 누구의 눈에도 띄지 않았다고 확신했다. 즉시 식당으로 들어가서 다시 몸을 내밀어 조심스럽게 방충망을 제 위치로 당겨서 올렸다. 방충망의 균형을 맞추어서 우연히 떨어지거나 갑작스럽게 도망갈 경우에

심각한 방해가 되지 않도록 했다.

그다음 댈리림플은 펼쳐진 칼을 외투 주머니에 넣고 손전등을 꺼냈다. 그리고 방 주위를 살금살금 돌아다녔다.

방 주위에는 댈리림플이 쓸 만한 물건이 없었다. 마을이 너무 작아 은그릇을 처리하기 어려워서 식당 물건을 훔치는 것은 계획에 없었다.

사실 댈리림플의 계획은 굉장히 막연했다. 댈리림플은 자신처럼 지성이 풍부하고 직관력이 있고 판단력이 빠른 사람은 작전의 뼈대만 세우는 것이 최고라는 사실을 알고 있었다. 기관총 전투로 배운 사실이었다. 방법을 미리 생각해 두면 위기에 처했을 때 두 가지 관점을 갖게 될까 봐 두려웠다. 두 가지 관점을 갖는다는 것은 망설이게 된다는 것을 의미했다.

댈리림플은 의자에 살짝 발이 걸려서 숨을 죽이고 귀를 기울이다가 발걸음을 옮겼다. 복도가 나왔고 계단이 나와서 올라가기 시작했다. 7번째 계단을 밟자 삐걱거리는 소리가 났다. 9번째와 14번째 계단에서도 소리가 났다. 댈리림플은 무의식적으로 그 수를 세고 있었다. 3번째로 삐걱거리는 소리가 나자 댈리림플은 1분 넘게 멈추었다. 멈추어 있는 동안 어느 때보다 더 외로웠다. 군대 전선 사이에서 정찰을 할 때도 혼자였고 5억 명의 사람들이 그의 뒤에서 정신적 지지를 보낼 때조차도 댈리림플은 혼자였다. 이제 댈리림플은 혼자이고, 노상강도가 되었다는 것에 대해, 동일한 정신적 압박감에 대항하고 있었다. 이런 두려움은 느껴본 적이 없지만 이렇게 몹시 기쁜 적도 없었다.

계단 끝까지 올라가니 문이 있었다. 댈리림플이 방 안으로 들어가니 고른 숨소리가 들렸다. 최대한 적게 발걸음을 옮겼다. 때때로 몸을 펴서 천천히 움직이며 책상 위를 더듬으며 돈이 될 만한 물건들을 모두 주머니에 넣었다. 10초만 지나도 물건들의 이름을 모두 열거하지 못할 정도였다. 의자를 더듬으며 바지가 있는지 찾다가 부드러운 옷을 찾았는데 여성 속옷이었다. 댈리림플은 무의식적으로 입가에 미소를 지었다.

댈리림플은 다른 방으로 갔다. 숨소리가 들리다가 지독한 코골이 소리에 정적이 깨졌고 댈리림플의 가슴은 다시 두근거렸다. 동그란 물건이 손에 잡혔다. 작은 시계였다. 시곗줄, 지폐 뭉치, 넥타이핀, 반지 두 개…… 다른 방에서 훔친 반지들이 기억났다. 댈리림플은 눈앞에 희미한 빛이 비치자 움찔하고 놀랐다. 이런! 그것은 댈리림플이 팔을 뻗자 손목에 찬 시계에서 반사된 빛이었다.

댈리림플은 계단을 내려갔다. 삐걱거리는 계단 2개는 건너뛰었지만 다른 계단은 밟았다. 이제는 괜찮았다. 사실상 안전했다. 바닥에 가까워지면서 약간 지루하다는 생각이 들었다. 댈리림플은 식당으로 들어갔다. 은그릇을 훔칠까 생각하다가 그만두기로 했다.

댈리림플은 자신의 하숙집 방으로 돌아와서 개인 재산에 더해질 물건들을 살펴봤다.

지폐 65달러가 있었다.

중간에 다이아몬드 3개가 장식된 백금 반지는 아마도 700달러의 가치는 있을 것 같았다. 다이아몬드 가격은 오르고 있었다.

'O. S.'라는 머리글자와 안쪽에 '03'이라는 연도가 새겨져 있는 값싼 금도금 반지는 아마도 학교 졸업 기념 반지인 것 같았다. 몇 달러 정도밖에 안 되어 팔 수 없었다.

틀니가 들어 있는 빨간색 천 상자.

은시계.

은 시계보다 더 가치 있는 금 시곗줄.

빈 반지 상자.

상아로 만든 작은 중국의 신 조각상…… 아마도 책상 장식품인 것 같았다.

잔돈 1달러 62센트.

댈리림플은 돈을 베개 밑에 두고 다른 물건은 전투화 속 발끝 쪽으로 밀어 넣고 그 위를 양말로 채워 넣었다. 그 후 2시간 동안 댈리림플의 마음은 고성능 엔진처럼 자기 인생의 여기저기, 과거와 미래, 두려움과 웃음 사이를 종횡했다. 결혼을 했으면 좋겠다는 막연하고 시의에 맞지 않는 소원과 함께, 댈리림플은 5시 30분 정도에 깊은 잠에 빠져들었다.

6장

절도 사건을 다룬 신문 기사에서 틀니에 대해 언급하지는 않았지만 댈리림플은 틀니 때문에 상당히 걱정이 되었다. 한 사람이 서늘한 새벽에 잠에서 깨어 손을 더듬으며 헛되이 틀니를 찾는 모습, 이가 없이 부드러운 아침 식사를 하는 모습, 기이하고 움푹한 혀 짧은 목소리로 경찰서에 전화를 하는 모습, 지치고 의기소침하게 치과를 가는 모습을 상상하니 자애로운 동정심이 생겼다.

댈리림플은 틀니가 남자의 것인지 여자의 것인지 확인하려고 상자에서 조심스럽게 틀니를 꺼내 자신의 입 가까이 들어 올렸다. 댈리림플은 시험 삼아 턱을 움직여 봤다. 손가락으로 크기를 측정해 봤다. 그러나 판단할 수 없었다. 틀니는 입이 큰 여자나 입이 작은 남자의 것일 수도 있었다.

댈리림플은 훈훈한 충동이 일어서 군용 트렁크 바닥에서 갈색 종이를 꺼내 틀니를 감싸고 그 위에 연필로 '틀니'라고 어설프게 썼다. 그리고 다음 날 밤에 필모어가를 걸어가다가 쭈뼛쭈뼛하며 틀니 꾸러미가 그 집 문 가까이에 떨어지도록 잔디 위에 던졌다. 다음 날 신문 기사에서 경찰이 단서를 발견했다고 보도했다. 절도범은 마을 안에 있다고 했다. 하지만 그 단서가 무엇인지는 언급하지 않았다.

7장

　월말에 '실버 지역의 절도범 빌'은 유모들이 아이에게 겁을 주는 비상수단이 되었다. 절도 사건 5건이 댈리림플의 범행으로 여겨졌다. 댈리림플은 그중 3건의 범행만 저질렀지만 과반수를 넘었기 때문에 자신이 그런 칭호를 받을 만하다고 생각했다. 댈리림플은 목격된 적이 있었다. 목격자는 "용의자가 몸집이 크고 그동안 본 것 중에 가장 비열한 표정을 하고 있었다."라고 했다. 눈에 비친 손전등의 불빛 때문에 새벽 2시에 잠에서 깬 헨리 콜먼 부인은 브라이언 댈리림플을 알아볼 수 없었다. 헨리 콜먼 부인은 7월 4일 독립기념일에 댈리림플을 향해 깃발을 흔들며 "댈리림플이 저돌적인 유형은 아닌 것 같죠, 그렇죠?"라고 말했었다.

　댈리림플이 극적 상상력으로 자신의 행동을 미화하려고 했을 때 옹졸한 양심의 가책과 회한에서 해방될 수 있었다. 그러나 일단 정신을 무장하지 않고 있으면 예상하지 못했던 거대한 공포와 우울함이 엄습했다. 그러면 안심하기 위해서 처음으로 돌아가 모든 것을 다시 생각해야 했다. 댈리림플은 자신을 반항아로 여기지 않는 것이 더 낫다는 사실을 깨달았다. 다른 모든 사람들을 바보라고 생각하는 것이 더 위안이 되었다.

　메이시에 대한 댈리림플의 태도도 변했다. 댈리림플은 더 이상 메이시에 대해서 어렴풋한 적대감이나 열등감을 느끼지 않았다. 댈리림플은 상점에서 4달째 근무하면서 고용주를 거의 형제처럼 여기고 있었다. 댈리림플은 메이시가 마음속으로 자기를 부추기고 인정하고 있다는 사실을 막연하지만 확실하게 믿고 있었다. 댈리림플은 더 이상 미래를 걱정하지 않았다. 댈리림플은 수천 달러를 모아서 떠나기로 결심했다. 동부로 갔다가 프랑스로 가고 남아메리카로 갈 것이다. 지난 2개월 동안 대여섯 차례 상점 근무를 그만둘 뻔했지만 자금을 가지고 있다고 주목을 받는 것이 두려워서 그만두지 못했다. 그래서 댈리림플은 무기력한 태도를 버리고 업신여기는 듯한 즐거움을 느끼며 계속 일을 했다.

8장

그런데 놀랍고 갑작스러운 일이 발생해서 댈리림플은 자신의 계획을 바꾸고 절도 짓을 그만두었다.

어느 날 오후 메이시가 사람을 보내 댈리림플을 불러서 대단히 의문스러울 정도로 유쾌한 기색으로 저녁 약속이 있는지 물었다. 저녁 약속이 없으면 8시에 알프레드 J. 프레이저 집에 방문할 수 있는지 물었다. 댈리림플은 놀랍고도 불안했다. 첫 기차를 타고 마을을 떠나라는 신호는 아닌지 곰곰이 생각했다. 그러나 1시간을 숙고한 후 두려워할 근거가 없다고 결론을 내리고 8시에 필모어가에 있는 프레이저의 대저택에 도착했다.

프레이저는 일반적으로 이 도시에서 가장 큰 정치적 영향력이 있는 것으로 여겨졌다. 그의 동생은 프레이저 상원 의원이었고 사위는 국회 의원 데밍이었다. 프레이저는 빈축을 살 정도로 우두머리가 되기 위해 권력을 행사하지 않음에도 불구하고 영향력이 상당히 강했다.

프레이저는 얼굴이 상당히 컸고 눈이 움푹했고 윗입술이 대문짝만큼 컸다. 각 부분이 조화를 이루어 길고 뛰어나 보이는 턱에서 정점을 찍었다.

댈리림플과 대화를 나누는 동안 프레이저의 표정은 미소로 시작해 유쾌한 낙관주의에 도달했다가 다시 차분하게 돌아왔다.

"안녕하세요."

프레이저가 손을 내밀며 넌지시 말했다.

"앉으세요. 제가 왜 만나자고 했는지 궁금하실 것 같아요. 어서 앉으세요."

댈리림플이 자리에 앉았다.

"댈리림플 씨, 나이가 어떻게 되나요?"

"23세입니다."

"젊으시네요. 하지만 당신이 어리석다는 뜻은 아니에요. 댈리림플 씨, 제가 할 말은 길지 않을 거예요. 제안을 하나 하려고 해요. 처음부터 이야기를 시작하자면, 지난 7월 4일 독립기념일에 당신이 화합의 잔에 응하여 연설을 한 이후 당신을 지켜보고 있었어요."

댈리림플은 별것 아니었다고 중얼거렸지만 프레이저는 손을 저으며 말을 막았다.

"기억에 남는 연설이었어요. 아주 지적이고 솔직한 연설이었어요. 모든 군중에게 영향을 주었어요. 저는 알아요. 군중을 오랜 기간 봐 왔으니까요."

프레이저는 군중에 대한 자신의 지식을 여담으로 말하고 싶은 듯 목을 가다듬었다. 그러다가 말을 이었다.

"그런데 댈리림플 씨, 저는 장래가 촉망되는 많은 젊은이들이 허물어지는 모습을, 끈기 부족으로 실패하는 모습을, 계획은 너무 거창한데 의지 부족으로 실패하는 모습을 너무 많이 봐 왔어요. 그래서 기다렸어요. 당신이 어떻게 하는지 보고 싶었어요. 당신이 일을 하러 가는지, 시작한 일을 꾸준히 하는지 보고 싶었어요."

댈리림플은 머리 위에서 빛이 감도는 것을 느꼈다.

"그래서."

프레이저가 말을 이었다.

"테론 메이시 씨가 자신의 가게에서 당신이 일하기 시작했다는 말을 했을 때, 저는 당신을 지켜보면서 메이시 씨를 통해 당신의 기록을 주시했어요. 첫 달에는 얼마 동안 걱정이 되었어요. 당신이 안절부절못하면서, 주어진 일을 하기에는 너무 능력이 좋고, 봉급 인상을 요구하는 듯한 말을 넌지시 했다고 메이시 씨가 말했어요…….”

댈리림플은 흠칫했다.

"하지만 그 후에 당신이 입을 다물고 일을 계속 하기로 결심한 것이 분명하다고 메이시 씨가 말했어요. 제가 젊은이들에게 원하는 모습이 그런 거예요! 그게 성공하는 길이에요. 제가 이해하지 못한다고 생각하지 마세요. 많은 노부인들에게 유치할 정도로 치렛말을 들은 후이기에 당신이 얼마나 더 힘들어했을지 알아요. 당신이 얼마나 사투를 벌였을지 알아요…….”

댈리림플의 얼굴이 밝게 타올랐다. 자신이 젊어진 것 같고 이상할 정도로 천진난만해진 느낌이 들었다.

"댈리림플 씨, 당신은 명석하고 자질이 있어요…… 그게 제가 원하는 거예요. 저는 당신을 주 상원에 앉히고 싶어요.”

"뭐라고 하셨습니까?”

"주 상원이요. 우리는 명석하고 건실하고 게으르지 않은 젊은이를 원해요. 제가 주 상원이라고 말한 것은 거기에서 멈추지 않겠다는 거예요. 우리는 지금 곤경에 처해 있어요, 댈리림플 씨. 젊은이들을 정치에 입문시켜야 해요. 해마다 묵은 세력들이 정당의 표에 의지해서 출마를 하고 있어요.”

댈리림플은 입술을 핥았다.

"제가 주 상원 의원 선거에 출마하도록 해 주시겠다는 겁니까?”

"당신을 주 상원에 앉힐 거예요.”

프레이저는 거의 미소를 짓고 있었다. 댈리림플은 행복해서 경박하게 마음속으로 미소를 지으라고 재촉하는 느낌을 받았다. 그러나 지으려던 미소를 멈추고 입이 굳은 채 댈리림플은 미소를 짓지 않았다. 프레이저의 대문짝만한 윗입술과 턱 사이에 못 같은 일직선이 생겼다. 댈리림플은 그것이 입이라는 것을 애써서 떠올리며 말했다.

"하지만 저는 끝났습니다."

댈리림플이 말했다.

"저에 관한 헛된 명성은 죽었습니다. 사람들은 제가 질릴 겁니다."

프레이저가 대답했다.

"그것은 기계적인 거예요. 식자기 인쇄 기계가 있으면 명성을 되찾을 수 있어요. 다음 주부터 시작되는 〈헤럴드〉지의 기사를 볼 때까지 기다리세요. 우리와 함께 한다면 그렇게 될 거예요…… 그렇게 될 거라고요."

프레이저의 목소리가 약간 굳었다.

"당신이 일을 수행하는 방식에 대해 너무 많은 생각을 갖고 있지 않다면요."

"아닙니다."

댈리림플이 프레이저를 진솔하게 바라보며 말했다.

"처음에는 저에게 많은 조언을 해 주셔야 할 겁니다."

"아주 좋아요. 그러면 제가 당신의 평판을 신경 써 드리죠. 울타리의 오른쪽 편, 유리한 편을 고수하기만 하세요."

댈리림플은 최근에 그렇게 많이 생각했었던 문구가 반복되자 놀랐다. 갑자기 초인종이 울렸다.

"메이시 씨가 왔군요."

프레이저가 몸을 일으키며 말했다.

"제가 마중을 나갈게요. 하인들은 자고 있어요."

프레이저는 환상에 빠진 댈리림플을 두고 밖으로 나갔다. 세상이 갑자기 열리고 있었다. 주 상원, 미국 상원…… 결국 삶은 이런 것이었다…… 지름길로 가는 것…… 상식, 그것이 규칙이었다. 필요한 경우가 아니라면 어리석게 위험을 무릅쓰지 않아야 한다…… 헤아리는 것은 어렵다…… 후회나 자책으로 밤잠을 설치면 안 된다…… 용기의 칼로 살아야 한다…… 보답은 없다…… 모두 쓸데없는 말이었다…… 쓸데없는 말.

댈리림플은 두 주먹을 쥐고 의기양양하게 벌떡 일어났다.

"자, 브라이언."

메이시가 칸막이 커튼을 젖히고 들어오며 말했다.

나이가 많은 두 남자가 댈리림플에게 옅은 미소를 지었다.

"자, 브라이언."

메이시가 다시 말했다.

댈리림플도 미소를 지었다.

"안녕하세요, 메이시 씨."

댈리림플은 그들 사이의 텔레파시 같은 것이 이 새로운 공감을 가능하게 만들지 않았는지 생각했다. 보이지 않는 깨달음 같은 것이…….

메이시가 손을 내밀었다.

"이 계획에 동참하게 되어 기쁘네요. 저는 줄곧 당신 편이었어요…… 특히 최근에요. 우리가 울타리의 같은 편에 있어서 기뻐요."

"감사합니다, 사장님."

댈리림플이 간단히 말했다. 눈 안쪽에 엉뚱하게도 눈물이 맺히는 것이 느껴졌다.

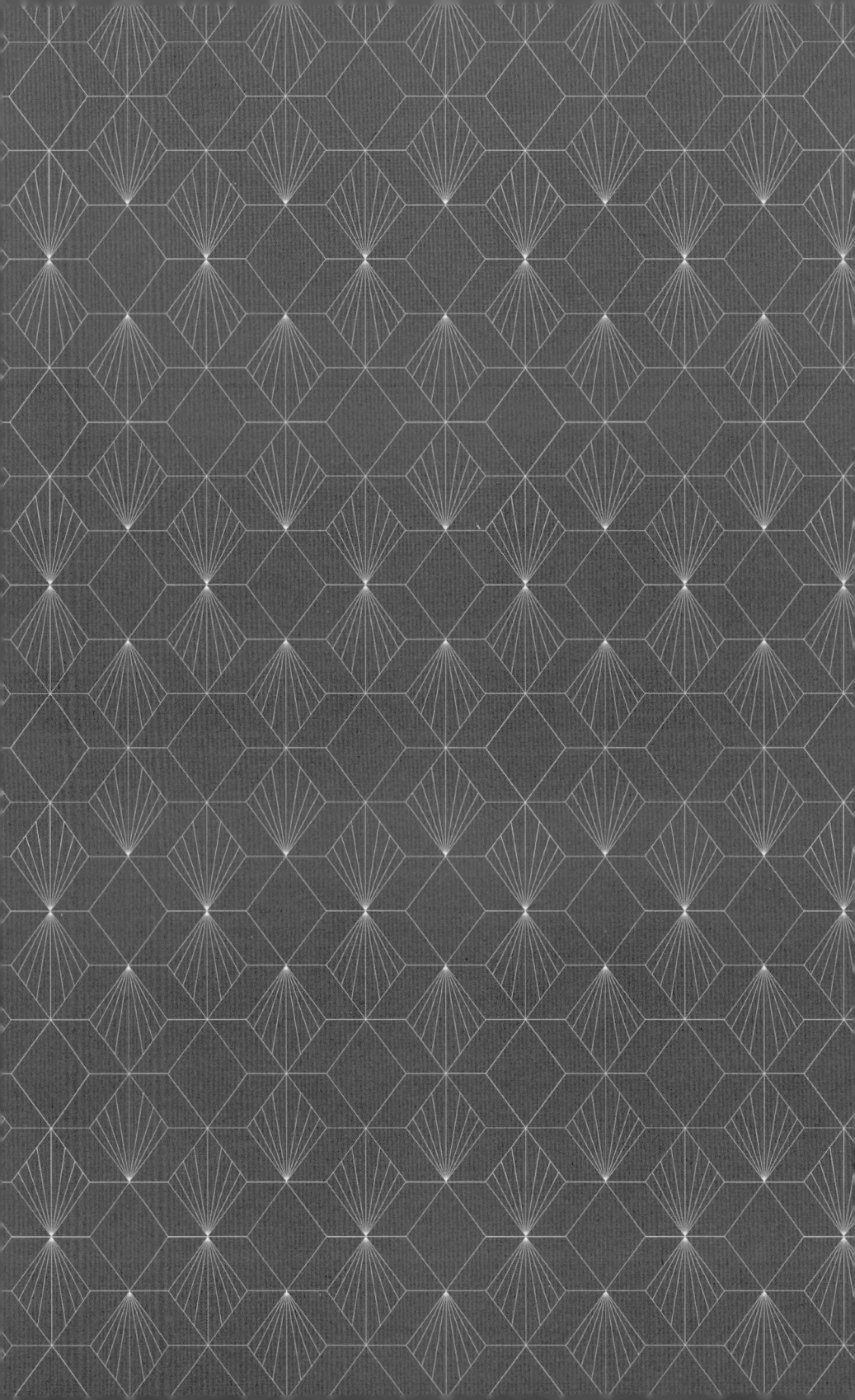

네 번의 주먹질

The Four Fists

1장

현재로서는 내가 아는 어느 누구도 새뮤얼 메러디스를 때리고 싶다는 생각을 조금도 하지 않는다. 50세가 넘은 남자는 적대적인 주먹질 한 번에도 심각한 충격을 받기 쉬운 이유일 수도 있지만, 나로서는 치고 싶게 하는 그의 특성이 완전히 사라졌기 때문이라고 생각하고 싶다. 그러나 그의 인생에서 여러 경우에 그를 치고 싶게 하는 특성이 그의 얼굴에 나타나는 것은 확실했다. 소녀의 입술이 키스를 하고 싶게 하는 잠재력이 있는 것만큼 분명했다.

누구나 그런 남자를 만나 봤다고 확신한다. 우연히 소개를 받아 친구가 되었는데도 그가 매우 싫은 감정을 불러일으키는 사람이라고 느껴지게 하는 것이다. 어떤 사람들은 자기도 모르게 주먹이 쥐어진다고 표현하고, 또 어떤 사람들은 '조롱하고 싶고 눈에 일격을 가하고 싶다.'라고 중얼거리게 하는 사람이다. 새뮤얼 메러디스의 특징을 나란히 놓아 보면 이런 특성이 너무 강해서 그의 평생에 영향을 주었다.

그게 무엇이었을까? 생김새는 분명히 아니었다. 새뮤얼 메러디스는 어린 시절부터 유쾌한 외모를 갖고 있었기 때문이었다. 활처럼 넓게 휜 눈매에 회색 눈동자는 솔직하고 다정해 보였다. 그런데도 나는 그가 '성공담'을 낚으려고 방 안에 가득 모인 기자들에게 믿지 못할 진실을 이야기하는 것이 부끄럽다고 말하는 것을 들었다. 그 이야기는 하나가 아니고 네 개이며, 대중은 주먹으로 맞으면서 유명해진 남자에 대한 이야기를 읽고 싶어 하지 않을 것이라고 말했다.

모든 것은 새뮤얼 메러디스가 14세 때 다닌 필립스 앤도버 학교에서 시작되었다. 그는 유럽 수도 절반을 이동하면서 철갑상어 알 요리를 먹고 벨보이들의 시중을 받으며 자랐다. 그의 어머니가 신경 쇠약에 걸려서 아들의 교육을 덜 부드럽고 편견이 없는 곳에 맡긴 것은 순전히 행운이었다.

앤도버에서 새뮤얼 메러디스는 길리 후드라는 아이와 같은 방을 썼다. 길리는 13세에 몸집이 작고 학교에서 인기가 있었다. 9월 학기가 시작되는 날부터 메러디스 씨의 하인이 새뮤얼의 옷을 가장 좋은 서랍에 넣어 주고 떠나며 "더 필요하신 것은 없나요, 새뮤얼 도련님?"이라고 물었을 때 길리는 교직원이 자기를 속였다고 고함을 질렀다. 길리는 자기 어항에 금붕어가 들어와 화가 난 개구리가 된 기분이었다.

"아이고!"

길리는 공감하는 동기생들에게 불평했다.

"새뮤얼은 정말 거만한 녀석이야. '여기 모인 사람들은 신사니?'라고 물어서 나는 '아니, 소년들이야.'라고 말했어. 그러니까 나이는 중요하지 않다고 말하더라고. 그래서 내가 '누가 그렇대?'라고 말했어. 나에게 건방지게 행동하기만 해 봐라, 얼간이!"

3주 동안 길리는 어린 새뮤얼이 자신의 친구들의 옷과 습관에 대해 지적하는 소리를 말없이 참았다. 대화 중에 프랑스어 구문을 사용해도 참았다. 여자처럼 쩨쩨한 백여 가지 행동을 하는 것을 참았다. 그것은 신경 쇠약에 걸린 어머니가 아들과 가까이 있을 때 할 수 있는 행동들이었다⋯⋯ 그러다가 수족관에 폭풍우가 몰아쳤다.

새뮤얼은 밖에 나가고 자리에 없었다. 아이들이 모여서 길리가 룸메이트인 새뮤얼의 최근 악행에 대해 분개하여 떠드는 소리를 들었다.

The Four Fists

"새뮤얼이 '오, 나는 밤에 창문을 열어 두는 게 싫어.'라고 말했어. '아주 조금 열어 두는 것은 괜찮지만.'이라고 말했어."

길리가 불평했다.

"새뮤얼이 너를 쥐고 흔들게 하지 마."

"나를 쥐고 흔든다고? 안 그럴 거야. 내가 창문을 열 수도 있지. 그런데 그 빌어먹을 바보가 아침에 교대로 창문을 닫지는 않을 거야."

"새뮤얼이 교대로 창문을 닫게 해 봐, 길리. 그렇게 하는 게 어때?"

"할 거야."

길리가 강하게 동의하며 고개를 끄덕였다.

"걱정하지 마. 새뮤얼이 나를 늙은 집사로 생각하지 못하게 할 거야."

"네가 새뮤얼을 그렇게 만드는지 볼게."

그때 빌어먹을 바보 새뮤얼이 들어와서 아이들 무리에 어울려 거슬리는 미소를 지었다.

두 아이가 말했다.

"안녕, 메러디스."

다른 아이들은 새뮤얼을 차갑게 힐끗 보고 길리와 계속 이야기했다. 그러나 새뮤얼은 불만이 있는 듯했다.

"내 침대에 앉지 말아 주겠니?"

새뮤얼이 매우 편안한 자세로 침대에 앉아 있는 길리의 깐깐한 친구 두 명에게 정중히 부탁했다.

"뭐라고?"

"내 침대에 앉지 말아 달라고. 영어를 이해 못하니?"

이 말은 상처에 모욕을 더했다. 침대의 위생 상태와 거기에 있는 동물의 흔적 등에 대한 언급도 있었다.

"네 낡은 침대와 무슨 상관이니?"

길리가 공격적으로 따졌다.

"침대는 괜찮아. 하지만……."

길리가 일어나서 새뮤얼에게 걸어가면서 말을 막았다. 길리는 새뮤얼과 몇 센티미터밖에 안 되는 가까운 거리에 멈춰서 새뮤얼을 험악하게 노려봤다.

"너와 미치게 만드는 네 침대."

길리가 말했다.

"너와 미치게 만드는 네……."

"어서 해, 길리."

누군가 중얼거렸다.

"빌어먹을 바보에게 보여 줘……."

새뮤얼은 자신을 바라보는 시선들을 차갑게 마주봤다.

"음."

새뮤얼이 마침내 말했다.

"이건 내 침대이고……."

새뮤얼은 더 이상 말할 수 없었다. 길리가 새뮤얼의 코를 간결하게 후려갈겼기 때문이었다.

"그래! 길리!"

"불량배 녀석에게 보여 줘!"

"너에게 손만 대 보라고 해…… 어떻게 되는지 알게 될 거야!"

아이들이 두 사람 주위로 모였다. 새뮤얼은 격렬한 혐오를 받으면 극복

할 수 없이 불편하다는 사실을 태어나서 처음으로 깨달았다. 새뮤얼은 끔찍하게 적대적인 표정으로 자신을 노려보는 아이들을 무기력하게 둘러봤다. 새뮤얼은 룸메이트인 길리보다 머리 하나는 더 컸다. 그래서 새뮤얼이 되받아치면 불량배라는 소리를 듣게 될 것이고 5분 안에 대여섯 명과 더 주먹다짐을 해야 할 것이다. 그렇다고 해서 반응하지 않으면 겁쟁이가 될 것이다. 잠시 새뮤얼은 그 자리에 서서 이글거리는 길리의 눈을 마주봤다. 그다음에 갑자기 목메는 듯한 소리를 내며 둘러싸인 아이들 속을 헤치고 방에서 뛰어나갔다.

다음 한 달은 새뮤얼의 인생에서 가장 비참한 30일로 분류되었다. 깨어 있는 매 순간 새뮤얼은 동기생들에게 비난을 받았다. 새뮤얼의 습관과 버릇은 참을 수 없는 재담거리가 되었다. 물론 민감한 청소년기라서 더욱 가시에 찔리듯 마음이 아팠다. 새뮤얼은 자신이 따돌림을 받는 사람으로 태어났다고 생각했다. 학교에서 인기 없는 것이 평생 자신을 따라다닐 것이라고 생각했다. 크리스마스 연휴를 보내러 집에 갔을 때 새뮤얼이 너무 의기소침하자 아버지는 새뮤얼을 신경과 전문의에게 데리고 갔다. 새뮤얼이 앤도버 학교로 돌아갈 때, 정류장에서 학교까지 버스를 타고 가는 동안 혼자 있고 싶어서 정류장에 늦게 도착하도록 계획을 세웠다.

물론 새뮤얼이 입을 다물고 있는 법을 알게 되자 모든 아이들은 즉시 새뮤얼에 대해서 모두 잊었다. 다음 해 가을, 새뮤얼은 다른 사람을 배려하는 것이 분별 있는 태도라는 것을 깨닫고, 짧은 소년기 기억이 준 산뜻한 출발의 기회를 잘 이용했다. 최고 학년이 시작될 때 새뮤얼 메러디스는 동기생들에게 가장 인기가 좋은 아이가 되었다. 그리고 새뮤얼의 첫 번째 친구이자 지속적인 동반자인 길리 후드만큼 그와 돈독한 친구는 없었다.

2장

　새뮤얼은 1890년대 초에 이륜마차와 사륜마차와 관광마차를 타고 프린스턴대학과 예일대학과 뉴욕을 오가며 미식축구 경기의 사회적 중요성을 인정하는 부류의 대학생이 되었다. 새뮤얼은 좋은 예법을 열정적으로 믿었다. 쉽게 영향을 받는 신입생들은 새뮤얼이 장갑을 고르고 넥타이를 매고 고삐를 쥐는 모습을 모방했다. 새뮤얼이 속한 집단 외부에서는 다소 고상한 체하는 것으로 여겨질 수도 있지만 그가 속한 집단이 그러한 집단이었기 때문에 새뮤얼은 걱정을 하지 않았다. 새뮤얼은 가을에는 미식축구를 하고 겨울에는 하이볼 음료를 마셨고 봄에는 조정 경기에 참여했다. 새뮤얼은 신사가 아닌 운동선수나 운동선수가 아닌 신사를 모두 경시했다.

　새뮤얼은 뉴욕에 살았고 주말에 종종 친구들을 집으로 데려왔다. 철도마차를 이용하던 시절이었는데 마차에 사람이 꽉 찰 때에는 새뮤얼이 속한 집단의 사람들은 자리에서 일어나 격식을 갖춘 인사를 하며 서 있는 여자에게 자리를 양보하는 것이 정당하다고 여겼다. 새뮤얼은 3학년이던 어느 날 밤 친한 친구 2명과 함께 철도마차에 탔다. 빈 좌석이 3개 있었다. 새뮤얼은 자리에 앉으면서 자신의 옆에 눈꺼풀이 무거워 보이는 인부가 앉아 있는 것을 봤다. 인부는 불쾌한 마늘 냄새를 풍기며 새뮤얼 쪽으로 몸을 약간 늘어뜨리고 있었고 피곤한 남자가 취하는 자세처럼 다리를 약간 벌리고 자리를 너무 많이 차지하고 있었다.

　철도마차는 몇 블록을 지나서 4명의 젊은 여자들을 태우려고 멈췄다. 물론 처세에 능한 세 남자는 자리에서 일어나 예법을 준수하여 그들의 자리를 여자들에게 양보했다. 그러나 유감스럽게도 넥타이를 맨 세 남자의 예법과 사륜마차를 탑승할 때의 관례에 생소한 인부는 세 남자의 본보기를 따르지 않았다. 젊은 여자 한 명은 어색한 태도로 자리에 서 있었다. 눈동자 14개가 책망하듯 그 미개인을 노려봤다. 입술 7개가 약간 실룩거렸다. 그러나 경멸의 대상인 인부는 자신의 비열한 행동을 전혀 인지하지 못하고 둔감하게 앞만 바라봤다. 새뮤얼이 가장 극심하게 동요되었다. 새뮤얼은 남자가 그런 행태를 보인다는 것에 굴욕감을 느꼈다. 새뮤얼은 큰 소리로 말했다.

"숙녀가 서 계시네요."

새뮤얼은 준엄하게 말했다.

그 말이면 상당히 충분했을 것이다. 그러나 경멸의 대상인 인부는 멀뚱멀뚱 바라보기만 했다. 서 있는 여자는 킥킥거리며 친구들과 초조한 눈빛을 주고받았다. 그러나 새뮤얼은 흥분했다.

"숙녀가 서 계신다고요."

새뮤얼은 다소 귀에 거슬리게 되풀이했다. 인부가 말을 이해한 듯했다.

"나는 요금을 냈어요."

인부가 조용히 말했다.

새뮤얼은 얼굴이 상기되어 두 주먹을 쥐었다. 그러나 승무원이 보고 있었고 친구들이 고갯짓으로 주의를 주어서 새뮤얼은 시무룩한 기분으로 마음을 가라앉혔다.

새뮤얼과 친구들은 목적지에 도착하여 마차에서 내렸는데 인부도 작은 수통을 흔들며 따라 내렸다. 기회를 본 새뮤얼은 더 이상 자신의 귀족적 성향을 참지 않았다. 새뮤얼은 돌아서서 삼류 소설의 주연 배우처럼 조롱하기 시작했다. 저급한 동물들이 인간과 함께 마차를 탈 권리가 있는지 큰 소리로 말했다.

인부는 순식간에 수통을 떨어뜨리고 새뮤얼에게 달려들었다. 대비가 안 된 새뮤얼은 턱을 정통으로 맞았고 자갈이 깔린 배수로에 대자로 뻗었다.

"나를 비웃지 마!"

공격을 가한 인부가 외쳤다.

"나는 하루 종일 일했어. 피곤해 죽겠다고!"

인부가 말을 하는 동안 그의 눈에서 갑자기 치밀었던 분노가 사라졌고 피로라는 가면이 다시 얼굴을 덮었다. 인부는 돌아서서 수통을 집어 들었다. 새뮤얼의 친구들은 인부를 향해 재빨리 한 걸음을 내디뎠다.

"기다려!"

새뮤얼은 천천히 일어나서 친구들에게 돌아오라고 손짓했다. 전에 언제 어디에선가 새뮤얼은 그렇게 맞은 적이 있었다. 그때 새뮤얼은 기억이 났다. 길리 후드였다. 말없이 몸에서 먼지를 터는데 앤도버 학교 방에서의 장면 전체가 새뮤얼의 눈앞에 떠올랐다. 새뮤얼은 직관적으로 자신이 또 잘못했다는 것을 알 수 있었다. 저 남자의 힘과 휴식은 그의 가족을 보호해 주는 것이었다. 저 남자는 그 어떤 젊은 여자보다도 마차의 좌석에 앉아야 했다.

"괜찮아."

새뮤얼이 걸걸하게 말했다.

"그 남자를 건드리지 마. 내가 어리석었어."

물론 새뮤얼이 바른 예법의 근본적인 중요성에 대한 생각을 재정리하는 데는 한 시간 이상, 아니 일주일 이상이 걸렸다. 처음에 새뮤얼은 자기의 잘못이 자신을 무기력하게 만들었다는 것을 단순하게 인정했다. 길리를 상대로 무기력했던 것과 같았다. 그러나 결국 인부에게 저지른 잘못은 새뮤얼의 태도 전체에 영향을 미쳤다. 결국 우월감에 젖어 있는 행동은 올바른 예의범절을 단지 기분 나쁘게 지시하는 것뿐이었다. 그래서 새뮤얼 자신은 예법은 그대로 지켰지만 다른 사람도 그런 예법을 따라야 할 필요가 있다는 생각은 배수구 같은 곳으로 버렸다. 그해 안에 새뮤얼의 동기생들은 새뮤얼이 우월감에 젖어 있다고 말하는 것을 왜 그런지 멈추게 되었다.

3장

 몇 년 후 새뮤얼이 다니던 대학은 그의 넥타이가 드러내는 영광이 충분히 오랫동안 빛났다고 결론을 지었다. 그래서 대학 측은 새뮤얼에게 라틴어로 열변을 토하고 확고한 교육을 받았다는 것을 증명하는 종이를 10달러에 내주며, 자신감이 충만하고 친구들이 있고 해가 없는 나쁜 습관들을 적당히 갖고 있는 새뮤얼을 혼란 속으로 내보냈다.
 그때쯤 새뮤얼의 가족들은 설탕 시장의 급락으로 셔츠 차림인 상태로 되돌아갔으며, 새뮤얼이 일하러 나갔을 때는 소위 단추까지 푼 상태였다. 새뮤얼의 정신은 대학 교육이 때때로 남긴 극상의 백지 상태였지만 그는 활기와 영향력을 갖고 있었다. 그래서 새뮤얼은 몸을 비틀어 반쯤 뒤로 젖혀 피하던 예전 하프백 실력을 이용하여 월스트리트의 군중 속에서 은행 직원으로 일했다.
 새뮤얼의 기분 전환 거리는 여자였다. 대여섯 명이 있었다. 사교계 입문자 두세 명, 배우 한 명(단역이었다.), 별거 중인 유부녀, 결혼해서 저지 시티의 작은 집에 살고 있는 감상적이고 어린 갈색 머리의 여자였다.
 새뮤얼과 그녀는 연락선에서 만났다. 새뮤얼은 업무로 뉴욕에서 강을 건너는 중이었는데(이때는 근무한 지 몇 년이 지난 때였다.) 그녀가 많은 사람들 사이에서 떨어뜨린 짐을 찾는 것을 도와주었다.
 "연락선을 자주 이용하시나요?"
 새뮤얼이 뜻하지 않게 물었다.
 "쇼핑할 때만 이용해요."

그녀가 수줍게 말했다. 그녀는 큰 갈색 눈과 연민을 느끼게 하는 작은 입을 갖고 있었다.

"결혼한 지 3달밖에 안 되었는데, 강 건너편에서 생활하는 게 돈이 절약된다는 사실을 알았어요."

"그분은…… 남편분은 당신이 이렇게 혼자 있는 것을 괜찮게 생각합니까?"

그녀가 쾌활하게 웃었다.

"오, 이런, 아니에요. 남편과 저녁 식사를 하러 만나기로 했는데 제가 장소를 착각한 것 같아요. 남편이 몹시 걱정하고 있을 거예요."

"음."

새뮤얼이 탐탁하지 않은 듯 말했다.

"남편분이 걱정하시겠네요. 괜찮으시면 제가 집까지 모셔다 드리죠."

그녀는 새뮤얼의 제안을 감사하게 받아들였다. 그래서 두 사람은 함께 케이블카를 탔다. 둘이 그녀의 작은 집으로 향하는 오솔길을 걷고 있을 때 집에 불이 켜진 것을 봤다. 남편이 그녀보다 먼저 도착한 것이다.

"남편은 질투가 무척 심해요."

그녀는 웃으며 미안하다는 듯이 말했다.

"알겠습니다."

새뮤얼이 다소 뻣뻣하게 대답했다.

"여기에서 헤어지는 게 낫겠네요."

그녀가 고맙다고 말했고 새뮤얼은 손을 흔들어 인사하며 떠났다.

일주일이 지난 어느 날 아침에 5번가에서 그녀와 마주치지 않았으면 일화는 그렇게 끝났을 것이다. 그녀는 깜짝 놀라며 얼굴이 상기되었고 새뮤얼을 다시 만난 것이 반가워서 둘은 오랜 친구처럼 대화를 나누었다. 그녀는 양장점에 가는 중이었는데 테인 식당에서 혼자 점심 식사를 하고 오후 내내 쇼핑을 한 후 5시에 연락선에서 남편과 만나기고 했다고 말했다. 새뮤얼은 그녀의 남편은 매우 운이 좋은 사람이라고 말했다. 그녀는 다시 얼굴을 붉히며 종종걸음으로 가던 길을 갔다.

새뮤얼은 사무실로 돌아오면서 줄곧 휘파람을 불었다. 그러나 12시가 되자 연민을 느끼게 하는 매력적인 작은 입이 눈앞에 아른거리기 시작했다. 그리고 그 갈색 눈동자도 눈에 아른거렸다. 새뮤얼은 시계를 보며 안절부절못했다. 점심 식사를 하는 아래층 식당의 모습과 그곳에서 남자들이 진중한 대화를 나누는 장면이 떠올랐다. 그리고 그 장면과 반대되는 다른 장면이 떠올랐다. 갈색 눈동자와 입을 가진 여자가 테인 식당의 작은 테이블에 몇십 센티미터 거리를 두고 앉은 모습이었다. 12시 30분이 되기 몇 분 전에 새뮤얼은 황급히 모자를 쓰고 케이블카를 타러 뛰어갔다.

그녀는 새뮤얼을 보고 깜짝 놀랐다.

"어…… 안녕하세요."

그녀가 말했다. 새뮤얼은 그녀가 유쾌하게 놀란 것을 알아차릴 수 있었다.

"함께 점심 식사를 하면 어떨까 생각했어요. 남자들 틈에서 식사하는 것은 정말 따분하거든요."

그녀가 망설였다.

"음, 나쁠 건 없을 것 같아요. 나쁠 게 있겠어요?"

남편과 함께 점심 식사를 했어야 한다는 생각이 그녀의 머리를 스쳤다. 그러나 남편은 보통 정오에 매우 바빴다. 그녀는 새뮤얼에게 남편에 대해

The Four Fists

모두 이야기했다. 남편은 새뮤얼보다 약간 작았다. 그러나 음, 외모는 훨씬 나았다. 남편은 경리였고 돈을 많이 벌지는 못했다. 하지만 부부는 매우 행복했고 삼사 년 안에 부자가 될 것이라고 기대하고 있었다.

새뮤얼이 만나던, 별거 중인 유부녀는 삼사 주 동안 걸핏하면 새뮤얼과 다투었다. 대조적으로, 이 여자와 만나면서 새뮤얼은 아주 기뻤다. 그녀는 풋풋했고 진실했고 약간 저돌적이었다. 그녀의 이름은 마저리였다.

새뮤얼과 마저리는 또 만나기로 약속했다. 사실, 한 달 동안 두 사람은 일주일에 두세 번씩 함께 점심 식사를 했다. 남편이 늦게까지 일하는 것이 확실한 때에는 새뮤얼이 연락선을 타고 마저리를 뉴저지까지 데려다 주었다. 마저리가 집에 들어가서 밖에 있는 남성적 존재의 안전을 느끼며 가스등에 불을 켠 후에 새뮤얼은 작은 현관 앞을 떠났다. 이것은 하나의 의식이 되었다. 그리고 그 의식이 새뮤얼을 곤혹스럽게 했다. 앞쪽 창문으로 안락한 불빛이 비치면 그것은 새뮤얼을 향한 작별 인사였다. 아직 새뮤얼은 집 안으로 들어가 보겠다고 하지 않았고 마저리도 새뮤얼을 집에 초대하지 않았다.

그러다가 새뮤얼과 마저리가 때때로 그냥 친한 친구라는 것을 보여 주듯 서로의 팔을 다정하게 만지는 단계가 되었을 때, 마저리와 남편은 부부 사이에 서로 아끼지 않으면 빠져들 수 없는 극히 민감하고 한계를 넘나드는 다툼을 벌이게 되었다. 그 다툼은 차가운 양고기나 가스버너의 가스 누출에서 시작되었다. 그리고 어느 날 새뮤얼은 테인 식당에 마저리가 있는 것을 봤다. 마저리의 갈색 눈 아래로 어두운 그늘이 비쳤고 표정은 무서울 정도로 뾰로통해 있었다.

이때쯤 새뮤얼은 마저리를 사랑하게 되었다고 생각했다. 그래서 그 다

틈을 최대한 이용했다. 새뮤얼은 마저리의 가장 친한 친구여서 그녀의 손을 토닥거렸다. 그리고 마저리가 소리 죽여 흐느끼며 남편이 그날 아침에 말한 내용을 들려주는 동안 그녀의 갈색 곱슬머리 가까이 몸을 숙였다. 새뮤얼이 이륜마차를 타고 마저리를 연락선 타는 곳까지 데려다 줄 때 새뮤얼은 마저리의 가장 친한 친구 사이보다 조금 더 친밀한 사이가 되었다.

"마저리."

여느 때처럼 새뮤얼은 현관에서 마저리와 헤어지며 다정하게 말했다.

"언제든 나를 만나러 오고 싶으면 내가 항상 기다리고 있다는 것을, 내가 항상 기다리고 있다는 사실을 기억해요."

마저리는 진중하게 고개를 끄덕이고 두 손을 새뮤얼의 손 안에 넣었다.

"알았어요."

마저리가 말했다.

"나는 당신이 내 친구라는 것을, 가장 친한 친구라는 사실을 알아요."

그리고 마저리는 집 안으로 뛰어 들어갔고 새뮤얼은 가스등이 켜질 때까지 기다렸다.

다음 주 내내 새뮤얼은 초조하고 혼란스러웠다. 새뮤얼과 마저리는 실지로 공통점이 별로 없었다고 집요한 이성적 중압감은 새뮤얼에게 경고했다. 그러나 이런 경우에는 보통 물속에 진흙이 너무 많아서 바닥을 거의 볼 수 없다. 새뮤얼이 마저리를 사랑하고 그녀를 원하고 그녀를 가져야 한다고 모든 꿈과 갈망은 새뮤얼에게 말했다.

다툼은 커졌다. 마저리의 남편은 밤늦게까지 뉴욕에 머물렀고, 때때로 불쾌할 정도로 흥분한 채 집에 들어왔고, 전반적으로 마저리를 비참하게 만들었다. 부부는 자존심이 너무 강해서 대화로 해결하지 못하는 것 같았다. 어쨌든 마저리의 남편은 매우 품위 있는 사람이기 때문이었다. 그래서 언쟁이 또 다른 언쟁을 유발했다. 마저리는 더 자주 새뮤얼을 찾았다. 여자는 남자의 동정을 받아들이는 것이 다른 여자를 찾아가서 울 때보다 더 큰 만족감을 느낀다. 그러나 마저리는 자신이 새뮤얼에게 얼마나 많이 의지하기 시작했는지, 새뮤얼이 마저리의 작은 우주에 얼마나 많은 부분을 차지하고 있는지 깨닫지 못했다.

어느 날 밤, 새뮤얼은 마저리가 집으로 들어가 가스등을 켤 때 돌아서서 떠나는 대신 마저리와 함께 집 안으로 들어갔다. 둘은 작은 응접실의 소파에 함께 앉았다. 새뮤얼은 매우 행복했다. 새뮤얼은 그 집이 부러웠다. 그리고 고집스러운 자존심 때문에 이런 소유물을 방치하는 남자는 어리석고 이런 아내를 둘 자격이 없다고 새뮤얼은 생각했다. 그러나 새뮤얼이 처음으로 마저리에게 키스를 했을 때 마저리는 나직이 울며 새뮤얼에게 가라고 말했다. 새뮤얼은 극도에 달한 흥분의 날개를 단 듯 집으로 돌아왔다. 이 연애의 불꽃에 부채질을 하기로 굳게 결심했다. 불꽃이 아무리 크게 타오르든 누가 불에 타든 상관없었다. 그 당시에는 새뮤얼의 생각이 마저리에게 이기적이지 않았다고 생각했다. 나중에 보니 마저리는 영화가 상영되는 하얀 스크린에 지나지 않았다. 관건은 새뮤얼 자신이었다. 눈이 먼, 욕망에 빠진 새뮤얼 자신이었다.

다음 날 두 사람이 점심 식사를 하려고 테인 식당에서 만났을 때 새뮤얼은 모든 가식을 벗고 솔직하게 마저리와 사랑을 나눴다. 새뮤얼은 계획도 없었고 뚜렷한 목적도 없었다. 단지 마저리의 입술에 다시 키스하고 그녀를 품에 안고 매우 작고 연민을 느끼게 하는 사랑스러운 그녀를 느끼고 싶다는 생각뿐이었다……. 새뮤얼은 마저리를 집에 데려다 주었다. 그리고 이번에는 둘의 심장이 크게 뛸 정도로 키스를 했다……. 새뮤얼의 입술에서 단어와 구문이 만들어졌다.

그때 갑자기 현관에서 발소리가 들렸다. 누군가 손으로 현관문을 열려고 했다. 마저리의 얼굴이 창백해졌다.

"잠깐만이요!"

마저리가 새뮤얼에게 겁먹은 목소리로 속삭였다. 그러나 방해를 받아 화가 난 새뮤얼은 참지 못하고 현관 쪽으로 걸어가 문을 열었다.

누구나 무대에서 그런 장면을 본 적이 있을 것이다. 너무 자주 봐서 실제로 그런 일이 일어나면 사람들은 배우처럼 행동한다. 새뮤얼은 자신이 어떤 배역을 연기하고 있다는 생각이 들었다. 그래서 대사가 꽤 자연스럽게 나왔다. 새뮤얼은 누구나 자신의 삶을 영위할 권리가 있다고 단언하면서, 그런 사실을 의심하느냐는 듯이 마저리의 남편을 무섭게 노려봤다. 마저리의 남편은 최근에 자신의 가정이 매우 성스럽지 않았다는 사실을 잊고 가정의 신성함에 대해 이야기했다. 새뮤얼은 '행복할 권리'라는 대사를 지속해서 말했다. 마저리의 남편은 총기와 이혼 법정에 대해 언급했다. 그러다가 남편은 갑자기 말을 멈추고 마저리와 새뮤얼을 훑어봤다. 마저리는 가련하게 소파에 쓰러져 있었고 새뮤얼은 의도적으로 투지 넘치는 자세를 취하며 자신의 지식을 장황하게 말하고 있었다.

"위층으로 올라가, 마저리."

마저리의 남편이 달라진 어조로 말했다.

"그 자리에 그대로 있어요!"

새뮤얼이 재빨리 대응했다.

마저리는 일어나서 머뭇거리다가 자리에 앉았고 다시 일어나 주춤거리며 계단 쪽으로 이동했다.

"밖으로 나와요."

마저리의 남편이 새뮤얼에게 말했다.

"당신에게 할 말이 있어요."

새뮤얼은 마저리를 힐끗 보고 그녀의 눈에서 어떤 메시지를 읽으려고 했다. 그러다가 새뮤얼은 입을 다물고 밖으로 나갔다.

밝은 달이 떠 있었다. 마저리의 남편이 계단을 내려갔을 때 새뮤얼은 그가 괴로워하고 있다는 것을 확실히 알 수 있었다. 그러나 그에게 연민을 느끼지는 않았다.

두 사람은 몇 발자국 떨어진 거리에 서서 서로를 봤다. 마저리의 남편은 목이 약간 잠겼는지 목소리를 가다듬었다.

"저 여자는 내 아내야."

마저리의 남편은 조용히 말했다. 그리고 그때 그의 마음속에서 격한 분노가 치밀었다.

"나쁜 놈!"

마저리의 남편이 소리쳤다. 그리고 온 힘을 다해 새뮤얼의 얼굴을 쳤다.

바닥에 쓰러지는 순간 새뮤얼은 전에 두 번 그렇게 맞은 적이 있다는 생각이 떠올랐다. 그리고 동시에 이 사건은 꿈처럼 느껴졌다……. 새뮤얼은 갑자기 꿈에서 깬 느낌이 들었다. 새뮤얼은 무의식적으로 일어나서 싸울 자세를 취했다. 마저리의 남편은 1미터쯤 떨어진 거리에서 두 주먹을 올리고 기다리고 있었다. 새뮤얼은 마저리의 남편보다 신체적으로 키가 몇 센티미터 크고 몸무게가 몇 킬로그램 더 된다는 것을 알고 있지만 그를 때리지 않았다. 상황이 기적적으로 완전히 바뀌었다. 조금 전까지 새뮤얼은 자신을 영웅이 된 듯 여겼었다. 지금은 비열한 인간이자 이방인으로 느껴졌다. 그리고 마저리의 남편은 그 작은 집의 불빛을 배경으로 윤곽을 드러내면서 영원한 영웅이자 가정의 수호자처럼 느껴졌다.

잠시 정적이 흐른 후에 새뮤얼은 재빨리 몸을 돌려 마지막으로 그 길을 걸어서 떠났다.

4장

　물론 세 번째로 주먹에 맞은 후 새뮤얼은 몇 주 동안 양심적으로 자성을 했다. 몇 년 전 앤도버 학교에서 새뮤얼은 개인적인 불쾌감 때문에 주먹으로 맞았다. 대학 시절에는 인부가 새뮤얼이 빠져 있는 우월 의식에 충격을 주었다. 마저리의 남편은 새뮤얼의 탐욕스러운 이기심에 극심한 충격을 주었다. 그 사건으로 새뮤얼은 1년이 지나기 전까지는 여자들에게 눈길도 주지 않았다. 그 후에 새뮤얼은 미래의 아내가 될 여자를 만났다. 마저리의 남편이 마저리를 보호했듯이 보호를 받을 수 있을 것 같아 보이는 상당히 가치 있는 여자였다. 새뮤얼은 별거 중인 유부녀였던 드 페리악 부인을 위해서 그 어떤 정의로운 주먹질을 한다는 것은 상상할 수 없었다.

　30대 초반에는 생활이 상당히 안정되었다. 새뮤얼은 당시에 전국적으로 유명했던 피터 카하트와 함께 일했다. 카하트의 체격은 대략적으로 본뜬 헤라클레스 조각상 같았다. 그리고 그의 경력도 그만큼 견고했다. 순수한 만족을 위해 이루어 낸 경력이고, 값싼 착취나 수상한 추문도 없었다. 카하트는 새뮤얼의 아버지와 매우 친한 친구였지만, 친구의 아들 새뮤얼을 6년 동안 지켜본 후에야 사무실에 받아 주었다. 광산, 철도, 은행, 도시 전체 등 당시에 카하트가 얼마나 많은 일들을 관리하고 있었는지는 하늘만이 알 정도였다. 새뮤얼은 카하트와 매우 가까운 사이였고 그가 좋아하는 것과 싫어하는 것, 그가 가지고 있는 편견, 그의 약점과 많은 강점을 알고 있었다.

　어느 날 카하트가 사람을 보내 새뮤얼을 불러서 사무실 안쪽 문을 닫고 새뮤얼에게 의자를 내주고 시가 담배를 권했다.

"좀 어떤가요, 새뮤얼?"

카하트가 물었다.

"네, 괜찮습니다."

"약간 지루해할 것 같아서 걱정했어요."

"지루해하다니요?"

새뮤얼은 당황했다.

"거의 10년 동안 사무실 밖에서 일해 본 적이 없죠?"

"하지만 휴가도 다녀왔습니다. 애디론으로요……."

카하트가 손을 저으며 말을 막았다.

"내 말은 외부 일이요. 우리가 여기에서 조종하는 대로 일이 진행되는지 보는 거요."

"네."

새뮤얼이 인정했다.

"그런 일은 해 본 적이 없습니다."

"그래서."

카하트가 불쑥 말했다.

"1달 정도 걸리는 외부 일을 맡기려고 해요."

새뮤얼은 왈가왈부하지 않았다. 새뮤얼은 그 제안이 다소 마음에 들었고 그 일이 무엇이든 카하트가 원하는 대로 하기로 결심했다. 이것은 카하트의 가장 큰 취미였고, 그의 주변 사람들은 보병대 소위들처럼 명령에 아무 이견도 보이지 않았다.

"샌안토니오로 가서 해밀을 만나요."

카하트가 말을 이었다.

"할 일이 생겼는데 그 일을 맡아 줄 사람이 필요하대요."

해밀은 카하트와 함께 지내면서 성장한 인물로 남서부에 있는 카하트의 지분을 관리하고 있었다. 새뮤얼과 해밀은 만난 적이 없지만 사무적인 서신은 많이 주고받은 사이였다.

"언제 떠날까요?"

"내일 가는 게 좋겠어요."

카하트가 달력을 힐끗 보며 대답했다.

"5월 1일이네요. 6월 1일 여기로 와서 보고하세요."

다음 날 아침 새뮤얼은 시카고로 떠났다. 그리고 2일 후에 샌안토니오에 있는 상업 신탁 회사 사무실 탁자에서 해밀과 마주했다. 일의 요지를 파악하는 데에는 오래 걸리지 않았다. 석유와 관련된 큰 거래로 인접한 17개의 거대한 목장을 사들이는 것에 관한 일이었다. 이 매수는 1주일 안에 성사되어야 했다. 그래서 일정이 촉박했다. 17명의 목장주들을 진퇴양난에 빠뜨린 압박이 가해진 상태였다. 새뮤얼의 임무는 단순히 푸에블로 근처의 작은 마을에서 발생한 문제를 '처리'하는 것이었다. 적임자라면 재치 있고 효율적으로 아무 마찰 없이 일을 해낼 수 있을 것이었다. 단지 운전석에 앉아서 운전대를 단단히 잡고 있으면 되는 문제였다. 카하트에게 여러 번 도움을 준 영악한 해밀이 공개 시장에서 거래하는 것보다 더 많은 순이익을 얻을 수 있도록 상황을 정리한 상태였다. 새뮤얼은 해밀과 악수를 하고 2주 후에 돌아오기로 합의한 후 뉴멕시코의 샌 펠리페로 떠났다.

물론 카하트가 자기를 시험하고 있다고 새뮤얼은 생각했다. 새뮤얼이 이 문제를 어떻게 다루는지에 대한 해밀의 보고가 앞으로 새뮤얼이 큰일을 맡게 되는 요인이 될 수도 있었다. 그러나 그 때문이 아니더라도 새뮤얼은 최선을 다해 일을 수행했을 것이다. 10년 동안의 뉴욕 생활은 새뮤얼을 감상적이지 않는 사람으로 만들었고 새뮤얼은 시작한 모든 일은 끝을 내고 그 이상으로 결과를 얻는 데 익숙해졌다.

처음에는 모든 일이 순조로웠다. 열렬한 환영은 없었지만 목장주 17명은 새뮤얼의 업무가 무엇인지 알고 있었고 배후가 누구인지도 알고 있었으며 창유리에 앉은 파리처럼 버틸 가능성이 거의 없다는 것을 알고 있었다. 목장주 몇 명은 체념했다. 일부는 죽기 살기로 애를 썼지만 논의를 해 보고 변호사들과 논쟁을 해 봐도 허점이 보이지 않았다. 목장 5곳에 석유가 있었고 다른 12곳은 석유가 있을 가능성이 있었다. 하지만 해밀의 목적을 달성하려면 어쨌든 모두 필요했다.

새뮤얼은 곧 실질적인 지도자가 매킨타이어라는 초기 정착자임을 알았다. 매킨타이어는 50세쯤 되었고 머리는 백발이었고 깔끔하게 면도를 했고 뉴멕시코의 여름을 40번이나 보내면서 피부는 구릿빛이 되었고 텍사스와 뉴멕시코의 날씨에서 소유할 수 있는 맑고 안정된 눈을 가지고 있었다. 그의 목장에서는 아직 석유가 발견되지 않았다. 하지만 그의 목장은 목표 목장 집단에 속해 있었고, 자기 땅을 잃는 것을 싫어하는 사람이 있다면 매킨타이어가 바로 그런 사람이었다. 모든 사람들은 처음에 매킨타이어가 큰 재난을 막아 낼 수 있을 것이라고 기대했었다. 그리고 매킨타이어는 기대한 대로 하기 위해 합법적인 수단을 찾아 온 지역을 찾아 다녔었다. 하지만 실패했고 그도 그 사실을 알고 있었다. 매킨타이어는 부지런하게도 새뮤얼을 피해 다녔다. 하지만 새뮤얼은 서명할 날이 오면 그가 나타날 것이라고 확신했다.

The Four Fists

그날이 왔다. 타는 듯이 더운 5월의 어느 날이었다. 바싹 말라 버린 대지는 끝도 없이 일렁이는 열기를 뿜고 있었다. 새뮤얼은 의자 몇 개와 긴 의자 하나와 나무 탁자 하나가 있는 작은 임시 사무실에서 마음을 졸이며 앉아 있었다. 새뮤얼은 일이 거의 끝났다는 사실이 기뻤다. 특히 동부로 돌아가서 아내와 아이들을 만나 1주일 동안 바닷가에서 지내고 싶었다.

모임은 4시로 예정되어 있었다. 그런데 매킨타이어가 3시 30분에 문을 열고 들어오자 새뮤얼은 다소 놀랐다. 새뮤얼은 매킨타이어의 태도에 존경하지 않을 수 없었다. 그리고 그가 약간 안타깝다는 생각이 들었다. 매킨타이어는 대초원을 벗 삼은 듯했다. 그래서 도시 사람들이 자연에 사는 사람들에게 느끼는 부러움이 새뮤얼의 마음속에 잠깐 스쳤다.

"안녕하세요."

매킨타이어가 다리를 벌리고 두 손을 엉덩이에 댄 채 열린 문 앞에 서서 말했다.

"안녕하세요, 매킨타이어 씨."

새뮤얼은 자리에서 일어났다. 하지만 형식적인 악수 같은 것은 생략했다. 새뮤얼은 목장주 매킨타이어가 자기를 몹시 싫어할 것이라고 생각했다. 그렇다고 매킨타이어를 탓하기도 어려웠다. 매킨타이어는 사무실 안으로 들어와 여유롭게 자리에 앉았다.

"우리가 졌군요."

매킨타이어가 갑자기 말했다.

어떤 대답을 요구하는 것 같지는 않았다.

"카하트가 이 일의 배후에 있다는 이야기를 들었을 때."

매킨타이어가 말을 이었다.

"나는 포기했어요."

"카하트 씨는……."

새뮤얼이 말을 꺼냈지만 매킨타이어가 손을 저으며 막았다.

"그 더러운 좀도둑 얘기는 하지 마세요!"

"매킨타이어 씨."

새뮤얼이 사무적으로 말했다.

"30분 동안 그런 이야기만 하실 거라면……."

"오, 조용히 해요, 젊은이."

매킨타이어가 말을 막았다.

"당신은 이렇게 하는 사람을 욕할 수 없을 거예요."

새뮤얼은 대답하지 않았다.

"그건 그냥 더러운 좀도둑질이에요. 그 사람처럼 너무 커서 처치할 수 없는 스컹크들이 있을 뿐이에요."

"넉넉하게 보상받으실 겁니다."

새뮤얼이 말했다.

"조용히 해요!"

매킨타이어가 갑자기 고함을 질렀다.

"내가 말할 수 있는 특권을 가져야겠어요."

매킨타이어는 문 쪽으로 걸어가 온 땅을 내다봤다. 내리쬐는 햇살에 김을 내뿜는 목초지가 그의 발에서부터 먼 회녹색 산맥까지 펼쳐져 있었다. 그가 몸을 돌렸을 때 그는 입술을 떨고 있었다.

"당신 동료들은 월스트리트를 사랑하나요?"

매킨타이어가 쉰 목소리로 말했다.

"아니면 더러운 계획을 하는 곳이면 어디든……."

매킨타이어가 말을 멈췄다.

"그렇겠죠. 사람이 아무리 저속해도 자기가 일하는 곳을 사랑하지 않는 인간은 없을 거요. 지금까지 최선을 다해 땀을 흘린 곳이니까요."

새뮤얼은 어색하게 매킨타이어를 바라봤다. 매킨타이어는 큰 파란색 손수건으로 이마를 닦고 말을 이었다.

"그 끔찍한 늙은 악마는 백만 달러를 더 갖고 싶은 것 같네요. 우리는 그 악마가 마차나 다른 것을 두어 개 이상 더 사기 위해 제거해야 할 가난한 사람들에 불과할 것 같네요."

매킨타이어는 문 쪽으로 손을 흔들었다.

"나는 17세 때 저기에 집을 지었어요. 이 두 손으로요. 21세 때 아내를 데려왔어요. 부속 건물 두 개를 더 지어서 초라한 수소 네 마리로 시작했어요. 여름을 40번 보내면서 저 산맥 위로 태양이 떠오르고 저녁에는 피처럼 붉은 빛을 내며 태양이 지는 모습을 봤어요. 태양이 진 후에는 열기가 사라지고 별이 보였어요. 저 집에서 행복하게 지냈죠. 그 집에서 아들이 태어났고 거기에서 죽었어요. 어느 늦봄이었어요. 지금처럼 매우 더운 오후였어요. 그 후에 아내와 나는 전에 살던 것 같이 가정을 꾸려보려고 했지만 결국 진짜 가정이 아니라 가정에 가까운 모습이었죠…… 왜 그런지 아들이 항상 주위에 있는 것 같았으니까요. 우리는 많은 밤을 지내면서 아들이 저녁 식사를 하러 길을 뛰어오는 모습을 보기를 기대했어요."

매킨타이어는 목소리가 떨려서 말을 거의 하지 못하고 회색 눈을 찌푸리며 다시 문으로 돌아섰다.

"저 땅은 내 땅이요."

매킨타이어가 팔을 뻗으며 말했다.

"내 땅이라고요, 이런…… 저 땅은 내가 세상에서 가진 전부요…… 내가 원했던 전부라고요."

매킨타이어는 소매로 얼굴을 닦았고 천천히 몸을 돌려 새뮤얼을 보면서 달라진 말투로 말했다.

"하지만 그 사람들이 원하니 내게서 떠나겠군요…… 떠나게 되겠어요."

새뮤얼은 말을 해야 했다. 조금 더 있으면 이성을 잃을 것 같았다. 그래서 최대한 잔잔한 목소리로 말을 하기 시작했다. 마땅찮은 임무를 수행해야 할 때를 위해서 남겨 놓은 말투였다.

"이것은 사업이에요, 매킨타이어 씨."

새뮤얼이 말했다.

"이 사업은 합법적인 것이에요. 아마도 목장 두세 곳은 어떤 대가를 치르더라도 살 수 없었을지 모릅니다. 하지만 목장주 대부분은 제값을 받게 되었어요. 진전을 위해서 어떤 것들은 필요하기 마련입니다……."

새뮤얼은 그렇게 무능한 기분을 느껴 본 적이 없었다. 몇백 미터 거리에서 말발굽 소리가 들려오자 대단히 안심이 되었다.

그러나 새뮤얼의 말을 듣고 매킨타이어의 눈에 어렸던 슬픔은 분노로 바뀌었다.

"당신과 그 더러운 사기꾼 일당은!"

매킨타이어가 소리쳤다.

"당신들 중 그 누구도 이 세상의 어떤 것을 진정으로 사랑하는 사람은 없어! 당신들은 돈만 밝히는 돼지 떼야!"

새뮤얼이 자리에서 일어났고 매킨타이어가 새뮤얼을 향해 다가왔다.

"말만 장황한 놈. 너희가 우리 땅을 빼앗았어. 피터 카하트를 대신해서 이거나 받아라!"

매킨타이어가 번개처럼 재빨리 어깨를 휘둘렀고 새뮤얼은 쿵하고 쓰러졌다. 새뮤얼은 어렴풋이 문간 쪽에서 발자국 소리를 들었고 누군가 매킨타이어를 붙잡고 있다는 것을 알았으나 그럴 필요가 없었다. 매킨타이어는 의자에 주저앉았고 두 손으로 머리를 감쌌다.

새뮤얼의 머리가 윙윙거렸다. 새뮤얼은 네 번째 주먹에 맞은 것을 깨달았다. 거대한 감정의 홍수가 밀려와 그의 삶을 거침없이 지배했던 법칙이 다시 작동하고 있다고 외쳤다. 새뮤얼은 반쯤 멍한 상태로 일어나 방에서 성큼성큼 걸어 나갔다.

그 후 10분은 아마도 새뮤얼의 인생에서 가장 힘든 순간이었을 것이다. 사람들은 신념에 따라 행동하는 용기를 이야기하지만 실생활에서 남자는 가족을 지켜야 하는 의무 때문에 융통성 없는 시체가 되는 것은 자신만의 정의에 빠진 이기적인 사치처럼 보일 것이다. 새뮤얼은 가족을 생각한 적이 많지만 아직 실제로 흔들린 적은 없었다. 이번 충격으로 새뮤얼은 흔들렸다.

새뮤얼이 방으로 돌아오자 사람들이 걱정스러운 얼굴로 기다리고 있었다. 그러나 새뮤얼은 조금도 지체하지 않고 설명했다.

"여러분."

새뮤얼이 말했다.

"매킨타이어 씨는 친절하게도 제가 이 문제에 관해서는 전적으로 여러분이 옳고 피터 카하트의 이해는 절대적으로 틀렸음을 확신하게 해 주었습니다. 제 개인적으로 여러분들은 앞으로 목장을 계속 소유하셔도 됩니다."

새뮤얼은 놀란 사람들 사이를 헤치고 나갔다. 30분 안에 새뮤얼은 전보 두 개를 보냈는데 전신 기사가 업무에 전혀 걸맞지 않은 실수를 할 만큼 깜짝 놀랄 만한 내용이었다. 하나는 샌안토니오에 있는 해밀에게 보내는 전보였고 다른 하나는 뉴욕에 있는 피터 카하트에게 보내는 전보였다.

새뮤얼은 그날 밤 잠을 설쳤다. 새뮤얼은 자신의 직업 경력에서 처음으로 형편없고 비참한 실패를 했다는 사실을 알았다. 그러나 그의 어떤 본능이, 의지보다 강하고 훈련보다 깊이 있는 본능이 그의 야망과 행복을 끝낼 수도 있는 행동을 하도록 압박했었다. 하지만 일은 이미 저질렀고 다르게 대처할 수 있으리라는 생각이 전혀 들지 않았다.

다음 날 아침 전보 두 개가 도착해 있었다. 첫 번째 전보는 해밀이 보낸 것이었다. 세 단어가 적혀 있었다.

"이 빌어먹을 멍청이!"

두 번째 전보는 뉴욕에서 온 것이었다.

"처리 완료. 즉시 뉴욕으로 올 것. 카하트."

일주일 안에 발생한 일이었다. 해밀은 격분하여 맹렬하게 자신의 계획을 방어하려고 언쟁을 벌였다. 해밀은 뉴욕으로 불려 가서 피터 카하트의 사무실에 깔린 양탄자 위에서 안절부절못하며 30분을 보냈다. 해밀은 7월에 카하트의 회사를 그만두었다. 그리고 8월에 새뮤얼 메러디스는 35세에 사실상 카하트의 동업자가 되었다. 네 번째 주먹이 제 구실을 한 것이다.

모든 남자에게는 자신의 성격과 성향과 일반적인 인생관을 가로지르는 야비한 구석이 있다고 나는 생각한다. 어떤 남자에게 그런 구석은 비밀스러워서, 어느 어두운 밤 우리를 가격하기 전까지는 그에게 그런 면이 있다는 사실을 모른다. 그러나 새뮤얼은 그것이 언제 작용하는지, 그리고 그런 행태를 본 사람들이 눈살을 찌푸린다는 사실을 보여 주었다. 그런 면에서 새뮤얼은 다소 운이 좋았다. 새뮤얼의 작은 악령이 나타날 때마다 그 악령이 힘없는 상태로 서둘러 내려앉게 하는 반응을 얻었기 때문이다. 새뮤얼이 길리의 친구들에게 침대에서 일어나라고 요구한 것과 마저리의 집으로 들어간 것도 그와 같은 악령, 그와 같은 야비한 면이 나타난 것이었다.

새뮤얼 메러디스의 턱을 만져 보면 멍울이 느껴질 것이다. 새뮤얼은 어떤 주먹이 그 멍울을 남겼는지 모르지만 어떤 일이 있어도 그 흔적을 잃지 않을 것이라고 시인한다. 새뮤얼은 나이 든 불한당만큼 비열한 인간은 없다고 말한다. 그리고 때때로 결정을 내리기 전에 그 턱을 쓰다듬으면 큰 도움이 된다고 말한다. 기자들은 그것을 신경이 과민한 특징이라고 하지만 그렇지 않다. 새뮤얼은 턱을 만지면서 그 주먹 네 개가 번개처럼 정신을 바로잡게 한 훌륭한 명확성을 다시 느낄 수 있는 것이다.